AGATHA CHRISTIE COMPLETE COLLECTION
TAKEN AT THE FLOOD

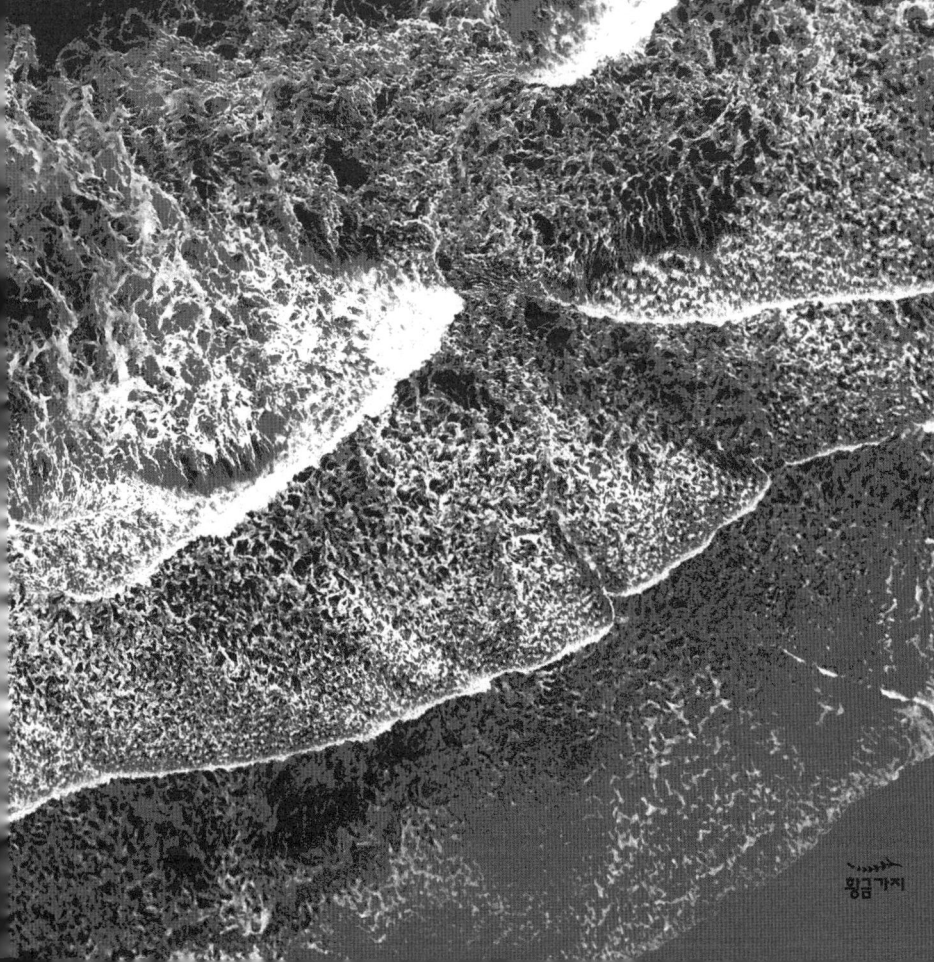

AGATHA CHRISTIE COMPLETE COLLECTION

TAKEN AT THE FLOOD

밀물을 타고 | 애거서 크리스티 장편 소설 | 왕수민 옮김

TAKEN AT THE FLOOD
by Agatha Christie

Copyright © 1948 Agatha Christie Limited.
All rights reserved.

AGATHA CHRISTIE, POIROT and the Agatha Christie Signature
are registered trademarks of
Agatha Christie Limited in the UK and elsewhere.
All rights reserved.
www.agathachristie.com

Korean Translation Copyright © Minumin 2007, 2013, 2023

Korean translation edition is published by arrangement with
Agatha Christie Limited through Shinwon Agency.

이 책의 한국어판 저작권은 신원 에이전시를 통해
Agatha Christie Limited와 독점 계약한 ㈜민음인에 있습니다.
저작권법에 의해 한국 내에서 보호를 받는 저작물이므로 무단 전재와 무단 복제를 금합니다.

정식 한국어 판 출간에 부쳐

나는 한국에서 우리 할머니의 작품을 정식으로 출간한다는 소식을 듣고 무척 기뻤다. 할머니가 1920년부터 1970년 무렵까지 오랜 세월에 걸쳐 집필한 작품들은 21세기인 지금 읽어도 신선하고 재미있다. 등장 인물들이 워낙 자연스러워서 요즘 사람들과 다를 바 없고 이들이 등장하는 상황과 장소가 전 세계 사람들의 애정과 향수를 자극하기 때문이다. 한국 독자들은 이번에 새로 나온 정식 한국어 판을 통해 그동안 접하지 못했던 애거서 크리스티의 일부 작품들을 읽을 수 있을 것이다. 덕분에 한국에 새로운 세대의 애거서 크리스티 팬들이 탄생할지도 모르겠다는 생각을 하면 가슴이 벅차다.

애거서 크리스티는 대표적인 두 명의 주인공으로 기억되는 작가이다. 14권의 작품에 등장하는 마플 양은 영국의 작은 시골 마을에서 평온한 나날을 보내며 뜨개질과 수다로 소일하는 미혼의 할머니이지만, 놀라운 기억력과 날카로운 두뇌 회전으로 주변에서 벌어진 살인 사건을 해결한다.

그리고 마플 양과 상반되는 성격을 지닌 에르퀼 푸아로는 자신만만하고 콧수염을 포함한 자신의 외모와 벨기에라는 국적에 대한 자부심이 상당하다. 그는 이집트와 이라크를 비롯한 세계 각지에서 수수께끼를 해결하며 『오리엔트 특급 살인 Murder On The Orient Express』, 『나일 강의 죽음 Death On The Nile』, 『애크로이드 살인 사건 The Murder Of Roger Ackroyd』 등 애거서 크리스티의 여러 대표작에 모습을 드러낸다.

황금가지의 대담하고 참신한 표지와 전반적인 디자인 덕분에 작품의 성격이 잘 살아난 것 같아 기쁘다. 또한 한국 독자들이 할머니의 원작이 지닌 참된 묘미를 느낄 수 있도록 충실한 번역을 위해 애써 준 점도 높이 사고 싶다.

할머니의 작품이 20세기의 그 어떤 작가들보다 많이 팔리고 있는 이유는 나이와 국적에 상관없이 읽을 수 있는 재미와 감동을 갖추었기 때문이다. 모쪼록 한국 독자들도 황금가지에서 선보이는 애거서 크리스티 작품들을 즐겁게 감상하기를 바란다.

매튜 프리처드
애거서 크리스티의 손자
ACL 이사장

인간사에도 파도처럼 흐름이 있어 밀물을 타게 되면
행운을 거머쥐리니. 하지만 밀물을 놓치면 인간의 인생 항로는
여울을 만나 불행에 빠지게 되는 법.
지금 우리는 만조의 바다 위에 떠 있는 것이나 다름없소.
그러니 적기에 이 흐름을 이용하지 않으면
우리의 시도는 수포로 돌아가고 말 것이오.

— 셰익스피어의 희곡 「줄리어스 시저」 3장 중 브루투스의 대사

차례

정식 한국어 판 출간에 부쳐 — 5
프롤로그 — 11

1부

1장 — 31
2장 — 46
3장 — 64
4장 — 71
5장 — 85
6장 — 97
7장 — 111
8장 — 117
9장 — 127
10장 — 142
11장 — 147
12장 — 153
13장 — 156
14장 — 166
15장 — 174
16장 — 178
17장 — 191

2부

1장 — 209
2장 — 223
3장 — 232
4장 — 236
5장 — 249
6장 — 262
7장 — 278
8장 — 292
9장 — 299
10장 — 305
11장 — 312
12장 — 319
13장 — 333
14장 — 340
15장 — 350
16장 — 356
17장 — 375

프롤로그

I

어느 클럽을 가든 분위기를 따분하게 만드는 사람은 있게 마련이다. 코러네이션 클럽도 예외가 아니었다. 공습이 진행 중이었지만 클럽의 분위기는 평소와 다름이 없었다.

인도 주둔 육군에서 퇴역한 포터 소령이 신문을 뒤적거리면서 목청을 가다듬었다. 모두 그의 시선을 피했지만 소용없는 일이었다.

"《타임스》에 고든 클로드의 부고가 실렸군그래. 아주 간단하게. '10월 5일, 적군 공습으로 사망.' 이렇게만 되어 있어. 주소도 없고. 사실 그의 집은 볼품없는 우리 집에서 모퉁이만 돌면 바로였거든. 캠프든 힐 꼭대기에 있던 대저택 중 하나지. 이제 와 하는 말이지만 그 집이 좀 눈에 거슬렸어. 내가 공습경보 관리인이다 보니 말이야.

미국에서 돌아온 지 얼마 되지도 않았는데 이런 변을 당했군. 고든은 정부 일로 미국에 갔었지. 거기서 젊은 미망인과 결혼을 했고. 언더헤이 부인이라는 거의 딸뻘 되는 여자였지. 그런데 말이야, 내가 나이지리아에 있을 때 그 여자의 첫 남편과 알고 지냈단 말이지."

포터 소령은 잠시 말을 멈추었다. 하지만 그의 이야기에 관심을 보이거나 계속하기를 부탁하는 사람은 하나도 없었다. 모두 신문을 얼굴까지 들어 올리고는 열심히 읽는 척할 뿐이었다. 하지만 이 정도로 기가 꺾일 포터 소령이 아니었다. 그가 일단 입을 열면 항상 장황한 역사가 흘러나왔는데, 대부분 아무도 알지 못하는 사람들 이야기였다.

포터 소령은 도저히 마음에 들지 않는 끝이 유난히 뾰족한 에나멜가죽 구두를 멍하니 바라보면서 단호하게 말했다.

"흥미로운 게 있어. 아까도 말했지만 난 공습경보 관리인이잖나. 이번에 일어난 폭발은 아주 특이했다니까. 어느 누구도 생각지 못한 일이었어. 그 저택은 이번 공습으로 지하실과 지붕이 완전히 박살이 났지. 그런데 2층은 거의 멀쩡했던 거야. 집 안에 있던 사람은 하인 부부와 하녀 하나, 고든 클로드와 그의 아내 그리고 처남까지 해서 모두 여섯 명이었지. 처남만 빼고 다들 지하실에 내려가 있었어. 특공대 대원이었던 그 친구는 2층 자기 침실이 더 편했던 거야. 그런데 세상에, 그 처남이란 자만 타박상을 좀 입고 저택에서 빠져나오고 하인 셋은 모조리 죽었지. 고든 클로드의 재산은 틀림없이 100만 파운드도 넘을 거야……."

포터 소령은 다시 한번 말을 멈추었다. 에나멜가죽 구두에 머물던 시선은 이미 위로 올라간 후였다. 줄무늬 바지에, 검은색 코트, 얼굴은 달걀형이고 엄청나게 큰 콧수염이 보였다. 그래, 외국인이었군! 그러니 저런 신발을 신고 다니지. 포터 소령은 속으로 생각했다. '도대체 클럽이 왜 이 모양이지? 클럽에서조차 외국인들 출입을 막지 못하면 어쩌자는 건지, 원.' 혼자 이야기를 늘어놓는 와중에도 그의 머릿속에는 이런 생각이 꼬리를 물고 이어졌다.

문제의 그 외국인이 자신의 말을 골똘하게 듣고 있다 해서 포터 소령의 편견이 조금이라도 수그러드는 건 결코 아니었다.

소령이 말을 이었다.

"그 여자는 나이가 많아 봤자 이제 겨우 스물다섯이나 됐을걸. 그런데 벌써 두 번째 미망인 신세가 된 거지. 아니, 자기 신세가 그렇다고 생각하고 있을 거야……."

소령은 다음 이야기를 궁금해하는 사람이 뭐라도 한마디 해 줄까 싶어 잠시 말을 멈추었다. 아무 반응도 없었지만 그는 끈질기게 이야기를 이어 갔다.

"그런데 이상하게 들리겠지만 사실 내 생각은 약간 달라. 아까도 말했지. 내가 그 여자의 첫 남편인 언더헤이란 친구를 알고 있었다고 말이야. 멋진 친구였어. 나이지리아에 판무관으로 부임해 한동안 지독히 열심히 일했고, 정말 흠잡을 데 없는 친구였지. 그 여자와 결혼을 한 건 케이프타운에서였어. 그때 여자는 어떤 순회 극단과 함께 나이지리아에 와 있던 참이었어. 운도 지지리 없고, 예쁘지만 의지할 데 없는 가련한 처지였지. 그런데 그 불쌍한 언더헤이가 자신이 맡고 있는 지역과 그 드넓은 공간을 열심히 이야기하니까 그 여자가 '그런 멋진 곳이 다 있어요?'라며 감탄을 했어. 그러고는 자기는 정말이지 '모든 것에서 벗어나고 싶다'고 말했지. 결국 그 여자는 언더헤이와 결혼해서 바라던 대로 자기 처지에서 벗어날 수가 있었어. 언더헤이는 그 여자를 무척 사랑했지. 불쌍한 친구. 하지만 일은 처음부터 어그러지기 시작했어. 그 여자는 나이지리아의 오지를 질색했고, 원주민들을 보고는 겁을 먹은 거야. 그리고 그곳의 생활을 죽도록 지겨워했지. 지방을 순회하면서 연극하는 사람들을 만나고 어디서건 마음껏 연극 이야기를 하는 게 그녀가 꿈꾸는 인생이었거든. 정글에서 둘이서만 지내는 건 그녀 취향에는 전혀 맞지가 않았던 거야. 물론 내가 그 여자를 직접 만나 본 적은 없어. 다 불쌍한 그 언더헤이에게서 들은 얘기지. 그는 그 때문에 아주 힘들어했어. 그래도 신사답게 행동했지. 그 여자를 집으로 돌려보내고 이혼해 주겠다고 한 거야. 내가 언더헤이를 만난 건 그 직후였어. 노심초사하던 언더헤이는 누구든 붙들고 이야기를 해야 했지. 가톨릭 신자여서 그랬는지 그에게는 이상하게 구식인 데가 있었어. 이혼이 내키지 않은 눈치였지. 그는 나한테 이렇게 말했어. '그녀를 자유롭게 해 줄 수 있는 뭔가 다른 방법이 있을 거예요.' 내가 말했지. '이 친구야, 바보 같은 짓 말게. 기껏 여자 때문에 자네 머리통을 날려 버리겠다고?'

언더헤이는 그런 생각은 꿈도 꾸지 않는다고 말했지. '전 고아나 다름없는 신세예요. 절 걱정해 줄 친척 하나 없으니까. 신문에 제 부고가 나면 로잘린은 미망인이 되겠지요. 그녀가 원하는 게 바로 그거예요.' '그럼 자네는 어쩌고?' '글쎄요, 아마 한 1500킬로미터쯤 떨어진 곳에서 이녹 아든(영국 시인 앨프리드 테니슨의 「이녹 아든」이라는 시에 등장하는 남자 주인공 이름. 이 작품에서 이녹 아든은 사고로 10년 동안 고향을 떠나 있다가 자신의 아내가 자기 친구와 결혼한 것을 보고 그녀의 행복을 위해 자살한다 ― 옮긴이)이라는 자가 나타나 새 삶을 살지 않을까요.' '그러면 언젠가 그 여자가 곤란하지 않겠어?'라고 내가 경고했지. '아니, 그럴 일은 없을 거예요. 제가 연극을 제대로 할 거니까. 로버트 언더헤이는 죽어서 영영 사라져 버린 게 될 겁니다.'

그러고 나서 그 일에 대해서는 더 생각하지 않고 있는데 여섯 달 뒤에 언더헤이가 나이지리아 오지 어딘가에서 열병으로 죽었다는 소식을 들었지. 그가 담당했던 지역 원주민들은 믿을 만한 사람들이었는데, 당시의 정황을 자세히 이야기하면서 언더헤이가 자필로 휘갈겨 쓴 마지막 편지도 전해 주었어. 원주민들은 자신을 위해 최선을 다했다, 죽어 가는 것이 두렵다, 이곳 추장은 훌륭하다는 내용이었지. 추장은 언더헤이에게 헌신적이었고, 원주민들도 그랬어. 언더헤이가 맹세를 하라면 하고, 그가 시키는 대로 무엇이든 할 사람들이었지. 그렇게 된 거야……. 언더헤이는 정말 적도 아프리카 한가운데에 묻혀 있을지도 몰라. 하지만 아닐 가능성도 있지. 그리고 혹 그렇지 않다면 고든 클로드 부인이 깜짝 놀라게 될 날이 있을지도 모르지. 다 자초한 일이지만. 물론 그 여자를 한 번도 본 적은 없지만, 꽃뱀이라면 또 내가 기막히게 알아보거든. 결국 그 여자가 불쌍한 언더헤이를 망친 셈이야. 어때, 재밌지 않나?"

포터 소령은 내심 사람들이 그렇다고 동조해 주기를 바라며 주위를 둘러보았다. 두 사람이 그를 쳐다보고 있었지만 따분하고 싸늘한 시선이었다. 젊은 신사 멜론 씨는 애써 소령의 시선을 외면하였고, 무슈 에르퀼 푸아로는 정중하게 그의 이야기에 귀를 기울이고 있었다.

그때 신문 뒤척이는 소리가 나더니 반백의 신사가 유난히 무표정한 얼굴로 앉아 있던 난로 옆 팔걸이의자에서 조용히 일어나 방을 나갔다.

포터 소령의 입이 떡 벌어졌고, 멜론 씨는 가느다랗게 휘파람을 불었다.

멜론 씨가 말했다.

"이제야 알아본 겁니까? 누군지 아시죠?"

포터 소령이 약간 당황해서 말했다.

"아, 이런! 알고말고. 친한 건 아니지만 면식은 있어……. 제러미 클로드 아닌가, 고든 클로드의 형 말이야. 이런, 되는 일이 없군! 저 사람이 여기 있는 줄 알았으면……."

멜론 씨가 말했다.

"저 사람 변호사예요. 이제 일 났네요. 명예훼손이나 그런 걸로 아저씨를 고소할 테니."

멜론 씨는 사람들을 을러대 기를 꺾는 것이 취미인 사람이었다. 그런다고 국토 방위령에 걸리는 것도 아니었으니까.

포터 소령은 당황해서 같은 말을 되풀이할 뿐이었다.

"지지리 운도 없어, 지지리도!"

"오늘 밤이면 모두 웜슬리 히스에 모이겠군요. 주로 거기서 만나니까. 늦게까지 머리를 맞대고 이 사태를 어떻게 처리할지 이야기할 겁니다."

그때 공습경보 해제 신호가 울리자 멜론 씨는 포터 소령을 곯리는 일을 그만두었다. 그러고는 곰살궂은 태도로 친구 에르퀼 푸아로를 거리로 안내했다.

"이런 클럽들은 분위기가 영 안 좋아요. 따분한 이야기만 늘어놓는 저런 노인네들이 잔뜩 모여 있다니까요. 누가 뭐래도 포터 소령이 단연 발군이에요. 인도의 밧줄 묘기 이야기를 하는 데만 꼬박 45분이 걸려요. 인도의 푸나 지방을 한 번이라도 거쳐 간 적이 있는 여자의 자식이라면 모르는 사람이 없고요."

이때가 1944년 가을이었다. 그리고 누군가 에르퀼 푸아로를 찾아온 것은 1946년 늦은 봄이었다.

II

화창한 5월의 어느 날 아침, 에르퀼 푸아로는 깔끔하게 정돈된 책상 앞에 앉아 있었다. 그때 하인 조지가 푸아로에게 다가와 공손한 태도로 조용히 말했다.

"부인이 한 분 찾아오셨습니다. 뵙자고 하시는데요."

"행색이 어떻던가?"

푸아로가 조심스럽게 물었다.

조지가 사람들을 정확하고 꼼꼼하게 묘사하는 걸 듣노라면 푸아로는 언제나 즐거웠다.

"나이는 마흔에서 쉰 사이인 것 같습니다, 주인님. 단정한 차림새는 아니지만 예술가 같은 차림새고요. 멋진 가죽 단화를 신고 있습니다. 모양이 이상하게 생긴 이집트 목걸이를 몇 개 하고, 푸른색 시폰 스카프를 둘렀습니다."

푸아로는 약간 몸서리를 치더니 말했다.

"안 만났으면 하는데."

"사정이 있어 만날 수 없다고 전할까요?"

푸아로는 생각에 잠긴 채 조지를 바라보았다.

"나한테 중요한 용무가 있어 시간을 낼 수 없을 것 같다고 자네가 벌써 말했을 거 같은데?"

조지는 다시 한번 헛기침을 했다.

"그분 말씀이 자기는 시골에서 작정하고 찾아왔기 때문에 얼마든지 기다릴 수 있다고 하셨습니다."

푸아로가 한숨을 쉬더니 말했다.

"피할 수 없는 일을 가지고 괜히 애쓰지 말아야겠지. 모조 이집트 목걸이를 찬 중년 부인이 고명하신 에르퀼 푸아로를 만나겠다고 마음먹었다면, 게다가 시골에서 여기까지 행차를 했다면 어떤 일이 있어도 그냥 돌려보낼 수는 없을 거야. 만날 때까지 홀에 앉아서 꼼짝도 안 하면서 말이야. 모시고 오게, 조지."

조지는 물러갔다가 이내 돌아와 예의를 갖추고 말했다.

"클로드 부인이십니다."

트위드 직물로 만든 낡은 옷에 나풀거리는 스카프를 두른 한 여인이 희색이 가득한 얼굴로 방에 들어섰다. 그녀는 손을 내밀면서 푸아로에게 다가왔다. 그녀가 차고 있는 목걸이들이 이리저리 흔들리며 요란한 소리를 냈다.

"무슈 푸아로, 저는 영혼의 안내를 받고 여기까지 오게 됐어요."

푸아로는 약간 놀라 말했다.

"그렇습니까, 부인. 여기 앉으셔서 이야기를······."

하지만 푸아로는 더 이상 말을 이을 수 없었다.

"무슈 푸아로, 저는 두 가지 방법을 다 사용했어요. 자동 기술(초자연적인 이끌림에 따라 무의식적으로 글을 쓰는 것 — 옮긴이)과 위자보드(점을 치는 기법 중 하나로 서양식 분신사바라 할 수 있다. 두 사람이 마주 앉아 무릎에 판을 얹어 놓고 나무 막대기를 잡고 살살 움직이면 잠시 후 막대기가 혼자서 돌아가기 시작한다. 처음에는 '맞습니까/아닙니까'로 질문을 하다가 나중에는 영에게 알파벳으로 답변을 해 달라고 하며 점을 친다 — 옮긴이) 말이에요. 그제 밤의 일이었죠. 저는 엘버리 부인(정말 대단한 분이지요.)과 함께 위자보드를 하고 있었어요. 그런데 몇 번이고 계속해서 똑같은 알파벳이 나오는 거예요. 'H.P. H.P. H.P.'라고요. 물론 곧바로 그 의미를 알았던 것은 아니에요. 아시겠지만 의미를 제대로 알려면 원래 시간이 좀 걸리는 법이잖아요. 이 속세의 차원에서는 현상이 결코 명확히 보이지가 않죠. 저는 이 머리글자를 가진 사람을 떠올리느라 머리를 짜냈어요. 처음에는 지난 심령술 모임과 관련된 것이 틀림없다고 생각했어요. 그때는 정말 대단했거든요. 여하튼 감을 잡기까지는 좀 시간이 걸렸어요.《픽처 포스트》를 한 부 산 것이 바로 그때였죠. (영이 다시 한번 저를 인도해준 것이죠. 보통 저는《뉴스테이츠먼》을 사 보거든요.) 그 잡지에 선생님 기사가 실려 있었어요. 선생님 사진과 이야기, 이제까지 하신 일들에 대해서요. 정말 엄청나지 않아요, 무슈 푸아로? 모든 일에는 '목적'이 있다는 것이 말이에요. 그 영혼들이 이 문제를 밝혀낼 사람으로 선생님을 찍은 게 분명해요."

푸아로는 여자를 유심히 살펴보았다. 푸아로의 관심을 끄는 건 따로 있었다. 유난히 날카로워 보이는 하늘색 눈동자가 그에게는 무엇보다 이상했던 것이다. 그 눈 때문에 두서없이 늘어놓는 그 모든 말이 어떤 의미가 있는 것처럼 들렸다.

푸아로가 인상을 쓰면서 말했다.

"그런데 클로드 부인이라고 하셨죠? 언젠가 들어 본 적이 있는 이름 같은데……."

그녀는 연방 고개를 끄덕이며 말했다.

"제 시아주버니 고든 때문이겠죠. 엄청나게 부자라 신문에 자주 실렸거든요. 런던 공습 때 목숨을 잃었죠. 벌써 1년도 더 된 얘기예요. 클로드가(家) 사람들 모두 엄청난 피해를 입었죠. 그분 동생이 제 남편이에요. 의사죠. 라이어널 클로드…… 물론…….”

그녀는 목소리를 낮추고 이렇게 덧붙였다.

"남편은 제가 무슈 푸아로를 찾아온 줄은 전혀 몰라요. 알았다면 말렸을 거예요. 의사들이란 너무 물질주의적인 세계관에 빠져 있어서 말이죠. 그들에게 영혼은 숨어서 보이지 않는 낯선 존재인 듯해요. 의사들은 과학만 믿지요. 하지만 제가 보기엔 그래요…… 과학이란 게 도대체 뭔지, 과학이 뭘 할 수가 있죠?"

파스퇴르(백신 접종을 전염병 예방법으로 일반화한 프랑스의 화학자 겸 미생물학자 — 옮긴이), 리스터(무균 수술법을 고안해 낸 영국의 외과의사 — 옮긴이) 같은 발명가들부터 시작해서 험프리 데이비의 안전등(광산에서 가스 폭발을 막기 위해 철망을 두른 램프 — 옮긴이)과 집에서 편리하게 사용할 수 있는 전기 같은 수백 가지 발명품에 대해 하나하나 자세히 설명하는 것 외에는 다른 도리가 없는 것처럼 보였다. 하지만 라이어널 클로드 부인이 그런 답을 원하지 않을 것은 물어보나 마나였다. 사실 그녀가 던졌던 여러 질문과 마찬가지로 이번 역시 딱히 질문이라고 할 수가 없는 것이었다. 일종의 수사로 장황하게 늘어놓는 말일 뿐이었다.

에르퀼 푸아로는 이참에 실제적인 문제를 꺼내는 것으로 만족했다.

"그런데 클로드 부인, 제가 어떤 식으로 도움을 드려야 될까요?"

"무슈 푸아로는 영혼의 세계가 존재한다고 믿나요?"

"저는 독실한 가톨릭 신자입니다."

푸아로가 조심스럽게 대답했다.

클로드 부인은 안됐다는 미소를 지으며 가톨릭 신앙을 단번에 무시해 버렸다.

"눈먼 자들! 교회는 눈이 멀었어요. 편견에 사로잡혀 있고 어리석지요. 실제로 존재하는 것들과 이 세상 이면에 존재하는 세상의 아름다움을 기꺼이 받아들이지 못해요."

"제가 12시에 중요한 약속이 있어서요."

시기적절한 언급이었다. 클로드 부인이 몸을 앞으로 기울였다.

"그럼 당장 본론으로 들어가야겠군요. 무슈 푸아로, 혹시 실종된 사람을 찾아 주실 수 있을까요?"

푸아로가 눈썹을 추켜올리며 조심스럽게 대답했다.

"할 수는 있겠지요. 하지만 클로드 부인, 그런 일이라면 저보다는 경찰이 훨씬 나을 텐데요. 경찰은 필요한 모든 조직을 잘 갖추고 있으니까 말입니다."

가톨릭교회를 무시했던 클로드 부인은 이번엔 경찰도 무시해 버렸다.

"아니에요, 무슈 푸아로. 이번 일은 제가 영혼의 인도를 받아 찾아온 선생님이 맡으셔야 해요. 저승의 사람들이 알려 준 대로 말이죠. 이제부터 잘 들으세요. 고든 시아주버니는 죽기 몇 주 전에 결혼을 했어요. 언더헤이 부인이라는 젊은 미망인과 말이죠. 그 여자의 첫 남편은(정말 불쌍해요. 이 남자 때문에 얼마나 상심이 컸을까.) 아프리카에서 죽었다고 하더군요. 아프리카는 참 신비한 나라예요."

"신비한 대륙이겠죠, 부인. 그런데 어느 지방에서……."

푸아로가 정정해 주려는데, 그녀가 갑자기 끼어들었다.

"중앙아프리카요. 부두교와 좀비의 본고장이죠……."

"좀비는 서인도제도에 있습니다만."

클로드 부인이 다시 제 할 말을 했다.

"흑마술과 기이하고 비밀스러운 의식의 본고장이기도 하지요. 한 번 사라지면 다시는 소식을 들을 수 없는 나라예요."

"충분히 있을 수 있는 일이지요. 충분히. 하지만 그런 일은 피커딜리 서커스에서도 일어납니다."

클로드 부인은 피커딜리 서커스 이야기도 무시해 버렸다.

"무슈 푸아로, 최근 한 영혼과 두 번 교통이 있었어요. 자기 이름이 로버트라고 하더군요. 그런데 두 번 다 메시지가 같았어요. '죽지 않았다…….'로요. 우리는 모두 당황했어요. 로버트는 우리가 전혀 모르는 사람이거든요. 좀 더 알려 달라고 했더니 이런 메시지를 전했어요. 'R.U. R.U. R.U. R에게 전하라. R에게 전하라.'라고요. 우리는 물었죠. '로버트에게 말하라고요?' 그랬더니 '아니다. 로버트가 전한다. R.U.' 'U는 뭐죠?' 무슈 푸아로, 그랬더니 아주 의미심장한 답이 왔어요. '리틀 보이 블루, 리틀 보이 블루, 하하하!'라고요. 아시겠어요?"

"아니요. 모르겠습니다."

그녀는 푸아로를 안됐다는 듯 바라보았다.

"「리틀 보이 블루」라는 자장가 말이에요. '자장자장 건초 더미 아래서('Under' the 'Haycock' fast asleep)'라고 하잖아요. 언더헤이(Underhay)라는 거죠. 이제 아시겠죠?"

푸아로는 고개를 끄덕였다. 그는 클로드 부인에게 뭔가 묻고 싶은 걸 꾹 참았다. 로버트라는 이름은 철자를 일일이 알려 주면서 왜 언더헤이는 그런 식으로 알려 주지 않는지, 왜 굳이 첩보원들이나 쓸 것 같은 암호를 사용해야 하는 이유가 무언지 말이다.

결론에 다다른 클로드 부인은 신이 나 있었다.

"제 동서 이름이 로잘린이거든요. 아시겠죠? 온통 R이 나와서 헷갈리지만. 하지만 의미는 아주 간단해요. '로잘린에게 로버트 언더헤이는 죽은 게 아니라고 전하라.' 이거지요."

"아하, 그렇군요. 그래서 로잘린에게 말씀하셨습니까?"

클로드 부인은 약간 당황한 기색이었다.

"어…… 아니요……. 그게 그러니까 제 말은, 사람들이 하도 의심이 많아서. 로잘린도 분명 마찬가지일 거예요. 그리고 그 불쌍한 남자 이야기를 들으면 무척 심란해할 거라고요. 어디서 무엇을 하고 있나 생각하면서 말이죠."

"영기(靈氣)를 통해서 그 남자의 목소리가 전달됐는데 뭘 달리 생각하겠습니까? 물론 기이한 방법이긴 하지만 자신이 무사한 걸 알리는 것 아니겠어요?"

"아, 무슈 푸아로께서도 이 방면에 초보는 아니시군요. 하지만 그가 지금 어떤 상황에 있는지를 어떻게 알겠어요? 언더헤이 대위는

(지금은 언더헤이 소령일 수도 있겠네요.) 아프리카 내륙 깊숙한 곳 어딘가에 포로로 잡혀 있는 신세일 수도 있어요. 혹시 그를 찾게 된다고 생각해 보세요, 무슈 푸아로. 사랑하던 로잘린에게 다시 돌아온다면, 그녀가 얼마나 행복할지 한번 생각해 보세요. 아, 무슈 푸아로, 전 영혼의 인도로 선생님에게 오게 됐어요. 영혼 세계의 명령을 물리칠 생각은 결코 없으시겠죠?"

푸아로는 곰곰이 생각에 잠긴 채 그녀를 바라보다가 부드러운 목소리로 말했다.

"제게 일을 맡기려면 돈이 무척 많이 듭니다. 엄청나게 많이요! 그리고 말씀하신 그 일은 그렇게 쉬울 것 같지가 않은데요."

"아, 너무 안타깝네요. 요즘 남편 사정이 말이 아니라서. 정말 좋지 않답니다. 사실 제 상황도 남편이 아는 것보다 심각하고요. 영혼의 계시에 따라 주식을 좀 샀는데 아직까지는 무척 실망스러운 형편이에요. 사실 아주 불안한 지경이랍니다. 완전히 바닥을 쳐서 제 생각에는 이제 파는 것도 힘들 것 같아요."

그녀는 낭패감에 젖은 푸른 눈으로 푸아로를 바라보았다.

"남편에게는 아직 얘기도 못 꺼냈어요. 선생님께 이 말씀을 드리는 건 제 처지를 설명하려는 것뿐이에요. 하지만 무슈 푸아로, 그 젊은 부부가 다시 만나기만 하면…… 그렇게 뜻깊은 일이 또 어디 있겠어요……."

"셰르 마담(친애하는 부인), 뜻깊은 일이라고 난방비나 기차표 값이랄지 비행기 삯이 절로 생기지는 않지요. 또 전보나 전화를 이용하고 목격자를 신문할 때 드는 비용이 나오는 것도 아니고 말입니다."

"하지만 사람만 찾으면, 그러니까 언더헤이 대위가 무사히 살아 있다는 사실만 알게 되면 말이에요. 그 사실이 확실히 증명만 되면, 선생님의 보수를 처리하는 데는 전혀 문제가 없을 거라고 장담할 수 있어요."

"아, 언더헤이 대위라는 사람이 부자인가 봅니다?"

"아뇨, 글쎄요, 아닐 거예요……. 하지만 제가 보장할 수 있어요. 확실히 약속드리지요. 돈 때문에 문제가 생길 일은 없을 거라고."

푸아로는 천천히 고개를 가로저었다.

"죄송합니다, 부인. 이번 일은 안 된다는 말씀밖에 못 드리겠군요."

그녀는 푸아로와 약간 실랑이를 벌이고 나서야 비로소 푸아로의 결정을 받아들였다.

마침내 그녀가 방에서 나가자 푸아로는 일어서서 인상을 찌푸린 채 생각에 잠겼다. 이제야 클로드란 이름이 왜 낯익은지 기억났다. 공습이 있던 날 클럽에서 오갔던 대화가 떠올랐던 것이다. 아무도 듣고 싶어 하지 않던 이야기를 줄기차게 늘어놓던 포터 소령의 지루하면서도 우렁찬 목소리가 다시 들리는 듯했다.

신문을 뒤적이는 소리와 너무 놀라 입을 쩍 벌리던 포터 소령의 모습도 기억이 났다.

하지만 푸아로를 심란하게 만드는 건 따로 있었다. 조금 전 방을 나선 열성적이던 중년 여성을 어째야 할지 결정을 내려야 했던 것이다. 영혼을 들먹이며 두서없이 늘어놓던 이야기, 애매한 태도, 나풀거리는 스카프, 목에서 달랑거리던 목걸이들. 그리고 마지막으로 이 모든 것과는 약간 다르게, 순간순간 날카롭게 번득이던 창백한 푸른 눈동자.

푸아로가 책상에 놓인 명함을 내려다보며 혼자 중얼거렸다.

"도대체 무엇 때문에 나를 찾아온 걸까? 그동안 웜슬리 베일에 무슨 일이 있었던 거지?"

III

푸아로가 석간신문에서 조그맣게 실린 사진을 본 것은 정확히 닷새 후였다. 이녹 아든이라는 남자의 사망 소식이었다. 남자가 죽은 곳은 사람들이 많이 찾기로 유명한 웜슬리 히스 골프장에서 5킬로미터 떨어진, 오래되고 조그만 마을 웜슬리 베일이었다.

에르퀼 푸아로는 다시 한번 혼잣말로 중얼거렸다.

"도대체 그동안 웜슬리 베일에 무슨 일이 있었던 거지?"

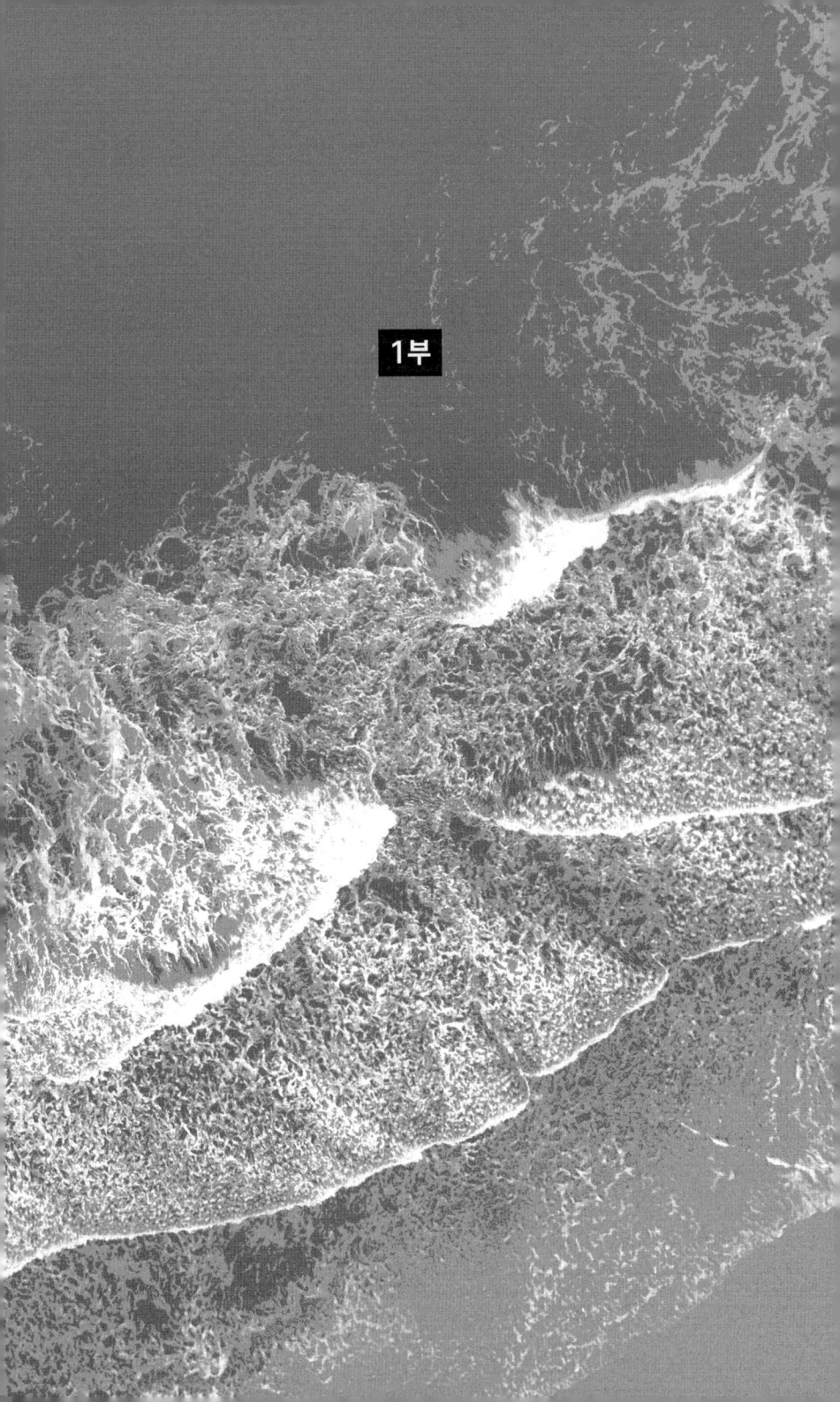

1부

1장

I

윔슬리 히스에는 골프장이 하나, 호텔이 두 채 자리 잡고 있었다. 골프장으로 이어지는 길에는 무척 값비싼 현대식 별장이 몇 채 들어서 있었고, 제2차 세계 대전이 일어나기 전에 사치품을 팔았던 가게들이 일렬로 죽 늘어서 있었으며 기차역도 있었다.

기차역에서 빠져나오면 두 갈래 길이 나오는데, 왼쪽으로 쭉 뻗어 있는 주도로는 런던으로 통했다. 그리고 들판을 가로질러 나 있는 오른편의 조그만 길에는 표지판이 서 있었다.

윔슬리 베일로 가는 오솔길.

숲이 우거진 언덕 지대에 숨어 있는 웜슬리 베일은 웜슬리 히스와는 닮은 구석이 조금도 없는 마을이었다. 코딱지만 하긴 해도 원래 재래식 시장이 서는 도시였지만, 지금은 일개 촌락으로 전락해 버린 상태였다. 웜슬리 베일에 나 있는 대로에는 조지 왕조풍의 저택과 술집, 유행과는 동떨어진 상점 몇 개가 자리 잡고 있었다. 전반적으로 런던에서 50킬로미터가 아니라 족히 250킬로미터는 떨어진 것 같은 분위기를 풍기는 곳이었다.

이곳 주민들은 웜슬리 히스가 하루가 다르게 발전해 나가는 것을 하나같이 못마땅하게 여기고 있었다.

웜슬리 베일 변두리에는 잘 꾸민 고풍스러운 정원이 있는 멋진 저택이 몇 채 있었다. 1946년 이른 봄, 린 마치몬트가 해군 여성부대(Women's Royal Naval Service, Wrens. 두 차례의 세계 대전 기간 결성된 여성들로 이루어진 해군 부대로 무선 전신 기사, 정비공 등으로 복무했다. 1993년 영국 해군에 통합되며 해체됐다 — 옮긴이)를 제대하고 돌아온 화이트 하우스도 그런 저택 가운데 하나였다.

집에 돌아온 지 사흘째 되는 아침, 린은 침실 창문을 열고, 손질이 안 된 잔디며 저 위쪽 초원에 서 있는 느릅나무를 바라보고는 행복한 기분으로 공기 냄새를 맡았다. 물기에 촉촉이 젖어 부드러운 흙냄새가 나는 포근한 회색빛 아침이었다. 지난 2년 반 동안 얼마나 그리워한 냄새던가.

다시 집에 돌아온 것이 얼마나 기쁜지 몰랐다. 해외에 나가 있는 동안 그렇게 자주, 그리도 사무치게 그리워하던 자그마한 자기 침실에 있는 것이 그녀는 더할 나위 없이 기뻤다. 제복을 벗고 트위드 스커트에 스웨터를 걸칠 수 있는 것도 얼마나 좋은지. 물론 전쟁 기간 동안 좀벌레들이 너무 부지런을 떤 게 좀 문제이긴 했지만!

해군 여성부대에서 벗어나 자유로운 한 사람의 여성으로 다시 돌아온 것도 기뻤다. 물론 해외에서 복무한 시절이 무척 좋았던 것도 사실이지만 말이다. 군대에서 했던 일은 상당히 흥미 있었고, 무척 즐거운 파티도 열렸다. 하지만 판에 박힌 일상은 갑갑했고, 동료들과 떼로 몰려다니는 느낌이 들 때는 그런 생활에서 벗어나고픈 마음이 굴뚝같았다.

동부 전선에서 찌는 듯이 덥고 긴 여름을 보내야 했던 시절에는 웜슬리 베일과, 낡긴 했지만 시원하고 쾌적한 집이며 사랑하는 엄마가 너무도 애타게 그리웠다.

린은 엄마를 사랑했지만 동시에 부담스럽기도 했다. 멀리 타지에 있을 때는 엄마에 대한 사랑만 남고 귀찮아했던 기억은 모두 잊어버렸다. 아니 그런 기억까지도 지독한 향수병을 부추길 뿐이었다. 그때는 다정한 엄마를 떠올리면 정말 미칠 것 같았다. 엄마가 하소연하는 듯한 사랑스러운 목소리로 버릇처럼 했던 말들을 귓전에 떠올리지 않으려 얼마나 애를 썼던지. 아, 집에 돌아가기만 하면 또다시 집을 떠나는 일은 결단코 없으리라.

그리고 지금 그녀는 군복무를 마치고 자유로운 몸이 되어 다시 화이트 하우스로 돌아왔다. 돌아온 지 이제 사흘. 그런데 벌써부터 알 수 없는 묘한 불안감이 그녀를 엄습하고 있었다. 변한 것은 하나도 없었다. 너무하다 싶을 정도로 모든 게 그대로였다. 저택도, 엄마도, 롤리도, 농장도, 그리고 클로드가도. 변한 것은 그녀 자신이었다. 변하지 말아야 하는 건 자신이었는데…….

마치몬트 부인의 가느다란 목소리가 계단을 타고 올라왔다.

"우리 아기…… 아침은 침실로 가져다줄까?"

린이 날카롭게 소리쳤다.

"뭐 하러요. 지금 내려가요."

린은 속으로 생각했다. '엄만 꼭 우리 아기란 말을 써야 하나? 너무 바보 같잖아!'

서둘러 아래층으로 내려간 린은 식당으로 들어갔다. 아침 식사는 그다지 훌륭한 편이 못 되었다. 린은 한가하게 음식 맛을 즐기기에는 집안 형편이 좋지 않다는 것을 벌써 깨달아 가고 있었다. 별로 믿음이 안 가는 여자가 일주일에 네 번 아침에 나오는 것을 빼면, 마치몬트 부인 혼자서 요리며 청소를 도맡아 하느라 애쓰고 있었던 것이다. 마치몬트 부인은 마흔에 린을 낳은 데다 건강이 좋지 않았다. 린은 또 경제적 형편이 예전 같지 않다는 사실 때문에도 약간 당황했다. 전쟁 전만 해도 적지만 어느 정도 고정 수입이 있어서 편안하게 생활할 수 있었는데, 이제는 세금 때문에 수입이 거의 절반으로 줄어든 것이다. 거기다 각종 요금이며 생활비, 일꾼의 급료까지 모두 올라 버린 터였다.

'멋진 신세계야('brave new world', 셰익스피어의 작품 『폭풍우』에 나오는 어구—옮긴이).' 린은 속으로 냉담하게 내뱉었다. 그녀는 일간 신문의 광고란을 가볍게 훑어보는 중이었다.

공군여자보조부대 출신. 독창성과 추진력을 발휘할 자리를 구합니다.
해군 여성부대 출신. 조직 구성 능력과 리더십 필요한 자리 구합니다.

모두 사업 수완, 독창성, 리더십을 제시하고 있었다. 하지만 사람들이 정말 필요로 하는 건 무엇이던가? 요리하고, 청소할 줄 아는 사람, 아니면 제대로 속기할 줄 아는 사람이다. 묵묵히 잘 참고 일상적 잡무나 서비스를 잘할 수 있는 사람이 필요한 것이다.
하지만 그런 것은 린과는 상관없는 일이었다. 그녀 앞에 난 길은 분명했기 때문이다. 사촌인 롤리 클로드와 결혼하는 것. 둘은 전쟁이 터지기 직전인 7년 전 약혼한 사이였다. 기억이 가물가물할 정도로 오래전부터 린은 롤리와 결혼하겠다고 마음먹고 있었다. 롤리가 농장 생활을 하겠다고 했을 때 린은 순순히 응낙했다. 괜찮은 삶일 것 같았다. 힘든 일이 많고 그렇게 신나는 삶은 아니겠지만, 둘 모두 탁 트인 야외와 동물 돌보는 것을 좋아하기 때문이었다.
물론 그들의 앞날은 예전같이 밝지 않았다. 고든 외삼촌이 언제나 약속했던 그런 앞날은 이제 없었다.
마치몬트 부인이 린의 심중을 알아차리기라도 한 듯 구슬픈 목소리로 말했다.
"린, 편지에도 썼지만 우리 모두 그런 심한 충격을 받은 건 처음이었어. 고든은 영국에 온 지 고작 이틀밖에 안 됐거든. 고든은 우리를 만나지도 못하고 죽은 거란다. 런던에 있지 말고 여기로 곧장 왔으면 그런 변은 안 당했을 텐데 말이야."

II

"정말 그러기만 했다면……."
 린은 멀리 타지에서 외삼촌이 죽었다는 소식을 들었을 때 충격과 슬픔을 감출 수 없었지만, 이제야 외삼촌이 정말 죽고 없다는 사실이 실감나기 시작했다.
 린이 기억하는 한 고든 클로드는 이제까지 그녀를 비롯한 클로드가 사람들 모두의 삶에 막대한 영향을 끼쳐 왔기 때문이다. 부유하면서도 친자식이 없던 외삼촌은 친척 모두에게 세심한 배려를 아끼지 않았다.
 심지어 롤리까지도…… 롤리는 친구 조니 바버수어와 동업으로 농장 일을 시작했다. 자본은 적었지만 그들은 희망과 의욕에 넘쳤다.
 고든 외삼촌이 린에게 따로 해 둔 말도 있었다.
 "농사는 자본이 없으면 아무것도 안 돼. 하지만 우선은 성공하겠다는 의지와 능력이 있는지 알아봐야 해. 지금 그 녀석들을 도와주면 그걸 알 수 없을 거다. 제대로 시험해 보려면 몇 년은 걸리겠지. 린, 롤리가 이 방면에 정말 소질이 있다고 판단되면 네가 걱정할 일은 없을 거다. 적절히 재정 지원을 해 줄 생각이야. 우리 아가씨, 그러니 장래를 비관적으로 볼 필요는 없어. 넌 롤리의 아내로 딱이야. 하지만 내가 이제까지 한 얘기는 우리끼리만 알고 있기다."

 린은 약속을 지켰지만, 롤리는 삼촌의 인자한 마음을 이미 눈치챈 듯했다. 남은 문제는 자신과 조니가 훌륭한 투자 대상이라는 사실을 입증하는 일이었다.

 정말이지 이제까지 클로드가 사람들은 모두 고든 클로드에게 의지해 오고 있었다. 그렇다고 클로드가 사람들이 식충이거나 한량인 것은 절대 아니었다. 제러미 클로드는 법무 회사에서 수석 변호사로 일하고 있었고 라이어널 클로드는 의사였다.

 일에 시달리는 생활이었지만 돈 걱정은 하지 않아도 됐으므로 그들은 든든했다. 돈을 아껴 쓰거나 절약할 필요도 없었다. 미래는 안전하게 보장되어 있었다. 딸린 가족이 없는 고든 클로드가 보살펴 줄 것이었기 때문이다. 이따금 고든 클로드가 자신의 입으로 직접 그런 말을 하기도 했다.

 남편을 여의고 홀로 지내는 아델라 마치몬트는 동생인 고든 클로드 덕분에 화이트 하우스에서 계속 살 수 있었다. 고든이 아니었으면 아마 손이 덜 가는 좀 더 작은 주택에서 살고 있을 것이다. 린이 일류 학교를 다닐 수 있었던 것도 고든 덕분이었다. 전쟁만 일어나지 않았다면, 린은 자신이 원하기만 한다면 그 어떤 비싼 연수라도 받을 수 있었을 것이다. 고든 삼촌이 린을 배려해 정기적으로 보내 준 수표 덕분에 약간 사치도 부릴 수 있었다.

예전에는 모든 것이 그렇게 안정적일 수 없었다. 그런데 그런 고든 클로드가 갑자기 결혼을 한 것이다. 그 누구도 예상치 못한 일이었다.

아델라가 말을 이었다.

"우리 아가, 물론 모두 어안이 벙벙했지. 고든이 다시 결혼하는 일만은 절대 없을 거라고 믿어 의심치 않았는데. 돌보던 친척이 많았는데 어떻게 그럴 수 있었을까."

'딸린 친척이라면 많았지. 어쩌면 지나치게 많지 않았을까?'

마치몬트 부인이 말을 이었다.

"고든은 항상 아주 자상했어. 물론 가끔, 아주 조금 강압적인 면이 있기는 했지만. 고든은 번들번들한 식탁에서 식사하는 건 질색했지. 나한테 언제나 그 구식 식탁보를 꼭 깔라고 했어. 이탈리아에 있을 때는 베네치아풍 레이스가 달린 식탁보를 보내 준 적도 있어. 그렇게 예쁠 수 없었지."

"삼촌 뜻대로 하면 분명 보상이 있었으니까."

린이 냉정한 목소리로 말했다. 그러고는 궁금하다는 듯 덧붙였다.

"그런데 그 두 번째 부인은 어떻게 만난 거래요? 편지에 그 얘기는 안 해 주셨잖아요."

"아, 그건 배에서나 비행기 뭐 그런 데서 만난 것 같다. 남미에서 뉴욕으로 돌아가는 길이었던 것 같아. 그동안은 정말 무사히 잘 넘겼는데 말이지. 밑에서 일했던 그 많은 비서, 타이피스트, 가정부 들 말이다."

린은 빙그레 미소를 지었다. 자신이 기억하는 한 고든 클로드가 고용했던 비서며, 가정부며, 사무실 직원 들은 모두 심한 감시와 의심을 받아야 했다.

린이 궁금하다는 듯 물었다.

"물론 그 여자는 예쁘겠죠?"

아델라가 말했다.

"글쎄다. 내가 보기엔 약간 맹한 것 같더라."

"엄마는 남자가 아니라 그래요."

마치몬트 부인이 말을 계속했다.

"물론 그 불쌍한 여자도 공습을 당했어. 폭격으로 충격을 받았는지 굉장히 아픈가 보더라. 내가 보기에는 절대 완전히 회복하지는 못할 것 같아. 신경쇠약증에 걸렸어. 내 말이 무슨 뜻인지 알겠지? 얼이 나간 사람처럼 보일 때도 있단다. 불쌍한 고든이 살아 있었어도 그 여자는 동반자 역할을 제대로 못 했을 거야."

린이 빙긋이 웃었다. 고든 삼촌이 지적인 동반자로 삼으려고 자기보다 몇십 살이나 어린 여자와 결혼하려고 마음먹었을까.

그때 마치몬트 부인이 목소리를 낮추고 말했다.

"그런데, 얘. 이런 말 꺼내기는 좀 그렇지만 그 여자 집안이 별로인 것 같더라!"

"그게 무슨 말씀이세요, 엄마. 요즘에 그런 게 뭐가 중요하다고."

아델라가 차분하게 말했다.

"아직도 시골에서는 중요하게 생각한단다. 내 말은 그 여자는 우리와 같은 부류가 아니라는 거야."

"엄마는 어떻게 그런 말을 해요?"

"린, 난 네가 왜 그렇게 말하는지 모르겠구나. 그래도 우리는 최대한 예의를 갖춰서 친절하게 대해 주었어. 우리 사이에 기꺼이 끼워도 주고. 고든을 생각해서 말이야."

린이 문득 궁금해져서 물었다.

"그럼 그 여자는 지금 퍼로뱅크에 있어요?"

"당연하지. 요양원을 나와서 갈 데가 거기밖에 더 있겠니? 의사들이 런던엔 있으면 안 된다고 해서 자기 오빠랑 퍼로뱅크에 있다는구나."

"그 오빠라는 사람은 어때요?"

"젊은 사람인데 인상이 무서워."

마치몬트 부인은 잠시 말을 멈추었다가 잔뜩 감정을 실어 덧붙였다.

"그리고 무례하단다."

순간 린은 어머니에게 동정심을 느끼고 속으로 생각했다.

'만나면 나도 똑같이 무례하게 대하겠어.'

린이 물었다.

"이름이 뭐죠?"

"헌터. 데이비드 헌터라고 하더구나. 아일랜드 사람 같아. 물론 그 사람들은 흔히 볼 수 있는 평범한 사람들이 아니야. 그 여자는 미망인이더구나. 언더헤이라는 사람이 남편이었대. 인정머리 없이 보이고 싶은 마음은 없다만, 의문이 생기는 것도 당연하지 않겠니? 과

부가 전쟁 통에 남미로 여행을 갔다 오는 게 가당키나 하냔 말이다. 돈 많은 남자를 잡을 목적이었다고밖에는 생각할 수 없어."

"정말 그런 거라면 헛고생한 것은 아니군요."

마치몬트 부인이 한숨을 내쉬며 말했다.

"도무지 이해가 안 가. 고든같이 지각 있는 사람이 말이다. 고든에게 덤빈 여자가 어디 한둘이었니. 지난번 비서만 해도 그랬지. 그렇게 야한 옷차림을 하고서 말이야. 정말 능력은 있는 듯했지만, 고든은 그 여자를 해고해야 했지."

린이 들릴 듯 말 듯 한 목소리로 말했다.

"어디에나 뜻대로 안 되는 일은 있는 법이죠."

마치몬트 부인이 말했다.

"예순둘이었지. 무척 위험한 나이였어. 전쟁 때문에 불안한 마음도 들었을 거야. 그래도 고든이 뉴욕에서 보낸 편지를 받았을 때는 정말 얼마나 놀랐는지 모른다."

"정확히 뭐라고 씌어 있었어요?"

"프랜시스에게 편지를 보냈더구나. 왜 그랬는지는 잘 모르겠다. 아마 프랜시스가 자란 환경이 있어서 자기를 더 잘 이해해 줄 거라 생각한 거 같아. '내 결혼 소식에 모두 놀라겠죠? 갑작스러운 일이긴 하지만 우리 가족 모두 로잘린(무슨 연극에 나오는 이름 같지 않니? 가명인 게 분명해.)을 금세 좋아하게 될 거라고 믿어요. 로잘린은 가엾은 삶을 살았고, 젊지만 무척 많은 일을 겪었어요. 그녀가 살아온 용기가 정말 대단해요.'라고 썼지."

"뻔한 수법이군."

린이 중얼거렸다.

"그래. 내 생각도 똑같다. 그런 이야기는 수도 없이 듣잖니. 하지만 고든같이 경험 많은 사람도 그게 다 사실일 거라 믿을 수 있는가 봐. 그 여자는 눈이 참 크더구나. 진한 푸른색이었어. 손은 거칠더구나."

"매력 있나 봐요?"

"아, 그래. 무척 예쁜 편인 건 맞아. 나는 그렇게 예쁜 건 별로 마음에 안 들지만."

"마음에 들 리가 없죠."

린이 쓴웃음을 지으며 말했다.

"얘, 그렇지 않아. 정말이지, 남자들이란. 도대체 난 남자들 속을 모르겠어. 제대로 정신이 박힌 사람조차도 터무니없이 바보 같은 짓들을 한다니까. 고든은 편지에 이렇게 썼단다. '이 일로 그동안 쌓아 온 오랜 관계가 소원해질 거라고 절대 생각해서는 안 돼요.' 고든은 여전히 우리에게 특별한 책임감을 느끼고 있었어."

"하지만 결혼한 후에 유언장을 작성하지 않았잖아요?"

마치몬트 부인은 고개를 끄덕였다.

"고든이 마지막으로 유언장을 만든 것은 1940년이지. 자세한 건 잘 모르지만, 그때 고든은 만일 자신에게 무슨 일이 일어나도 우리 모두 충분히 보살핌을 받을 수 있도록 유언장을 썼다고 말했어. 물론 고든이 결혼하는 바람에 그 유서는 무용지물이 되어 버렸지만.

집에 돌아오면 새 유언장을 작성할 생각이었던 것 같은데 시간이 없었지. 영국에 발을 디딘 지 얼마 지나지 않아서 목숨을 잃었으니."

"그러면 로잘린이라는 그 여자가 다 갖게 되는 거네요?"

"그렇지. 결혼을 했으니 기존 유언장은 무효가 된 거니까."

린은 아무 말이 없었다. 대놓고 돈을 밝힌 적은 없지만 인간인 이상 형편이 이렇게 바뀐 데 화가 나지 않을 수 없었다. 고든 외삼촌이 머릿속에 그려 두었던 건 이런 상황이 절대 아니라는 생각이 들었다. 물론 재산 대부분은 아내에게 남겨 줄 생각이었겠지만, 클로드가 사람들에게도 뭔가를 따로 마련해 놓았을 것이다. 외삼촌은 미래를 대비해 저축을 하거나 돈을 아낄 필요 없다고 거듭 말하지 않았던가. 한번은 제러미 외삼촌에게 이런 말도 했다.

"내가 죽으면 형은 부자가 될 거야."

그리고 누나인 엄마에게는 가끔 이렇게 말했다.

"누나, 걱정할 거 없어요. 린은 언제고 내가 돌봐 줄 거니까. 그리고 이 집을 떠날 생각은 하지도 말아요. 이건 누나 집이야. 수리비 청구서는 다 나한테 보내요."

롤리에게 농장 일을 해 보라고 권한 것도 고든 외삼촌이었다. 제러미 외삼촌 아들인 앤터니에게 근위대에 들어가라고 끝까지 설득하고, 넉넉히 용돈을 쥐여 주던 사람도 고든 외삼촌이었다. 라이어널 클로드 외삼촌에게는 당장 돈벌이가 안 되고 병원 운영에 지장이 있더라도 전문 분야의 의학 연구를 해 보라고 권하기도 했다.

상념은 여기까지였다. 절묘하게도 마치몬트 부인이 입술을 부르르 떨면서 청구서 뭉치를 내밀었던 것이다.

그녀가 한탄하듯 말했다.

"이것 좀 봐라. 난 어떡해야 하니? 린, 도무지 모르겠구나. 오늘 아침에는 은행장이 인출액이 초과됐다는 편지를 보내왔더구나. 어찌해야 할지 모르겠어. 그렇게 신경을 썼는데. 투자금도 전처럼 수익이 안 나는 것 같구나. 세금이 올라서 그렇대. 이 노란색 청구서들은 전쟁상해보험인가 하는 건데 싫든 좋든 의무적으로 내야 하는 거래."

린은 청구서를 받아 들고 살펴보기 시작했다. 낭비라고 할 만한 지출은 전혀 없었다. 지붕 슬레이트 교체비, 담장 수리비, 낡은 주방용 보일러 수리비(중심 수도관 주 파이프 교체) 등이었다. 다 합치니 금액이 상당했다.

마치몬트 부인이 애처롭게 말했다.

"아무래도 여기서 이사해야겠지? 하지만 어디로 간다니? 작은 집은 눈을 씻고 봐도 못 찾겠어. 린, 이런 일로 네게 걱정을 안기고 싶지는 않았다만, 집에 돌아온 지도 얼마 안 됐는데 말이야. 하지만 어쩔 줄을 모르겠구나. 정말 모르겠어."

린은 엄마를 바라보았다. 이제 예순이 넘으셨다. 사실 엄마는 그렇게 강한 여성이 아니었지만 전쟁 중에는 런던에서 온 피난민들을 거두어 요리를 해 먹이고 청소를 해 주었다. 또 여성자원봉사회 활동을 하며 잼을 만들고 학교 급식까지 거들었다. 안락했던 생활은 전쟁 통에 180도 바뀌어 하루에 열네 시간 일해야 했다. 그런 어머니가 완전히 지치고 미래에 대한 두려움에 빠진 채 지금은 거의 파산 직전까지 와 있는 것이다.

마음속에서 조용히 그리고 서서히 분노가 치민 린이 느릿느릿 말했다.

"이런 일은…… 로잘린이 도와주지 않을까요?"

마치몬트 부인이 얼굴을 붉히고 말했다.

"우리에겐 그럴 권리가 없어, 전혀."

린이 반박했다.

"그게 도리죠. 고든 외삼촌은 항상 도와주었잖아요."

마치몬트 부인이 고개를 저으며 말했다.

"별 호의를 가지고 있지 않은 사람에게 뭔가를 부탁하는 건 그다지 보기가 좋지 않은 거란다, 얘야. 설령 안 그렇다 해도 그 여자 오빠라는 자가 동전 한 닢도 못 주게 할 거다."

의연하던 부인은 영락없이 심술궂은 여인네가 되어 이렇게 덧붙였다.

"그자가 정말 로잘린 오빠인지도 모르겠다만."

2장

 프랜시스 클로드는 저녁 식탁 건너편에 앉아 있는 남편을 유심히 바라보았다.
 이제 마흔여덟이 된 프랜시스는 그레이하운드 개처럼 팔다리가 길고 늘씬해서 트위드 재질의 옷이 잘 어울렸다. 당당하면서도 고생한 흔적이 엿보이는 아름다운 얼굴에는 건성으로 바른 립스틱 외에는 화장기가 전혀 없었다. 이제 예순셋으로 비쩍 마른 체구에 백발이 성성한 제러미 클로드는 아무 표정이 없는 무뚝뚝한 얼굴이었다.
 그리고 오늘 저녁 남편의 얼굴은 평소보다 훨씬 더 무표정했다.
 프랜시스는 순식간에 이 사실을 알아차렸다.
 열다섯 살 난 여자아이가 식탁을 천천히 돌면서 음식을 담아 주고 있었다. 아이는 걱정이 가득한 눈으로 프랜시스를 바라보았다. 프랜시스가 인상이라도 쓰면 뭐라도 떨어뜨릴 지경이었지만, 프랜시스가 호의 어린 표정을 보이자 아이의 얼굴은 단박에 밝아졌다.

웜슬리 베일 사람들은 프랜시스 클로드만이 하인을 제대로 부릴 줄 안다고 부러움에 차서 말하곤 했다. 그녀는 엄청난 급료를 주어 하인들의 환심을 사는 것도 아니었고, 일에 관해서는 가차가 없었다. 하지만 노력하는 사람에게는 따뜻한 호의를 베풀었기에, 그녀의 활력과 추진력에 감화된 하인들은 마치 자기 일이라도 되는 양 나서서 집안일을 했다. 평생 하인의 시중을 받는 것에 너무 익숙했으므로 그녀에게는 그런 것이 굳이 의식할 것 없이 당연했다. 탁월한 요리사나 식사 시중을 능숙하게 드는 하녀는 그녀에게 훌륭한 피아니스트만큼이나 값진 존재였다.

프랜시스 클로드는 웜슬리 히스 인근에서 말을 조련하던 에드워드 트렌턴 경의 외동딸이었다. 에드워드 경이 마지막으로 파산했을 때, 당시 내막을 잘 아는 사람들은 그가 운이 좋아 더 나쁜 상황은 면했다고들 말했다. 당시 떠돌던 여러 가지 소문 중에는 말들이 경기 중에 별안간 이상 행동을 했다는 이야기도 있었고, 경마 클럽 간사협회의 조사가 있었다는 얘기도 있었다. 하지만 에드워드 경은 명성에 약간의 흠집만 입은 채 이 상황을 모면했고, 결국에는 채권자들과 합의에 도달해 프랑스 남부 지방에 가서 아주 안락한 생활을 할 수 있었다. 그에게 이런 생각지도 못한 축복이 찾아온 것은 다 그의 변호사였던 제러미 클로드가 각고의 노력으로 일을 빈틈없이 처리한 덕분이었다. 당시 클로드는 변호사로서 보통의 의뢰인에게 한 것보다 훨씬 더 애를 썼다. 심지어 자기가 나서서 보증을 하기도 했다. 프랜시스 트렌턴을 진지하게 마음에 두고 있음을 확실히 밝힌 셈이었다. 프랜시스는 아버지 일이 만족스럽게 해결되자 보답이라도 하듯 제러미 클로드 부인이 되었다.

당시 그녀의 본심이 과연 무엇이었는지 아는 사람은 하나도 없었다. 속내를 감탄스러울 정도로 잘 숨긴다는 말밖에는 달리 할 말이 없었다. 이제까지 프랜시스는 제러미에게는 유능하고 성실한 아내였고, 아들 앤터니에게는 사려 깊은 엄마였다. 또 모든 일에서 제러미의 이익을 먼저 챙기면서도, 자신이 원해서 결혼한 거라고는 말로도 행동으로도 전혀 내비치지 않았다.

클로드가 사람들은 그 보답으로 프랜시스를 무척이나 존중했고, 내심 탄복해 마지않았다. 그들은 프랜시스를 자랑스러워했고, 그녀의 판단력에는 경의를 표했다. 그러면서도 클로드가 사람들은 프랜시스가 정말 한 가족이라는 생각은 한 번도 해 본 적이 없었다.

제러미 클로드가 자신의 결혼을 어떻게 생각하는지는 아무도 알 수 없었다. 제러미가 무슨 생각을 하고 속마음이 어떤지 알 수 있는 사람은 없었기 때문이다. 사람들 사이에서 제러미는 '마른 장작개비'로 통했다. 그가 한 사람의 남자로서, 또 변호사로서 누리고 있는 명성은 무척 높았다. 클로드와 브런스킬 클로드 법률 회사는 법률적으로 조금이라도 미심쩍다 싶은 일에는 전혀 손을 대지 않았다. 최고의 법률 회사라고 할 수는 없었지만 매우 건실한 회사로 평판이 난 건 사실이었다. 회사가 번창한 덕분에 제러미 클로드 가족은 마켓 플레이스 근방의 멋진 조지아 왕조풍 저택에서 살 수 있었다. 이 저택 뒤편에 자리 잡은 정원에는 고풍스러운 높은 담장이 둘러져 있었고 봄이면 배꽃이 정원 한가득 피어나 물결쳤다.

부부는 저녁 식사를 물리고 일어나 정원이 내려다보이는 저택 뒤편 방으로 갔다. 그 열다섯 살짜리 여자아이 에드나가 편도선이라도 부은 듯 가쁘게 숨을 몰아쉬며 방 안으로 커피를 날라 왔다.

프랜시스가 컵에 커피를 약간 따랐다. 진하고 뜨거웠다. 그녀는 에드나에게 잘했다는 듯 밝은 목소리로 말했다.

"에드나, 아주 좋구나."

아이는 기뻐서 얼굴이 빨개진 채 방을 나섰다. 그러면서도 커피를 저렇게 마시는 사람도 있구나 하고 신기하게 여겼다. 에드나 생각에 커피는 우유를 잔뜩 넣어 연한 크림색이 되어야 달짝지근해서 맛이 있는데 말이다.

정원이 내려다보이는 방에서 클로드 부부는 설탕을 넣지 않은 블랙커피를 마셨다. 저녁 식사 시간 동안 오늘 만난 사람들이며, 린이 돌아온 이야기, 조만간 농장 일이 어떻게 돌아갈지 두서없는 이야기를 두루 나눈 터였다. 그리고 이제 둘만 남게 되자 아무 말도 없이 앉아 있었다.

프랜시스는 몸을 뒤로 기댄 채 남편을 바라보았다. 그는 무언가에 완전히 넋을 빼앗겨 그녀가 쳐다보는 것도 모르고 있었다. 오른손으로 윗입술을 매만지고 있었다. 제러미 자신은 모르지만 그런 동작은 마음속에 뭔가 근심이 있을 때만 나오는 행동이었다. 프랜시스가 제러미의 그런 동작을 그다지 자주 본 건 아니었다. 아들 앤터니가 어릴 적 심하게 아팠을 때, 재판에서 한 배심원이 평결을 고민할 때, 제2차 세계 대전이 발발해 돌이킬 수 없는 선전포고문을 라디오로 들었을 때, 그리고 앤터니가 위로 휴가를 마치고 집을 떠나 전쟁터로 돌아가기 전날 정도가 고작이었다.

프랜시스는 말을 꺼내려다 잠시 생각에 잠겼다. 결혼 생활은 행복했지만 부부로서 그들은 결코 가까운 사이가 아니었다. 프랜시스는 제러미의 자제심을 존경하고 있었고, 그건 제러미도 마찬가지였다. 심지어 앤터니가 전장에서 사망했다는 전보가 왔을 때조차도 그들은 서로가 상심하지 않도록 감정을 자제했다.

그때 제러미는 전보를 뜯고서 프랜시스를 쳐다보았다.

"그…… 소식인가요?"

그는 고개를 떨어뜨린 채 프랜시스를 스쳐 지나가면서 내민 손에 전보를 건네주었다.

두 사람은 한동안 아무 말 없이 그 자리에 서 있었다. 한참 만에 제러미가 입을 열었다.

"내가 당신한테 힘이 될 수 있으면 좋을 텐데."

"당신 마음도 나만큼 아프잖아요."

프랜시스는 차분한 목소리로 대답했다. 엄청난 공허감과 찢어질 듯한 아픔이 밀려왔지만 눈물은 나오지 않았다.

제러미는 프랜시스의 어깨를 두드리며 말했다.

"음, 그렇군……."

그러고는 약간 비틀거리며 문 쪽으로 걸어가다가 여전히 무뚝뚝하지만 갑자기 확 늙어 버린 모습으로…… 이렇게 말했다.
"무슨 말을 해야 할지…… 무슨 말을 해야 할지 모르겠군……."
프랜시스는 자신을 너무나 잘 이해해 주는 제러미가 말로 다하지 못할 정도로 고마웠다. 그러면서도 갑자기 늙어 버린 그를 보면서 불쌍한 생각에 살을 저미듯 마음이 아팠다. 아들을 잃으면서 그녀의 마음속에는 무언가 단단히 응어리가 맺혀 버렸다. 이제 그녀가 늘 베풀던 친절은 찾아볼 수 없었다. 그녀는 그 어느 때보다 열심히 일하고 기운차 보였다. 냉혹할 정도로 도리를 지키려는 모습에 사람들은 때로 두려움을 느낄 정도였다.

제러미 클로드가 또다시 손가락으로 윗입술을 어루만지고 있었다. 불안하게 어떤 기억을 더듬는 듯한 모습이었다. 건너편에 앉은 프랜시스가 밝은 목소리로 물었다.
"여보, 혹시 무슨 일 있어요?"
그는 놀라 움찔하면서 손에서 커피 잔을 놓칠 뻔했다. 제러미는 정신을 차리고 잔을 안전하게 받침에 내려놓았다. 그러더니 프랜시스를 쳐다보고 말했다.
"그게 무슨 말이오?"
"혹시 무슨 일 있냐고 물었어요."
"무슨 일인 것 같소?"
"엉뚱한 추측은 하고 싶지 않아요. 그냥 말해 주지 그래요."
그녀는 아무 감정도 내비치지 않고 짐짓 사무적인 태도로 말했다.
제러미가 자신 없는 목소리로 말했다.

"중요한 일 같은 건 없소……."

프랜시스는 아무 대꾸도 하지 않았다. 궁금했지만 그저 묵묵히 제러미의 다음 말을 기다릴 뿐이었다. 나쁜 일은 없다는 말을 그냥 무시하는 듯한 모습이었다. 제러미는 어쩔 줄 모르겠다는 표정으로 그녀를 바라보았다.

순간 창백한 얼굴을 단단히 가리고 있던 가면이 벗겨지면서 그의 마음속을 휘젓고 있는 엄청난 고뇌가 언뜻 드러나 그녀는 하마터면 소리를 지를 뻔했다. 일순간이었지만 프랜시스는 똑똑히 그 순간을 목격했다.

프랜시스는 아무 감정도 담기지 않은 조용한 목소리로 말했다.

"나한테 털어놓는 게 낫지 않겠어요?"

제러미가 한숨을 지었다. 근심이 서린 깊은 한숨이었다.

"물론 당신도 알아야지. 조만간 말이지."

이어서 프랜시스가 깜짝 놀랄 만한 말을 쏟아냈다.

"여보, 아무래도 이제까지 당신이 노력한 게 허사인 거 같소."

프랜시스는 그 이해할 수 없는 말에 담긴 뜻은 무시한 채 단도직입적으로 물었다.

"돈 문제인가요?"

왜 돈 이야기를 먼저 꺼냈는지는 그녀도 몰랐다. 이제까지 경제적으로 심하게 쪼들린 적은 한 번도 없었다. 가끔 어려운 적이 있기는 했지만 전쟁을 겪는 상황에서 그 정도는 누구나 마찬가지였다. 회사는 적은 직원으로 빠듯하게 운영하느라 항상 일이 넘쳤지만 그건 어느 곳이나 마찬가지였고, 지난달에야 육군에 입대했던 사람들 일부가 제대하고 복직한 참이었다. 그가 병을 앓고 있고 그 사실을 숨겨 왔다고 생각하는 것이 조리에 맞을 것이다. 최근 제러미는 안색이 창백했고, 과도한 업무 때문에 과로에 시달렸으니까. 하지만 프랜시스는 직감적으로 돈 문제라고 생각했고, 아무래도 제대로 짚은 것 같았다.

제러미가 고개를 끄덕였다.

"그렇군요."

프랜시스는 잠시 아무 말 없이 생각에 잠겼다. 사실 프랜시스는 돈에 연연해하는 사람이 전혀 아니었다. 하지만 제러미는 그런 사실을 깨달을 수 있는 사람이 결코 아니었다. 돈은 제러미에게 안정감과 의무감을 불어넣는 원천이었고, 인생에서 확고한 위치를 보증하는 안전한 세계였다.

반면 프랜시스에게 돈은 무릎에 올려놓고 갖고 노는 장난감 같은 것이었다. 그녀가 자랄 때 집안 사정은 언제나 불안했다. 말들이 기대에 따라 줄 때는 꿈같은 시절을 보냈다. 반면 상인들이 외상으로 거래하려 들지 않을 때는 사정이 어려워졌고, 에드워드 경은 현관 계단에서 기다리고 있는 집행관을 피하느라 숨어 다니는 비참한 신세가 되기도 했다. 일주일 동안 버터도 없이 빵만 먹고 지낸 적도 있었고, 하인을 두지 못한 때도 있었다. 프랜시스가 어렸을 때 한번은 집행관들이 집에서 3주 동안 함께 지내기도 했다. 아버지를 괴롭혔던 사람 중에는 프랜시스와 함께 놀아 주고 자기 딸 이야기를 끊

임없이 해 줄 정도로 다정다감한 이도 있었다.

돈이 바닥나면 사기를 치거나, 해외로 뜨거나, 친구나 친척 집에서 잠시 얹혀살면 되는 일이었다. 아니면 누군가에게 돈을 빌려 난관을 넘길 수도 있는 것이다…….

하지만 맞은편에 앉아 있는 클로드의 얼굴을 바라보면서 남편은 그런 일은 꿈도 못 꾼다는 사실을 알았다.

'당신은 다른 사람한테 손을 벌리는 일이 없었겠죠. 다른 사람이 당신에게 손을 벌리거나 얹혀사는 일도 없었을 거고요.'

프랜시스는 제러미가 너무 안쓰러웠다. 제러미 이야기에 전혀 동요되지 않는 자신 때문에 약간 죄책감이 느껴질 정도였다. 프랜시스는 죄책감을 덜기라도 하려는 듯 현실적인 이야기로 화제를 돌렸다.

"물건을 전부 팔아야 해요? 회사는 파산하게 되나요?"

제러미가 의기소침해하는 걸 보고 프랜시스는 자신이 요령 없이 너무 직접적으로 말했다는 사실을 깨달았다.

"여보, 말해 봐요. 더 이상은 어림을 못 하겠어요."

클로드가 무뚝뚝하게 대꾸했다.

"2년 전에 큰 위기를 한 번 넘겼지. 윌리엄스라는 젊은 친구가 돈을 횡령하고 종적을 감춘 일은 당신도 기억할 거요. 또 한 번 납득하기 어려운 일이 발생했소. 싱가포르에 이어 극동 지방에서 복잡한 문제가 생겨서……."

프랜시스가 끼어들었다.

"위기에 빠진 이유 같은 건 생각할 필요 없어요. 그런 건 하나도 중요하지 않으니까. 전에 어려웠을 때도 더 힘을 내서 잘해 왔잖아요?"

제러미가 말했다.

"고든에게 의지할 수 있었으니까. 고든이 있었다면 이 상황을 정리해 주었을 텐데."

프랜시스가 안타깝다는 듯 짧게 한숨을 내쉬었다.

"물론 그랬겠죠. 하지만 난 불쌍한 그 양반을 원망하고 싶지는 않아요. 남자라면 충분히 예쁜 여자한테 넋을 빼앗길 수 있는 거니까요. 그런데 결혼하고 싶은 마음이 있었다면 왜 진작 재혼하지 않았을까요? 공습 때문에 그렇게 허망하게 죽은 건 너무 안타까워요. 뭔가 확실히 정하거나 제대로 유언장을 만든 것도 아니고, 상황 정리도 안 됐는데 말이죠. 사람은 아무리 위험한 상황에 있어도 자기가 죽을 거라는 생각은 한순간도 하지 않는 법이잖아요. 폭탄 맞고 죽는 건 언제나 남 이야기고요."

제러미가 형으로서 심정을 털어놓았다.

"고든이 죽을 줄이야. 난 고든을 무척 좋아했어. 자랑스럽기도 했고. 고든이 죽다니 너무 끔찍해. 그것도 순식간에……."

제러미는 더 이상 말을 잇지 못했다.

"그럼 우리는 파산하는 거예요?"

프랜시스는 상황을 따져 보기 위해 묻는 것이었다.

제러미는 거의 자포자기한 듯한 표정으로 프랜시스를 바라보았다. 프랜시스는 모르고 있었지만, 차라리 프랜시스가 놀라 울음을 터뜨렸다면 제러미의 심정은 훨씬 편했을 것이다. 이렇게 침착한 태도로 현실적인 면을 따지는 모습을 보며 오히려 제러미는 기운이 완전히 빠져 버렸다. 제러미가 무덤덤한 목소리로 말했다.

"그보다 심각해……."

제러미는 이 말을 곱씹으며 입을 다물고 앉아 있는 프랜시스를 바라보았다. 그는 속으로 생각했다.

'나중에 말해야겠지. 내가 어떤 사람인지 알게 될 거야……. 물론 그녀도 알아야 하지만. 처음에는 믿으려 들지 않겠지.'

프랜시스 클로드는 한숨을 짓고는 앉아 있던 커다란 팔걸이의자에서 몸을 똑바로 세우며 말했다.

"알겠어요. 횡령 사건이죠? 꼭 횡령이 아니라도 그 비슷한 일이겠죠……. 윌리엄스 경우처럼요."

"그래. 하지만 이번에는 내 책임이야. 당신은 이해 못 할 테지만. 내가 맡은 신탁 자금을 유용했어. 지금까지는 그 흔적을 숨겨 왔지만……."

"그런데 이제 곧 다 드러나게 될 거란 말이에요?"

"필요한 자금을 조속히 구하지 못하면."

이토록 치욕적인 순간은 난생처음이었다. 과연 프랜시스는 이 사실을 어떻게 받아들일 것인가?

지금 당장은 아주 차분하게 수용하고 있었다. 하지만 순간 제러미는 프랜시스가 결코 야단법석을 떠는 여자가 아니라는 생각이 들었다. 프랜시스는 누군가를 책망하거나 몰아세우는 사람이 절대 아니었다.

프랜시스는 손을 뺨에 갖다 댄 채 이맛살을 찌푸리고 있었다.

"왜 내 돈을 조금이라도 모아 두지 않았을까요, 정말 한심하네요……."

제러미가 무뚝뚝하게 말했다.

"결혼할 때 작성한 재산 분담 계약이 있는데……."

프랜시스가 별 생각 없이 말했다.

"그것도 다 날아가 버렸을 텐데요."

제러미는 아무 대꾸도 하지 못했다. 그러더니 예의 그 무뚝뚝한 목소리로 힘겹게 입을 열었다.

"미안해, 여보. 입이 열 개라도 할 말이 없소. 이제까지 당신의 결혼 생활은 헛수고였어."

프랜시스가 날카로운 눈초리로 제러미를 쳐다보았다.

"조금 전에도 그런 말을 했죠. 그게 무슨 뜻이죠?"

제러미가 퉁명스럽게 말했다.

"당신이 나 같은 사람과 결혼한 건, 내가 청렴한 사람이고 또 구차한 생활을 하지 않아도 될 거라 기대했기 때문이잖소."

프랜시스는 어처구니없다는 표정으로 제러미를 바라보았다.

"세상에! 도대체 내가 무엇 때문에 당신과 결혼했다고 생각한 거예요?"

제러미가 희미하게 웃으며 말했다.

"이제까지 당신은 그 누구보다 성실하고 헌신적인 아내였지. 하지만 당신은 그런 상황이 아니었다면 내 청혼을 받아들이지 않았을 거 아니오."

프랜시스는 제러미를 뚫어져라 바라보다 느닷없이 웃음을 터뜨렸다.

"당신 정말 너무 재미있네요! 그 냉철한 변호사 얼굴 뒤로 그렇게 감상적인 마음을 감추고 있었다니! 정말 아버지를 그 잔인한 놈들에게서 구해 낸 대가로 내가 당신과 결혼했다고 생각한 거예요?"

"당신은 아버지를 무척 좋아했잖소."

"내가 아버지를 많이 사랑한 것은 사실이에요. 아버지는 진짜 매력적인 분이셨고, 함께 있으면 더할 나위 없이 즐거웠어요. 하지만 아버지가 건달과 다름없다는 사실도 언제나 생각하고 있었죠. 아버지는 평생을 그렇게 살아왔어요. 그런 아버지를 구하려고 우리 가문의 사무 변호사에게 나를 팔았다고 생각했다면, 당신은 나를 털끝만큼도 모르고 있는 거예요. 털끝만큼도!"

프랜시스는 제러미를 뚫어져라 바라보았다.

'결혼해서 20년을 넘게 살아도 서로의 마음을 이렇게 모르다니 참 희한하기도 하지.'

서로가 생각하는 게 완전히 다르면 어떻게 그 속을 알 수 있을까? 그렇게 낭만적인 생각을 하고 있었다니. 전혀 눈치도 못 채게 위장하고 있었지만 그래도 낭만적이란 것에는 변함이 없었다.

'어쩐지 침실에 스탠리 웨이먼(로맨스의 왕자로 불리는 영국 소설가—옮긴이) 소설이 널려 있더라니. 그런 것만 유심히 봤어도 알아

챘을 텐데! 바보 같은 사람!'

프랜시스가 커다란 목소리로 말했다.

"내가 결혼한 건 당신을 사랑하기 때문이었어요. 당연하잖아요."

"나를 사랑해서? 하지만 내가 뭐 볼 게 있다고?"

"그렇게 말하면, 실은 나도 잘 모르겠어요. 하지만 당신은 내게는 변화 그 자체였어요. 아버지가 어울리는 부류와는 전혀 달랐거든요. 우선 당신은 말 이야기는 일절 꺼내지 않았어요. 내가 말 이야기나 뉴마켓컵에서 승산이 어느 정도인지 주절대는 소리들에 얼마나 신물이 나 있었는지 아마 모를 거예요. 어느 날 당신이 저녁 식사 자리에 왔어요. 기억하지요? 옆에 앉아 있던 내가 복본위제가 뭐냐고 물어보자 당신은 정말 진지하게 설명했죠. 코스 요리 여섯 가지가 다 나올 때까지 설명은 계속됐죠. 그때 우리 집은 사정이 넉넉해서 프랑스인 요리사도 두고 있었어요."

"그렇게 따분한 이야기도 없다고 생각했겠지."

"난 당신 이야기에 완전히 매료됐어요. 그때까지 나를 그토록 진지하게 대해 준 사람은 아무도 없었거든요. 또 아주 공손했던 당신은 내 얼굴은 쳐다보지도 않고, 내가 멋지다거나 예쁘다고도 생각하지 않는 것 같았어요. 그런 생각이 들자 오기가 생기더군요. 전 어떻게든 당신의 관심을 끌고야 말겠다고 결심했어요."

제러미 클로드가 우울한 목소리로 말했다.

"왜 당신에게 관심이 없었겠소? 그날 밤 난 집에 와서 한숨도 못 잤어. 당신은 수레국화가 달린 파란 드레스를 입고 있었지."

잠시 둘은 아무 말이 없었다. 이윽고 제러미 클로드가 헛기침을 하더니 말했다.

"어…… 벌써 오래전 이야기로군."

당혹스러워하는 제러미를 무마하려고 프랜시스가 재빨리 나섰다.

"지금 우리는 곤경에 빠진 중년 부부예요. 여기에서 벗어날 수 있는 최선의 방도를 찾아야 해요."

"당신이 그런 말 하는 걸 들으니 이번 일이 더욱 부끄럽구려. 할 말이 없소."

프랜시스가 제러미의 말을 끊었다.

"상황을 분명하게 정리해 봐요. 지금 당신이 죄책감을 느끼는 건 법을 어겼기 때문이에요. 당신은 기소를 당해 감옥에 갈 수도 있어요. (이 말에 제러미 클로드는 겁을 먹고 움츠러들었다.) 그런 일은 없어야죠. 그 일을 막기 위해 난 맞서 싸울 거예요. 하지만 내가 도덕규범 같은 걸 지키며 싸울 거라는 생각은 말아요. 당신도 기억하겠지만 우리 가문에 도덕규범 같은 건 없었어요. 아버지는 정말 매력적인 분이었지만 사기꾼 같은 면도 있었죠. 사촌 찰스는 사람들이 입을 다문 덕분에 기소를 면했고 영국 식민지로 갔지요. 또 사촌 제럴드는 옥스퍼드에서 수표를 위조했고요. 하지만 전쟁에 나가서 죽은 후에는 빅토리아 훈장까지 받았어요. 전장에서 누구보다 용감했고 부하들에게 헌신적이었으며 초인적인 인내를 발휘했다는 거였어요. 그러니까 내 말은 사람이란 원래 그런 존재라는 거예요. 100퍼센트 나쁜 사람도 100퍼센트 선한 사람도 없어요. 난 스스로를 그렇게 올바른 사람이라고 생각하지도 않아요. 이제까지 올바른 사람으로 살 수 있었던 것은 나쁜 길로 빠질 일이 없었기 때문이죠. 하지만 내 가슴은 용기로 가득하고 (프랜시스는 제러미에게 미소를 지어 보였다.) 또 '내겐 당신뿐'이라고요."

"여보!"

제러미는 의자에서 일어나 프랜시스에게 다가왔다. 그러고는 프랜시스의 머리칼에 입술을 맞추었다.

에드워드 트렌턴 경의 딸 프랜시스가 제러미에게 미소를 지어 보이며 말했다.

"그럼 이제 우리는 뭘 어떻게 해야 하는 거죠? 어떻게든 돈을 마련해야 하는 것 아닌가요?"

제러미의 얼굴이 딱딱하게 굳었다.

"난 방법을 모르겠소."

"이 집을 담보로 대출을 받아요. 아, 그렇지!"

프랜시스가 재빨리 상황을 간파했다.

"벌써 저당이 잡혔겠군요. 내가 생각이 짧았어요. 당연히 손쓸 수 있는 방법들은 당신이 벌써 다 했을 테니까요. 그러면 인맥을 활용하는 일만 남았군요. 누구에게 도와 달라고 부탁할 수 있을까요? 가능성은 한 가지뿐이네요. 고든 서방님의 미망인, 그 우울한 로잘린 말이에요."

제러미는 반신반의하며 고개를 저었다.

"고든이 남긴 재산이 엄청나기는 할 거야……. 하지만 원금은 건

드릴 수 없어. 그녀가 살아 있는 한 그 돈은 전부 신탁 관리되니까."

"그런 줄은 미처 몰랐네요. 전부 로잘린이 갖는 것으로만 알았어요. 로잘린이 죽으면 어떻게 되죠?"

"로잘린 다음으로 가까운 혈연 가족에게 돌아가지. 그러니까 나, 라이어널, 아델라 그리고 모리스의 아들 롤리에게 말이야."

"우리에게 돌아온다고요……."

프랜시스가 느릿느릿 말했다. 순간 무언가가 방 안을 스치고 지나간 듯했다. 한기가 느껴질 정도로 섬뜩한 어떤 생각이……. 프랜시스가 말했다.

"그런 이야기는 한 적이 없잖아요. 난 완전히 로잘린 것이 되는 줄 알았어요. 그렇다면 혹시 자신이 원하는 사람에게 돈을 물려줄 수도 있나요?"

"그렇지는 않아. 1925년에 제정된 유언을 남기지 않은 사망자의 상속에 대한 규정에 따르면……."

프랜시스가 그의 설명에 귀를 기울이고 있는지는 알 수 없었다. 제러미가 말을 멈추자 프랜시스가 말했다.

"그건 우리에게는 아무 소용 없어요. 로잘린이 중년이 될 쯤이면 우리는 벌써 죽어 땅에 묻힌 신세일 테니까. 로잘린이 올해 몇 살이죠? 스물다섯인가, 스물여섯이죠? 일흔까지는 살 텐데."

제러미 클로드가 반신반의하며 물었다.

"대출을 좀 해 달라고 부탁할 수 있지 않을까? 가족이니까 말을 꺼내 볼 수는 있을 거요. 마음이 넓은 여자일 수도 있잖소. 물론 그 여자를 거의 모르지만…….."

"이제까지 우리 가족은 그 여자한테 상당히 잘해 주었잖아요……. 아델라만 심술궂게 굴었지. 혹시 우리 부탁을 들어줄지도 몰라요."

제러미 클로드가 경고하듯 말했다.

"하지만 위급한 기미를 보여서는 절대 안 돼."

프랜시스가 냉큼 대답했다.

"당연하죠! 실은 우리를 애먹일 사람은 그 여자가 아니에요. 그 여자 오빠가 로잘린을 꽉 쥐고 있거든요."

"그 친구 참 꼴사납더군."

프랜시스의 얼굴에 갑자기 미소가 스치고 지나갔다.

"아니, 그렇지도 않아요. 그는 멋진 사람이에요. 아주 멋져요. 약간 염치없어 보이기는 해요. 하지만 그렇게 따지자면 나도 염치없는 사람인걸요."

그녀는 얼굴에서 미소를 거두고 남편을 올려다보았다.

"여보, 우리가 망하는 일은 없을 거예요. 분명 무슨 방도가 생길 거라고요…… 내가 은행을 터는 한이 있더라도."

3장

"돈이라고?"

린이 되물었다. 롤리 클로드는 고개를 끄덕였다. 그는 떡 벌어진 어깨에 피부는 구릿빛이었고, 뭔가를 깊이 생각하는 듯한 푸른 눈동자에 머리칼은 아주 밝은 금발이었다. 롤리의 느긋한 성격은 타고난 것이라기보다는 애써 노력한 결과였다. 다른 사람들이 재빨리 말을 맞받아치는 수완을 부린다면 그의 처세술은 시간을 두고 곰곰이 생각하는 것이었다.

롤리 클로드가 대답했다.

"응, 요즘 모든 문제는 결국 돈으로 귀결되는 것 같아."

"하지만 난 농사짓는 사람들은 전쟁 중에도 형편이 꽤 좋은 줄로만 알았는데?"

"아, 그렇긴 해. 하지만 전쟁 중에 형편이 좋았다고는 해도 장기적으로 그러리라는 보장은 없어. 1년만 있으면 옛날로 돌아갈 거야. 급료는 오르고 일꾼들은 일하려 들지 않아서 고용주도 일꾼도 다 불만스러워하고, 자기 처지 같은 건 조금도 생각지 않는 그런 상황 말이야. 물론 정말 대규모로 농장을 운영하는 경우에는 이야기가 다르겠지. 고든 숙부는 알고 계셨지. 바로 그 분야에 발을 들이려 준비하고 있었고."

"그런데 이제는……."

린이 결론을 재촉하자 롤리가 싱긋 웃으며 대답했다.

"그런데 이제는 고든 부인이 런던에 가서 멋진 밍크코트 한 벌을 사는 데 2000파운드를 쓰고 있지."

"나빴어!"

"그렇지도 않아."

롤리가 잠시 멈추었다 계속 말했다.

"밍크코트라면 나도 너에게 한 벌 사 주고 싶은걸."

"그런데 롤리, 그 여자는 어때?"

린은 비슷한 나이대의 사람은 로잘린을 어떻게 생각하는지 듣고 싶었다.

"오늘 밤에 볼 텐데. 라이어널 숙부 집에서 파티가 있잖아."

"응, 나도 알아. 하지만 네 생각을 듣고 싶어. 엄마 말로는 머리가 좀 빈 것 같다는데?"

롤리는 곰곰이 생각에 잠겼다.

"음. 확실히 머리가 좋은 여자는 아닌 것 같아. 하지만 그 여자가 머리가 빈 것처럼 보이는 건 너무 조심하느라 그런 거 같던데."

"조심하다니? 뭘 조심해?"

"그냥 조심스러운 거야. 발음에 많이 신경 쓰는 것 같아. 아일랜드 사투리를 심하게 쓰거든. 또 포크를 제대로 골라 들었는지, 요즘에는 사람들이 책에서 어떤 구절을 인용해서 말하는 게 유행인지 같은 것에도 신경을 쓰고 말이야."

"그러면 제대로…… 교육을 못 받았다는 게 정말이야?"

롤리가 싱긋 웃으며 말했다.

"확실히 좋은 집안 출신은 아냐. 그걸 묻는 거라면 말이야. 그녀는 눈이 정말 예쁘고 피부도 고와. 숙부는 아마 거기에 넘어간 거겠지. 아주 순진해 보이는 모습이 독특한 분위기를 풍기는 것도 한몫했을 테고. 일부러 그런 척 꾸미는 건 아닌 것 같아. 물론 넌 절대 그렇게 생각하지 않겠지만. 로잘린은 그저 바보 같은 표정으로 서 있다가 데이비드가 시키는 대로 따르지."

"데이비드?"

"로잘린 오빠 말이야. 내 장담하지만 그 사람은 사기라면 거의 통달한 것 같아."

롤리가 덧붙였다.

"그리고 그자는 우리 클로드가 사람을 그다지 좋아하지 않아."

"그럴 만한 이유가 있는 건 아니고?"

린이 날카로운 목소리로 물었다. 롤리가 쳐다보자 린은 약간 놀라며 덧붙였다.

"그러니까 내 말은, 네가 그 사람을 싫어해서 그런 말을 하는 건 아니냐고."

"난 그자가 정말 맘에 안 들어. 너도 그럴 거야. 그자는 우리와 같은 부류가 아니거든."

"내가 어떤 사람을 좋아하고 싫어할지 롤리가 어떻게 알아? 지난 3년 동안 난 세상을 돌아다니면서 정말 많은 걸 봤어. 내 시야가 많이 넓어졌다고 생각하는데."

"그건 사실이야. 나보다는 많은 세계를 보았겠지."

롤리가 조용하게 말했다. 린은 날카로운 눈초리로 롤리를 바라보았다. 그 단조로운 어조 뒤에 무언가를 숨기고 있었기 때문이다.

그녀의 눈을 정면으로 응시하고 있는 롤리는 정작 무표정한 얼굴이었다. 롤리가 속으로 어떤 생각을 하고 있는지 알아내기란 결코 쉬운 일이 아니었다.

린은 세상이 정말 뒤죽박죽이라는 생각이 들었다. 옛날에는 남자들이 전쟁에 나가고, 여자들은 집에 있는 게 보통이었다. 그런데 그들의 경우는 사정이 정반대였다.

롤리와 조니 둘 중 하나는 반드시 농장에 남아 일을 해야 했다. 그들은 그 문제를 동전 던지기로 결정했고, 그렇게 해서 조니가 전쟁에 나갔다. 조니는 전쟁에 뛰어들자마자 노르웨이에서 전사하고 말았다. 반면에 롤리는 전쟁 동안 고향에서 3킬로미터 이상 벗어나 본 적이 단 한 번도 없었다.

반대로 린은 이집트, 북아프리카, 시칠리아 등지를 두루 다녔고,

폭격을 받은 일도 한두 번이 아니었다.
 전쟁을 끝내고 집으로 돌아온 린과 집에 머물러 있던 롤리가 이렇게 만나고 있는 것이다.
 린은 불현듯 '혹시 롤리가 그 일을 마음에 두고 있는 건 아닌가?' 하는 생각이 들었다.
 린은 초조한 마음에 보일 듯 말 듯 웃음을 지으며 말했다.
 "때로는 뭔가 서로 뒤바뀐 듯한 상황도 있는 것 같아, 그렇지?"
 롤리가 시골 풍경을 멍하니 보며 말했다.
 "아, 난 잘 모르겠는걸. 상황이란 게 다 제각각이지 뭐."
 린이 망설이며 말을 꺼냈다.
 "롤리, 혹시 조니 때문에……."
 롤리의 차가운 시선에 린은 어찌해야 할지 알 수 없었다.
 "조니 얘기는 꺼내지 마! 전쟁은 끝났어. 난 운이 좋았고."
 린은 잠시 뜸을 들였다가 무슨 말인지 모르겠다는 듯 물었다.
 "그러니까 전쟁에 안 나간 게 운이 좋았다는 거야?"
 "지독히 운이 좋았던 거지, 그렇지 않아?"
 린은 롤리의 말을 어떻게 받아들여야 할지 잘 알 수 없었다. 목소리는 부드러웠지만 어딘가 곤두서 있었다. 롤리가 미소를 흘리며 덧붙였다.
 "물론 너같이 군대에 있던 여자들은 집에 붙어 있기가 힘들겠지."
 린은 예민해져서 쏘아붙였다.
 "롤리, 말도 안 되는 소리 그만둬."

(그런데 굳이 예민해질 이유가 있었나? 롤리의 말에 핵심을 찌르는 구석이 없었다면 말이다.)

"이제 결혼할 생각을 해야 하지 않겠어? 네 마음이 변하지 않았다면."

"내 마음은 변함없어. 내 마음이 변했을 것 같아?"

롤리가 들릴 듯 말 듯 한 목소리로 대답했다.

"그야 아무도 모르지."

"꼭 넌……."

린이 잠시 숨을 고른 뒤 이어 말했다.

"내가 달라지기라도 한 것처럼 말하는데."

"특별히 그런 뜻으로 말한 건 아냐."

"혹시 네 마음이 변한 건 아니고?"

"아니, 전혀. 내 마음은 변함없어. 농장 일을 계속할 생각 역시 여전히 마찬가지고."

"그럼, 좋아."

린은 왠지 실망스러운 기분을 털어 내며 말했다.

"결혼하자. 언제든 롤리가 좋을 때."

"6월쯤 어때?"

"좋아."

둘은 아무 말이 없었다. 이제 정해진 것이다. 린은 기분이 극도로 우울했다. 롤리가 변한 건 아니다. 그는 옛날에 린이 항상 보아 왔던 모습 그대로였다. 상냥하지만 감정을 잘 드러내지 않고, 말을 아끼려고 지독히 노력하는.

그들은 서로 사랑하고 있다. 옛날에도 줄곧 서로 사랑했다. 그렇지만 그 사랑에 대해 그리 많은 이야기를 나눈 적은 없었다. 그런데 왜 굳이 이제 와서 그런 이야기를 꺼내야 하는 것일까?

6월에 결혼식을 올리면 롱 윌로스(린은 이 이름이 줄곧 멋지다고 생각해 왔다.)에서 살게 될 것이고, 그러면 타지 생활을 하는 일은 이제 없을 것이다. 그 타지 생활은 린에게 독특한 의미를 갖는 것이었다. 트랩(배와 부두 선창을 연결하는 널판 — 옮긴이)에 올라갈 때 느껴지는 그 흥분감, 배로 경주를 벌이던 일, 비행기가 이륙하여 밑으로 대지가 내려다보일 때의 그 스릴. 기묘하게 생긴 해안선이 형태를 갖추어 가는 것을 지켜보던 일. 뜨거운 흙먼지 냄새, 파라핀유 냄새, 외국인들이 떠들어 댈 때면 입에서 풍기던 마늘 냄새. 이상한 모양의 꽃들과 먼지 덮인 정원 속에서도 자랑스레 모습을 드러내던 포인세티아까지. 짐을 싸고, 다시 싸는 일이 계속 반복되었다. 다음 주 둔지는 어디일까?

그 모든 게 끝났다. 전쟁은 이제 끝난 것이다. 린 마치몬트는 집으로 돌아왔다.

'선원이 돌아왔네, 바다에서 집으로……(영국의 소설가 로버트 루이스 스티븐슨이 쓴 애가(哀歌)의 한 구절 — 옮긴이). 하지만 난 집을 떠날 때의 그 린이 아니야.'

그녀는 고개를 들고 자신을 쳐다보고 있는 롤리를 바라보았다.

4장

 캐시 숙모가 여는 파티는 언제나 거기서 거기였다. 저택의 안주인인 그녀처럼 어딘가 어설픈 분위기가 물씬 풍겼던 것이다. 의사인 클로드는 불편한 심기를 애써 감추는 모습이었다. 그는 손님에게 한결같이 공손했지만 사람들은 그 공손함이 노력의 산물임을 충분히 알고 있었다.
 겉모습만 보자면 라이어널 클로드는 제러미 클로드와 별반 다르지 않았다. 그 역시 깡마른 체구에 백발이 성성했다. 하지만 형이 가진 변호사 특유의 침착함은 찾아볼 수 없었다. 환자 중에는 그의 퉁명스럽고 성미 급한 태도와 침착하지 못한 모습에 마음이 상한 나머지 의사의 진정한 의료 기술과 호의를 제대로 분별하지 못하는 이들이 많았다. 그가 진정으로 뜻을 두고 있는 분야는 연구였고, 오래전부터 존재했던 약초들을 활용하는 것이 그의 관심사였다. 지적으로 치밀한 성격이다 보니 아내의 괴팍한 언동을 참아 내는 것도 그로서는 힘든 일이었다.

린과 롤리는 제러미 클로드 부인은 항상 '프랜시스'라고 불렀지만 라이어널 클로드 부인은 '캐시 숙모'로 통했다. 둘은 그녀를 퍽 좋아했지만 숙모가 약간은 우습다고도 생각했다.

린이 집에 돌아온 것을 축하하려고 마련한 이번 '파티'는 가족들만 모이는 자리였다.

캐시 숙모가 조카를 맞아 다정하게 인사를 건넸다.

"린, 제대로 그을린 모습이 정말 보기 좋구나. 이집트에서 태운 거겠지. 내가 너한테 보낸 피라미드의 예언에 관한 책 읽어 봤어? 정말 재미있는 책인데. 진짜 모든 게 다 설명되지 않던?"

그때 고든 클로드 부인과 그녀의 오빠 데이비드가 들어선 덕분에 린은 대답을 하지 않아도 되었다.

"로잘린, 이 애가 내 조카 린 마치몬트예요."

린은 예의를 갖추려 짐짓 호기심을 감추고 고든 클로드의 미망인을 바라보았다.

역시 예쁜 여자였다. 외삼촌의 돈을 노리고 결혼한 게 바로 이 여자란 말이지. 순진해 보인다는 롤리의 말도 사실이었다. 약간 곱슬거리는 검은 머리칼, 아일랜드인 특유의 파란 눈, 거친 손, 반쯤 벌어진 입술.

그녀가 몸에 걸친 것은 엄청나게 값나가는 것들이었다. 드레스며 보석, 단장한 손, 모피 케이프(소매가 없는 망토 형태의 외투—옮긴이)까지. 제법 봐 줄 만한 모습이긴 했지만 값비싼 옷을 입는 법은 전혀 모르고 있었다. 린 마치몬트라면 더 근사하게 차려입을 수 있을 것이다, 기회만 된다면! 생각했다. (하지만 머릿속에서 너한테 그런 기회는 절대 없을걸 하는 소리가 들렸다.)

"안녕하세요?"

로잘린 클로드가 말했다.

그러고는 주춤주춤하며 뒤에 서 있는 남자에게로 몸을 돌렸다.

"이분, 이분은 제 오빠예요."

"안녕하십니까?"

데이비드 헌터가 인사를 했다.

체격이 호리호리하고 검은 머리칼에 눈동자가 검었다. 얼굴은 불만에 차 있고 반항적이며 약간 오만해 보였다.

린은 클로드가 사람들이 왜 그렇게 그를 싫어하는지 바로 알 수 있었다. 해외에 나가 있을 때 그런 유형의 남자들을 만난 적이 있다. 무모하고 약간은 위험한 사람들 말이다. 이런 사람들은 믿을 수가 없다. 그들은 자신만의 법칙을 세우고는 온 세상을 조롱한다. 위기에 몰리면 제 몸이 무슨 금덩어리나 되는 줄 알고, 사선에서 이탈해 부대 지휘관을 돌아 버리게 한다.

린이 로잘린에게 나긋나긋한 말투로 물었다.

"퍼로뱅크에서 지내는 건 어떠세요?"

"정말 멋진 저택인 것 같아요."

여동생의 대답에 데이비드 헌터가 비웃듯 희미하게 미소를 지었다.

"그 불쌍한 고든 영감이 어지간히 사치를 부렸어야 말이지. 저택에 들어가는 돈은 한 푼도 아까워하지 않았어."

그 말은 사실이었다. 고든 외삼촌은 웜슬리 베일에 살기로 마음을 먹었을 때(엄밀히 말하면 바쁜 생활 와중에 잠깐씩 머무는 것이었지만), 집을 새로 짓기로 결정했다. 외삼촌은 개인주의 성향이 지극히 강해서 다른 사람 흔적이 배어 있는 집은 마음에 들어 하지 않았다.

고든은 젊은 현대 건축가를 고용해 모든 것을 맡겼다. 웜슬리 베일의 주민 절반은 퍼로뱅크 저택을 끔찍하게 여기고 있었다. 온통 하얀색에 하나같이 네모반듯한 모양이며, 그 붙박이식 가구, 미닫이 문, 유리 탁자, 의자 등이 그들 마음에는 영 들지 않았던 것이다. 다만 욕실만은 사람들이 진심으로 감탄해 마지않았다.

로잘린은 감탄의 뜻으로 "정말 멋진 저택인 것 같아요."라고 말했지만, 데이비드가 비웃는 바람에 그만 얼굴이 붉어졌다.

"여성 해군부대를 제대하고 돌아왔다고요?"

데이비드가 린에게 말을 걸었다.

"예."

데이비드가 무슨 품평이라도 하듯 린을 훑어보는데, 왠지 모르게 린의 얼굴이 붉어졌다.

캐서린 숙모가 불쑥 다시 모습을 드러냈다. 그녀에게는 갑자기 공간 이동이라도 하는 것처럼 보이는 재주가 있었다. 아마도 강신술 모임에 나가면서 습득한 기술이리라.

"저녁 식사가 준비됐어요."

숙모가 조금 숨을 헐떡이며 부연 설명을 하듯 덧붙였다.

"만찬이라고 하는 편이 좋겠군요. 모두 그렇게 많은 걸 기대하진 않겠지? 요샌 다 힘드니까. 글쎄, 메리 루이스는 2주에 한 번씩 생선 가게 주인에게 10실링씩을 쥐여 준대요. 좀 물 좋은 생선을 얻을까 하고. 난 그런 건 도리에 어긋난다고 봐요."

라이어널 클로드 선생은 특유의 그 초조하고 불안한 웃음을 띤 채 프랜시스 클로드와 이야기를 나누고 있었다.

"아니, 형수님. 형수님 정말 그렇게 생각하는 건 아니겠지요? 자, 안으로 들어가죠."

그들은 초라하고 약간은 볼품없는 식당으로 들어섰다. 제러미와 프랜시스, 라이어널과 캐서린, 아델라와 린과 롤리가 자리에 앉았다. 클로드가의 가족 파티였다. 그리고 여기에 두 명의 이방인이 끼여 있었다. 클로드를 성으로 쓰고는 있지만 로잘린은 프랜시스나 캐서린처럼 클로드가의 진정한 일원이라고는 할 수 없었기 때문이다.

'이방인인 로잘린은 마음을 놓지 못하고 초조해하고 있다. 데이비드, 그는 불법 침입자. 그건 그에게 필요한 일이기도 하고, 또 선택한 일이기도 하겠지.'

린은 식탁에 자리를 잡으면서 그런 생각들을 하고 있었다.

방 안에는 어떤 감정이 강한 전류처럼 흐르고 있었다.

'이게 뭘까? 증오? 설마 증오일 리가.'

어쨌든 뭔가 파괴적인 감정인 것은 분명했다.

순간 린은 이런 생각이 들었다.

'하지만 어디서나 마찬가진걸. 그런 감정은 집으로 돌아온 내내 느끼고 있었어. 전쟁이 남긴 상흔이야. 적의, 악감정이 어디에나 널려 있어. 기차에도, 버스에도, 가게에도. 일꾼들이나 점원들, 농사꾼들 사이에도. 광산이나 공장에서는 더하겠지. 적의라, 하지만 이곳에서는 그 이상의 뭔가가 느껴져. 특이한 뭔가가. 누군가 의도적으로 품고 있는 적의가.'

여기까지 생각이 이른 린은 소스라치게 놀랐다.

'설마 우리가 저 사람들을 그렇게나 미워하고 있는 건가? 우리가 갖게 될 거라 생각했던 것들을 저 이방인들이 가져가 버려서?'

생각은 계속 이어졌다.

'아냐, 아직 그 정도는 아니야. 저들을 미워하게 될 수도 있겠지만 아직은 아니야. 증오는 저들이 품고 있어.'

린으로서는 너무 엄청난 발견이었기 때문에 아무 말 없이 골똘히 생각에 빠져서 옆에 자리를 잡고 앉은 데이비드 헌터에게 인사를 건네는 것조차 잊고 있었다.

결국 데이비드가 먼저 입을 열었다.

"뭘 그렇게 생각합니까?"

그는 아주 유쾌하고 약간 신이 난 목소리로 말을 걸고 있었지만 린은 마음이 편치 않았다. 아마도 데이비드는 린이 일부러 무례하게 군다고 생각할 것이었다.

"미안해요. 세계 정세를 생각하고 있었어요."

데이비드가 비아냥거리듯 대꾸했다.

"난 또 대단히 독창적인 생각이나 하고 있는 줄 알았네요."

"아, 그러게요. 요새 사람들은 모두 너무 진지하죠. 그게 별로 도움이 되는 것 같지도 않은데."

"요즘은 해를 입힐 작정을 하는 게 더 실제적이지요. 지난 몇 년 동안 전쟁터에서도 그런 면에서 어느 정도 실제적인 도구를 생각해 냈지요. 그중 대표적인 것이 바로 원자폭탄 아니겠어요?"

"바로 그런 생각을 하고 있었어요. 아, 원자폭탄 얘기가 아니라 적의 말예요. 아주 실제적인 적의요."

데이비드가 가라앉은 목소리로 말했다.

"물론 적의도 중요하지만 난 '실제적'이란 그 말이 걸리는군요. 사실 적의를 보다 실제적으로 써먹은 건 중세 시대였어요."

"그게 무슨 말이에요?"

"보통 주술(呪術)이라고 부르죠. 저주, 밀랍 인형, 그믐날의 주문. 그러면 이웃집 소가 죽거나 아예 그 이웃이 죽기도 하죠."

"설마 그런 주술을 정말 믿는 건 아니죠?"

린이 믿을 수 없다는 듯 물었다.

"설마요. 어쨌든 옛날 사람들은 적의를 정말 실제로 써먹으려고 열심히 노력했죠. 글쎄, 지금은······."

그가 어깨를 들썩이고는 말을 이었다.

"댁이나 당신 가족이 로잘린이나 이 몸에게 아무리 적의를 품어도 별달리 할 수 있는 것은 없지 않습니까, 그렇지 않아요?"

순간 린은 고개를 홱 쳐들었다. 갑자기 기분이 아주 유쾌해졌다.

"그런 방법을 쓰기에는 좀 늦은 것 같은데요?"

린이 공손하게 말했다.

데이비드가 웃었다. 그 역시 아주 유쾌해 보였다.

"우리가 벌써 전리품을 차지했다는 뜻이죠? 맞아요. 덕분에 아주 안락하게 지내고 있지요."

"그런 상황을 즐기고 있기도 하고요."

"돈을 엄청 쥐게 된 거요? 그렇다고 할 수 있죠."

"단지 돈 얘기만은 아니에요. 우리 클로드가 사람들 이야기예요."

"당신들을 궁하게 만든 것 말입니까? 음, 아마 그럴 거예요. 당신들은 한껏 점잔을 빼면서 그 노인네 돈이 제 것인 양 맘을 푹 놓고 있었죠. 이미 수중에 들어온 거나 다름없다고 생각하면서."

"그건 몇 년 동안이나 그렇게 알고 있으라는 이야기를 들어 왔기 때문이란 것을 반드시 알아야 해요. 삼촌은 우리에게 저축도 하지 말고, 미래에 대해서도 신경 쓸 것 없다고 했어요. 그리고 계획이 있으면 뭐든 밀고 나가게 격려해 주셨죠."

('롤리 말이야. 롤리에게 농장 일을 하라고 했지.')

"당신이 미처 알지 못하는 진실이 딱 한 가지 있는 것 같군요."

데이비드가 유쾌한 목소리로 말했다.

"그게 뭐죠?"

"안전한 건 아무것도 없다는 사실 말입니다."

식탁 상석에 앉은 캐서린 숙모가 몸을 앞으로 기울이며 목소리를 높였다.

"린! 레스터 부인에게 들어온 영혼 중 하나가 4왕조 시대 때 사제라는구나. 그 영혼이 엄청난 얘기를 몇 가지 해 주었단다. 언제 한번 시간 잡아서 너와 오래 이야기 좀 해야겠어. 내 느낌으로는 이집트가 네게 물리적으로 어떤 영향을 미친 게 틀림없어."

그러자 라이오널 클로드가 날카로운 목소리로 말했다.

"그런 엉뚱한 미신 짓거리 말고도 린한테는 벌써 계획 중인 더 중요한 일들이 있을 거야."

"여보, 당신은 편견이 너무 심해요."

린은 숙모를 향해 미소를 지어 보이고는 아무 말 없이 앉아 머릿속을 맴돌고 있는 데이비드의 말을 곱씹었다.

'안전한 것은 아무것도 없다······.'

그런 세상에 사는 사람들이 있기는 하다. 그런 사람들에게는 모든 것이 위험하다. 데이비드 헌터도 그런 사람이겠지. 린이 살아온 세상은 그렇지 않았다. 그럼에도 린은 그런 세상에 매력을 느끼고 있었다.

데이비드가 조금 전처럼 낮고 유쾌한 목소리로 입을 열었다.

"계속 이야기 나눌 수 있는 거죠?"

"아, 그럼요."

"다행이군요. 당신은 로잘린과 내가 비정상적인 방법으로 부를 거머쥔 게 아직도 못마땅합니까?"

"그럼요."

린이 확신에 찬 목소리로 대꾸했다.

"멋지군요. 그래서 어쩔 작정입니까?"

"밀랍 인형을 몇 개 사서 주술을 걸려고요."

데이비드가 웃음을 터뜨렸다.

"아니, 그럴 리는 없을 겁니다. 당신들은 그런 시대에 뒤떨어진 방법을 쓸 사람들이 아니니까. 아주 현대적이고 아마도 효율적인 방법을 동원할 겁니다. 그래도 우리를 이기지는 못할 거예요."

"도대체 무엇 때문에 싸움이 벌어질 거라고 생각하는 거예요? 우리 모두 불가피했던 그 상황을 받아들인 마당에?"

"당신들 모두 행동은 고상하게 하고 있지요. 무척 재미있습니다."

린이 낮은 목소리로 물었다.

"도대체 우리를 미워하는 이유가 뭐죠?"

도무지 속내를 알 수 없는 헌터의 검은 눈동자에 무언가가 스치고 지나갔다.

"내가 말해도 무슨 뜻인지 이해할 수 없을 겁니다."

"이해할 수 있어요."

데이비드는 잠깐 말없이 앉아 있다가 밝고 나긋나긋한 목소리로 물었다.

"롤리 클로드와 결혼하려는 이유가 뭡니까? 그런 촌놈이랑 말입니다."

린이 앙칼진 목소리로 물었다.

"제 결혼이나 롤리에 대해 뭘 안다고 그런 말을 해요? 아는 거라고는 하나도 없으면서."

데이비드는 끝까지 이야기를 해야겠다는 듯 물었다.

"로잘린은 어떻게 생각해요?"

"무척 사랑스럽군요."

"그리고?"

"별로 즐거워 보이지 않아요."

"제대로 봤어요. 로잘린은 머리가 나쁜 편이죠. 겁이 많아요. 항상 겁이 많았죠. 일에 휘말리면 갈피를 잡지 못해요. 로잘린 얘기를 해 줄까요?"

"원하신다면."

린이 예의상 대답했다.

"해 드리지. 처음에는 그저 무대를 동경한 것뿐이었는데 얼떨결에 무대에 오르게 됐죠. 물론 소질은 전혀 없었어요. 그러다 남아프리카로 가는 한 삼류 순회극단에 들어가게 됐죠. 남아프리카라니 근사해 보였던 거예요. 그런데 극단이 케이프타운에서 알거지 신세가 되고 말았어요. 얼떨결에 나이지리아의 한 영국 관리와 결혼한 게 그때였어요. 로잘린은 나이지리아를 좋아하지 않았어요. 그리고 내 생각에는 남편도 그다지 좋아하지 않은 것 같아요. 차라리 술 마시고 손찌검을 하는 다혈질이었으면 나았을걸. 하지만 그자는 그 미개척지 한가운데에 커다란 도서관을 만들어 두고 형이상학을 논하길 즐기는 지적인 사람이었지요. 그래서 로잘린은 그냥 다시 케이프타운으로 돌아와 버렸어요. 그 친구는 아주 신사답게 행동해서 로잘린에게 생활비도 넉넉하게 보내 주었죠. 이혼을 해 줄 수도 있었는데, 다시 생각해 보니 가톨릭 신자라 그럴 수 없었던 것 같군요. 어쨌든 다행이라 해야 할까, 그는 열병으로 죽었고 로잘린은 약소하나마 연금을 받을 수 있었죠. 그때 전쟁이 터졌고 로잘린은 특별한 목적 없이 남미로 가는 배를 탔어요. 로잘린은 남미가 그다지 마음에 들지 않아서 다른 배로 갈아탔는데 거기서 고든 클로드를 만나, 자신의 기구한 인생을 전부 털어놓은 거예요. 그들은 뉴욕에서 결혼식을 올리고 2주 동안은 행복한 시간을 보냈어요. 하지만 얼마 안 있어 고든은 폭격으로 목숨을 잃었고 로잘린은 대저택에다 수많은 값비싼 보석과 막대한 수입을 물려받게 된 겁니다."

"그렇게 해피 엔드로 끝나니 좋군요."

"그럼요. 머리 쓸 줄은 전혀 모르지만 로잘린은 언제나 운이 좋은 아이였어요. 이것도 공평한 일이 아닐 겁니다. 고든 클로드는 강한 노인이었죠. 예순둘이었어요. 20년은 거뜬히 더 살 수 있었을 텐데. 아니면 그보다 훨씬 더 오래 살 수도 있죠. 그랬다면 로잘린은 그다지 즐겁지 못했겠죠? 고든과 결혼할 때 스물넷이었으니 말입니다. 이제 겨우 스물여섯이에요."

"그보다 훨씬 더 어려 보여요."

데이비드는 테이블 건너편을 보았다. 로잘린 클로드는 빵을 뜯어내고 있었다. 마음이 불안한 어린애 같은 모습이었다.

데이비드가 생각에 잠긴 채 말했다.

"그렇죠? 정말 그래요. 아무 생각이 없어서 그런 것 같습니다."

"안됐어요."

린이 불쑥 말했다.

데이비드가 인상을 쓰더니 날 선 목소리로 말했다.

"뭐가 안됐나요? 로잘린은 내가 돌봐 주면 됩니다."

"그러시겠죠."

데이비드는 마뜩지 않은 얼굴로 말했다.

"누구라도 로잘린을 속이려 드는 자는 나와 상대해야 할 겁니다. 난 싸우는 방법이라면 수두룩하게 꿰고 있어요. 그중에는 정공법이 아닌 것들도 있지요."

린이 차가운 목소리로 물었다.

"이제는 당신의 인생사를 듣게 되나요?"

데이비드가 웃으면서 말했다.

"아주 간단하게 말씀드리지. 전쟁이 터졌을 때 내가 왜 영국을 위해 싸워야 하는지 이유를 하나도 찾을 수가 없었지요. 난 아일랜드인이거든요. 하지만 아일랜드인이 다 그렇듯 싸움은 좋아해요. 특공대가 그렇게 멋져 보일 수가 없더군요. 특공대 생활은 재미있었지만 운 나쁘게도 다리 부상을 심하게 당해 나와야 했지요. 그 후에는 캐나다로 가서 대원들을 훈련시키는 일을 했습니다. 그런데 별 할 일 없이 빈둥거리고 있을 때 로잘린이 전보로 곧 결혼할 거라는 소식을 보내온 겁니다. 로잘린이 뭔가 주워 먹을 게 있을 거라는 이야기를 한 건 아니었지만, 내가 행간을 읽는 솜씨는 또 기가 막히거든요. 나는 바로 뉴욕으로 날아가 그 행복한 부부에게 들러붙어서 함께 런던으로 돌아온 거죠. 그래서 지금 이렇게 있는 겁니다."

그는 린을 보고 오만하게 미소를 지으며 계속 말했다.

"선원이 돌아왔네, 바다에서 집으로. 당신 이야기죠! 사냥꾼이 언덕에서 집으로 돌아왔네. 뭐 문제 있습니까?"(앞서 인용된 「애가」의 마지막 두 구절이 추가되었다. 자기 이름이 사냥꾼을 뜻하는 헌터인 것을 이용해 농담하는 것이다 — 옮긴이)

"아니요."

린은 다른 사람들과 함께 일어섰다. 응접실로 들어서는데 롤리가 린에게 슬쩍 물었다.

"데이비드 헌터랑 아주 친해 보이던데, 무슨 얘기 했어?"

"아니, 별 얘기 안 했어."

5장

"데이비드, 우리 언제 런던으로 돌아가요? 미국에는 언제 가고요?"

아침 식사 테이블 건너편에 앉아 있던 데이비드 헌터가 놀란 얼굴로 로잘린을 슬쩍 쳐다보았다.

"서두를 것 없잖아? 이곳이 맘에 안 들어?"

그는 함께 아침 식사를 들고 있는 방 주변을 휙 둘러보았다. 퍼로뱅크 저택은 언덕 비탈에 자리 잡아 창문 밖으로 영국의 아늑한 시골 풍경이 끝없이 펼쳐졌다. 비탈에는 수선화 수천 송이가 무리를 이루고 있었다. 이제 수선화는 거의 다 시들었지만 벌판은 아직도 황금빛 꽃들로 넘실댔다.

로잘린이 접시에 놓인 토스트를 뜯어 내며 중얼거렸다.

"미국으로 갈 거라고 했잖아요. 일이 정리되는 대로 말예요."

"그래, 하지만 정리가 쉽게 안 되고 있어. 먼저 해결해야 할 일이 있어. 너나 나나 특별히 미국으로 서둘러 돌아가야 할 일이 있는 건 아니잖아. 전쟁이 끝난 뒤에는 상황이 뜻대로 돌아가지 않는 법이야."

데이비드는 그렇게 말하면서도 마음 한구석이 약간 불편했다. 거짓말은 아니었지만, 자신이 듣기에도 핑계처럼 들렸기 때문이다. 그는 반대편에 앉아 있는 로잘린에게도 자신의 해명이 그런 식으로 들리지 않았나 궁금했다. 그나저나 갑자기 미국으로 돌아가고 싶어 하는 이유는 뭘까?

로잘린이 중얼거렸다.

"여기서는 잠깐 동안만 있을 거라고 했잖아요. 여기서 아주 산단 말은 안 했어요."

"웜슬리 베일, 그리고 이 퍼로뱅크 저택이 어디가 맘에 안 드는데? 지금 돌아가자는 거야?"

"그런 게 아녜요. 그 사람들 말예요. 모두 다 싫어요!"

"클로드가 사람들 말이야?"

"맞아요."

"나는 요새 그 사람들 보는 게 한참 재미있는데. 그 잘난 척하는 얼굴에 시기와 질투가 가득한 꼴이란! 로잘린, 내 즐거움을 뺏지 마."

로잘린은 염려스러운 듯 낮은 목소리로 말했다.

"난 오빠가 그런 생각 안 했으면 좋겠어요. 난 그런 거 싫어요."

"그렇게 약해질 거 없어. 이제까지 그 정도로 당했으면 충분해. 클로드가 사람들은 너무 유약하게 살아왔어. 고든을 마치 큰형처럼 의지하면서 말이지. 덩치 큰 벼룩에 붙어 사는 작은 벼룩들처럼. 나는 그런 족속들이 늘 질색이었어."

깜짝 놀란 로잘린이 말했다.

"사람을 미워하는 건 싫어요. 그건 못된 짓이에요."

"널 미워한다는 생각은 안 들어? 그 사람들이 널 친절하고 따뜻하게 대해 주었냐고?"

로잘린이 잘 모르겠다는 듯 말했다.

"그렇다고 불친절하진 않았어요. 나한테 해를 끼친 것도 아니잖아요."

데이비드는 거리낄 것 없다는 듯 웃었다.

"이 순진한 아가씨야, 널 해코지하려고 호시탐탐 벼르고 있어. 그렇게 체면치레라도 하는 사람들이 아니었다면 넌 어느 화창한 날 아침, 등에 칼을 맞고 주검으로 발견되었을 신세야."

로잘린이 몸을 떨었다.

"그런 끔찍한 이야기 좀 하지 말아요."

"그래, 굳이 칼을 쓸 필요도 없겠지. 수프에 스트리크닌을 넣는 방법도 있으니 말이야."

로잘린은 입술을 떨며 데이비드를 뚫어져라 쳐다보았다.

"지금 농담하는 거죠……?"

데이비드는 다시 심각한 얼굴로 돌아왔다.

"걱정할 것 없어, 로잘린. 내가 널 돌봐 줄 테니까. 그 작자들은 내가 상대할 거야."

로잘린이 더듬거리며 말을 늘어놓았다.

"오빠 말이 사실이라면 그 사람들이 우리를, 그러니까 나를 미워하는 게 확실하다면 왜 런던으로 안 가요? 그 사람들과 떨어져 런던에 있으면 안전할 텐데."

"시골이 네 건강에 좋으니까 그렇지. 런던에 있으면 다시 앓아눕는다는 걸 너도 잘 알잖아."

로잘린은 몸을 부르르 떨며 눈을 감았다.

"그건 폭탄이 떨어졌을 때 이야기죠. 폭탄 말예요. 그 순간은 절대 잊혀지지 않을 거예요. 절대로……."

데이비드가 부드럽게 로잘린의 어깨를 감싸고 토닥거리며 말했다.

"그래, 그럴 거야. 하지만 로잘린, 기운 내. 네가 심하게 충격을 받은 건 사실이지만 다 끝난 일이잖아. 이제 폭탄이 떨어질 일은 없어. 그러니 폭탄 따위는 이제 생각하지 마. 기억하려고도 말고. 의사가 한동안 시골 공기를 마시며 생활하는 게 좋겠다고 했잖아. 내가 런던에서 벗어나 있으려는 것도 다 그 때문이고."

"정말 그게 이유예요? 참말이에요, 오빠? 내 생각엔…… 어쩌면……."

"네가 생각하기엔 뭐?"

로잘린이 뜸을 들이다 말했다.

"나는 오빠가 그 여자 때문에 여기 있고 싶어 한다고 생각했어요."

"그 여자라니?"

"누구 얘기를 하는지 잘 알잖아요. 요전 날 밤에 만났던 그 여자 말이에요. 해군 여성부대에 있었다던."

데이비드의 얼굴이 흙빛으로 딱딱하게 변했다.

"린? 린 마치몬트 말이야?"

"오빠 그 여자한테 마음이 있잖아요."

"린 마치몬트한테? 린은 롤리의 여자야. 옛날부터 그랬어. 그자는 고향을 떠난 적이 없어. 아둔한 게 꼭 잘생긴 황소 같더라."

"그날 밤 오빠가 그 여자와 이야기하는 걸 지켜봤어요."

"로잘린, 제발 그만둬."

"그날 밤 이후에도 그 여자를 만난 적이 있잖아요."

"요전 날 아침에 말 타러 나갔다가 농장 근처에서 만난 적은 있지."

"또 만날 거잖아요."

"물론 항상 마주치겠지. 동네가 손바닥만 하니까. 집에서 두 발자국만 떼도 클로드가 사람을 만나잖아. 내가 린 마치몬트에게 빠졌다고 생각한다면 헛다리 짚은 거다. 그 여자는 자존심 세고 잘난 척하는 재미없는 여자인 데다 다소곳한 데라고는 조금도 없어. 롤리가 그 여자를 정말 좋아하기나 했으면 좋겠다. 로잘린, 아냐. 그 여자는 절대 내 타입이 아니야."

로잘린이 미심쩍다는 듯 물었다.

"정말이에요, 오빠?"

"물론, 정말이고말고."

로잘린이 약간 머뭇거리며 대답했다.

"내가 카드점 보는 걸 오빠가 싫어하는 줄은 알지만…… 점괘는 그대로 현실로 나타나요. 한 여자가 나타나 오빠를 곤경에 빠뜨리고 슬프게 한다고 했어요. 그 여자는 바다를 건너온 여자일 거랬어요. 또 암흑의 이방인이 우리 삶에 끼어들어 위험을 불러온다고 했어요. 죽음의 카드도 나왔고요, 그리고……."

데이비드가 웃음을 터뜨렸다.

"넌 정말, 암흑의 이방인이라는 게 다 무슨 소리야? 넌 미신을 너무 믿어 탈이야. 그렇다면 내가 충고하는데 암흑의 이방인과는 절대 어떤 거래도 하지 마라."

데이비드는 웃으며 방을 나섰지만, 막상 저택에서 벗어났을 때는 얼굴에 수심이 가득했다. 그는 인상을 찌푸린 채 혼잣말로 중얼거렸다.

"빌어먹을. 린, 당신이 고향에 돌아오는 바람에 내 계획이 다 어그러졌어."

데이비드는 그렇게 말을 내뱉으면서도 실상 발걸음은 방금 전 그렇게 몰아세우던 여자를 혹시 만날지도 모르는 길로 향하고 있는 것을 깨달았다.

로잘린은 데이비드를 지켜보고 있었다. 그는 정원을 거닐다가 조그만 문을 빠져나가 평원을 가로지르는 오솔길로 접어들고 있었다. 뒤이어 로잘린은 침실로 가서 옷장에 걸린 옷들을 살펴보았다. 새로 산 밍크코트의 감촉은 언제나 그녀를 즐겁게 했다. 그런 코트를 가질 자격이 자기에게 있는가 생각하면 그저 신기할 따름이었다. 하녀가 올라와 마치몬트 부인이 찾아왔다고 이야기한 것은 로잘린이 침실에 있을 때였다.

아델라는 입을 꼭 다문 채 응접실에 앉아 있었다. 그녀의 심장은 평소보다 두 배는 빠르게 뛰고 있었다. 아델라는 로잘린에게 부탁을 하려고 며칠씩이나 마음을 다졌는데도 성격 탓에 한참을 미루어 온 터였다. 옛날과는 생각하는 게 180도로 달라진 린 때문에 당황스럽기도 했다. 린은 고든의 미망인에게서 돈을 좀 빌려 궁지에서 벗어나려는 아델라의 계획에 극구 반대하고 있었다.

하지만 오늘 아침 은행장에게서 한 번 더 편지가 오자 마치몬트 부인은 뭔가 적극적인 조치를 취하지 않으면 안 됐다. 이제 더 이상 미룰 수가 없었다. 린은 아침 일찍 집을 나간 터였고, 조금 전 보니 데이비드 헌터는 들판의 오솔길을 걷고 있었다. 지금이야말로 거치적거릴 게 없었다. 데이비드가 없을 때 로잘린만 따로 만나고 싶은 데는 다 이유가 있었다. 로잘린 혼자만 있어야 말을 꺼내기가 훨씬 수월할 것이라는 판단을 했기 때문이다.

그런데도 빛이 환하게 비쳐 들어오는 응접실에서 기다리고 있자니 아델라는 몹시도 긴장이 되었다. 하지만 마치몬트 부인이 항상 '반쯤 얼이 나갔다'고 말하던 그 얼굴로 로잘린이 들어서자 약간은 안심이 되었다. 오늘은 평소보다 훨씬 더 심해 보였다.

아델라는 혼자 속으로 생각했다.

'그때의 폭격 때문에 저렇게 된 건가, 아니면 원래 저랬던 걸까?'

로잘린이 더듬거리며 입을 열었다.

"아, 안, 안녕하세요. 무슨 일이세요? 여기 앉으세요."

"오늘 아침은 날씨가 정말 좋지?"

마치몬트 부인이 밝은 목소리로 말했다.

"우리 집에 튤립이 철 이르게 피더니 다 져 버렸어. 여기도 그런가?"

로잘린은 멍한 눈빛으로 시누이를 바라보며 대답했다.

"모르겠는데요."

아델라는 속으로 중얼거렸다.

'시골에 살면 으레 주고받는 정원 일이나 개 이야기도 할 줄 모르는 사람이랑 도대체 무슨 이야기를 해야 한담?'

아델라의 목소리가 커졌다. 말 속에 가시가 박히는 것은 그녀도 어쩔 수 없는 노릇이었다.

"물론 여기에는 정원사가 정말 많겠지. 그 사람들이 다 신경을 써 주니까 잘 모를 거야."

"일손이 딸리는 것 같아요. 멀러드 영감 같은 사람이 두 명쯤 더 있었으면 하더군요. 하지만 일할 사람을 찾기가 하늘에서 별 따기인 것 같아요."

마치 말 잘하는 앵무새의 입에서 나온 말 같았다. 아니면 어른이 한 말을 그대로 따라 하는 어린아이 같다고 할까.

그래, 이 여자는 꼭 어린아이 같았다. 그게 이 여자의 매력인가? 그 빈틈없고 명석한 사업가였던 고든 클로드도 이런 데 사로잡혀 이 여자의 멍청함이나 부족한 교양은 눈에 보이지 않았던 걸까? 아니면 겉보기에만 그럴 수도 있다. 갖은 애를 썼는데도 결국 고든을 사로잡지 못한 예쁜 여자들이 수두룩하지 않았던가.

하지만 예순두 살의 남자라면 어린애다운 모습이 충분히 매력적으로 보일 수 있다. 혹시 저 모습이 진짜이기는 할까? 꾸며 댄 것은 아니고? 위장을 하다 보니 제2의 천성으로 굳어진 것은 아닐까?

"데이비드 오빠가 집에 없어서 어쩌야 할지……."

그 말에 마치몬트 부인은 정신이 번쩍 들었다. 데이비드가 돌아올지도 모른다. 지금 이 기회를 절대로 놓치면 안 된다. 차마 입이 떨어지지 않았지만 아델라는 결국 이야기를 꺼냈다.

"혹시 날 좀 도와줄 수는 없을까 해서……."

"돕는다고요?"

로잘린이 이해가 안 된다는 듯 놀란 표정으로 말했다.

"그러니까 내 말은, 지금 내 처지가 상당히 어려워. 고든이 세상을 뜨는 바람에 우리 클로드가 사람들 형편이 예전과는 너무 많이 달라졌거든."

마치몬트 부인이 속으로 생각했다.

'이 바보야, 꼭 그렇게 입을 헤벌린 채 내 얼굴을 봐야만 알겠어? 내 말이 무슨 뜻인지 알고 있잖아. 내 말이 무슨 뜻인지 분명히 너도 알 거야. 너도 곤궁할 때가 있었으니까.'

순간 로잘린이 미워졌다. 이 아델라 마치몬트가 여기 앉아 돈 구걸을 하게 만들다니.

'못 하겠어. 이런 일은 도무지 난.'

일순간 그 오랜 시간 매달려 왔던 상념과 근심 그리고 막연한 계획들이 다시 한번 그녀의 머릿속을 스치고 지나갔다.

집을 팔자. (하지만 어디로 이사를 간담? 작은 집은 매물로 나온 게 없던데. 싼 집도 분명 없을 거고.) 하숙할 사람을 받는 거야. (하지만 일손을 구할 수가 없을 거야. 어떻게 구한다 해도 감당이 안 될 게 뻔해. 식사 준비랑 온갖 집안일을 어떻게 다 해내겠어. 혹시 린이 좀 도와주면, 하지만 린은 좀 있으면 롤리랑 결혼할 텐데.) 롤리랑 린을 데리고 살까? (아니야, 린이 결사반대할 거야.) 일자리를 구하자. 어떤 일을 하지? 경험도 없고 기운도 없는 할머니를 뽑을 사람이 있을까?

모멸감 때문에 마치몬트 부인은 자신의 목소리가 공격적이 된 것을 느꼈다.

"난 지금 돈 얘기를 하고 있는 거야."

"돈이요?"

로잘린은 돈 이야기가 나올 줄은 미처 몰랐다는 듯 정말 놀라는 표정이었다.

아델라는 굴하지 않고 두서없이 말을 계속했다.

"은행의 인출액이 초과됐어. 청구서 대금도 지불 못 하고 있고. 집 수리비가 여러 군데 들어갔거든. 세금도 아직 못 냈어. 모든 게, 그러니까 내 말은 소득이 절반으로 줄어 버렸어. 아무래도 세금 때문이겠지. 전에는 고든이 도와주었어. 저택에 문제가 생기면 말이야. 지붕 수리, 페인트 칠 같은, 집을 손보는 데 드는 각종 비용은 전부 고든이 마련해 줬었어. 석 달에 한 번씩은 은행으로 입금도 해 주었지. 고든이 항상 아무 걱정 말라고 했기 때문에 난 당연히 아무 걱정도 하지 않았어. 그게 고든이 살아 있을 때는 아무 문제가 없었는데 지금은……."

마치몬트 부인은 말을 멈추었다. 부끄럽기도 했지만 한편 속이 후련하기도 했다. 어쨌든 최악의 순간은 넘겼다. 저 여자가 거절한다면, 뭐 거절한대도 그만이다.

로잘린은 무척 난처한 표정을 짓고 있었다.

"아, 그랬군요. 전 모르고 있었어요. 거기까지는 미처 생각을 못 했어요. 물론 데이비드 오빠한테 물어봐야겠지만."

아델라는 의자 양옆을 손으로 꽉 움켜쥐고는 간절한 목소리로 말했다.

"혹시 나한테 수표 한 장만 써 줄 수 없겠어? 지금 말이야."

"네, 그럴게요. 써 드릴 수 있을 거예요."

로잘린은 놀란 표정으로 자리에서 일어나 책상으로 다가갔다. 서류 정리함을 몇 군데 뒤적이더니 마침내 수표장을 찾아냈다.

"금액은 얼마로 하면 될까요?"

"500파운드로 해 주면 좋겠는데……."

아델라는 말을 채 잇지 못했다.

"500파운드."

로잘린은 순순히 수표장을 써 주었다.

아델라는 등에서 무거운 짐 하나를 내려놓은 기분이었다. 결국은 쉽게 해결됐구나. 순간 아델라는 고마움보다는 원하는 것을 너무 쉽게 얻었다는 사실에 일말의 경멸감이 치밀어 당황스러웠다. 로잘린은 지나칠 정도로 단순한 사람인 것이 분명했다.

로잘린은 책상에서 일어나 아델라에게 다가오더니 쭈뼛쭈뼛 수표를 건네주었다. 이제 훨씬 더 당황하는 쪽은 오히려 로잘린이었다.
"이것으로 문제가 해결되면 좋겠네요. 그런 처지라니 무슨 말씀을 드려야 할지……."
아델라는 수표를 받아 들었다. 분홍색 종이에 어린아이가 쓴 것처럼 삐뚤삐뚤하게 글씨가 씌어 있었다.

    마치몬트 부인. £500. 로잘린 클로드.

"로잘린, 정말 친절하구나. 고마워."
"아녜요, 무슨 말씀을…… 제가 다 생각했어야 하는 건데……."
"정말 고마워."
손가방에 수표를 넣은 아델라 마치몬트는 다른 사람이 된 듯한 기분이었다. 로잘린이라는 이 여자는 사실은 아주 마음씨가 고운 사람이었던 것이다. 이야기가 길어지면 오히려 불편해하겠지. 마치몬트 부인은 작별 인사를 하고 저택을 나섰다. 바깥으로 나가는 길에서 데이비드와 마주치자 그녀는 유쾌한 목소리로 아침 인사를 건네고는 바삐 걸음을 서둘렀다.

6장

"마치몬트 저 여자가 여기서 무슨 짓을 했지?"

데이비드는 방 안으로 들어서자마자 다짜고짜 로잘린을 다그쳤다.

"아, 데이비드 오빠. 마치몬트 부인이 돈이 무척 궁하더라고요. 내가 미처 생각을 못 했어요……."

"그래서 돈을 주었다는 얘기야?"

데이비드는 실소와 체념이 뒤섞인 눈초리로 로잘린을 쳐다보다 한마디 했다.

"이래서 널 혼자 못 둔다니까."

"아, 오빠. 거절할 수가 없었어요. 그래서……."

"그래서, 뭐? 도대체 얼마나 준 거야?"

기어드는 목소리로 로잘린이 중얼거렸다.

"500파운드요."

데이비드가 웃자 로잘린은 비로소 안심이 되었다.

"고작 500파운드! 쥐꼬리만큼이군."

"오빠, 그 정도면 많은 돈이죠."

"로잘린, 지금 우리한테 그 정도는 많은 돈이 아니야. 넌 지금 네가 얼마나 부자인지 감을 못 잡고 있어. 그 여자가 500파운드를 부탁했다면 250파운드만 주었어도 감지덕지하긴 마찬가지였을 거다. 넌 돈 빌려주는 법을 좀 배워야 해."

로잘린이 중얼거렸다.

"미안해요, 데이비드 오빠."

"로잘린 이 아가씨야, 그 돈은 네 거란 말이야!"

"그렇지 않아요. 그럴 수는 없어요."

"두 번 다시는 그런 소리 입 밖에 내지 마라. 고든 클로드는 유서를 쓸 겨를도 없이 죽었어. 게임 운이 따른다는 게 다 이런 걸 두고 하는 말이야. 우리가 이긴 거라고. 너랑 나 말이다. 다른 사람들은 게임에서 진 거지."

"하지만 그건…… 옳지 못한 일 같아요."

"이것 봐, 내가 사랑하는 동생 로잘린. 넌 이 모든 게 좋지 않아? 커다란 저택이며, 하인들, 보석들이 말이야. 꿈이 이루어진 거야. 봐, 그렇잖아? 이따금 그런 생각이 들 때도 있어. 어느 날 잠에서 깼는데 모든 게 꿈이라는 걸 알게 되는 건 아닐까 하는."

로잘린이 데이비드를 따라 웃었다. 데이비드는 그런 로잘린을 유심히 바라보다가 이내 마음을 놓았다. 그는 로잘린을 어떻게 다루어야 하는지 잘 알고 있었다. 양심적인 아이라면 일이 꼬이지 않을까 걱정했는데, 안타깝게도 로잘린은 그런 아이였다.

"데이비드 오빠, 정말 그래요. 진짜 꿈만 같아요. 아니면 그림 속 풍경인 것만 같아요. 난 이 모든 것이 좋아요. 정말이지 너무."

데이비드가 로잘린에게 주의를 주었다.

"하지만 가진 것은 우리 스스로 지켜야 해. 로잘린, 더 이상 클로드가 사람들에게 선심을 써선 안 돼. 그 사람들 모두 이제껏 우리가 만져 보지도 못한 거금을 쓰며 살아왔다고."

"맞아요. 그 말은 사실인 것 같아요."

"오늘 아침에 린은 어디 갔다던?"

"롱 윌로스에 간 것 같은데."

롱 윌로스라. 롤리를 보러 간 거군. 그 시골뜨기 촌놈! 순간 좋던 기분이 싹 잡쳤다. 린은 그 자식이랑 결혼하기로 마음을 굳힌 건가?

데이비드는 울적한 기분으로 저택을 나와 흐드러지게 핀 진달래꽃 무더기를 지나 언덕 꼭대기에 있는 작은 문을 빠져나갔다. 거기서부터 언덕 아래로 오솔길을 따라가면 롤리의 농장을 지나게 되어 있었다.

데이비드가 그 자리에 서 있는데 린 마치몬트가 농장 쪽에서 올라오는 것이 보였다. 그는 순간 망설이다가 싸울 듯한 기세로 턱을 쳐들고는 언덕 아래로 성큼성큼 걸어 내려갔다. 둘은 언덕 중간쯤 울타리 옆에서 마주쳤다.

데이비드가 먼저 말을 걸었다.

"안녕하시오? 결혼은 언제 하시려나?"

린이 쏘아붙였다.

"그건 전에도 물어보았잖아요. 다 알면서. 6월에 해요."

"계획대로 잘되어 가시나?"

"데이비드, 무슨 말인지 모르겠군요."

데이비드가 경멸하듯 웃음을 흘리며 말했다.

"다 알면서. 롤리 말이야. 롤리는 잘 지내고 있나?"

"당신보다 나은 사람이에요. 용기 있으면 한번 붙어 보든가요."

린이 가볍게 응수했다.

"당연히 그자가 나보다야 낫겠지. 하지만 한번 붙어 볼 배짱은 있다고. 린, 당신을 위해서라면 난 뭐든지 할 용의가 있어."

린은 한동안 아무 말 없이 서 있었다. 마침내 그녀가 입을 열었다.

"당신이 모르는 게 있어요. 난 롤리를 사랑하고 있어요."

"정말 그럴까?"

린이 격한 목소리로 말했다.

"그럼요, 자신할 수 있어요. 난 롤리를 사랑한다고요."

데이비드는 꿰뚫어 보는 듯한 날카로운 눈으로 린을 쳐다보았다.

"우리가 보는 건 결국 모두 우리 자신의 모습이지. 우리가 되고 싶어 하는 자신의 모습이란 말이야. 당신은 사랑하는 롤리와 정착해서 이곳 생활에 만족한 채 어디로도 가고 싶어 하지 않는 자신의 모습을 마음속으로 그리고 있겠지. 하지만 그건 진짜 당신이 아니야. 그렇지 않아, 린?"

"아, 그래요? 그럼 진짜 내 모습은 뭐죠? 진짜 당신 모습은 뭐고요? 도대체 당신이 원하는 게 뭐예요?"

"말했잖아. 폭풍이 지나간 후의 무사함과 평화, 풍랑이 일던 바다가 가라앉아 잠잠해진 평온함이라고. 하지만 모르겠어. 때로는 린 당신이나 나나 모두 불행을 원하는 것이 아닌가 하는 생각이 들어."

데이비드가 우울한 목소리로 덧붙였다.

"당신이 이곳에 나타나지 않았으면 좋았을걸. 당신이 내 앞에 나타나기 전까지만 해도 난 무척이나 행복했거든."

"그럼 지금은 행복하지 않나요?"

데이비드가 그녀를 쳐다보았다. 린은 흥분이 이는 걸 느꼈다. 숨이 가빠지고 있었다. 이제까지 데이비드의 그 우울하고 기묘한 매력에 이토록 강렬하게 사로잡힌 적은 없었다. 그가 갑자기 한 손을 뻗어 어깨를 잡더니 린을 끌어안았다.

그러다 갑자기 그의 손에서 힘이 빠져나가는 것을 느꼈다. 데이비드는 린의 어깨 너머 언덕 위쪽을 뚫어져라 쳐다보고 있었다. 린은 그가 무엇에 그렇게 정신이 팔려 있는지 보려고 고개를 돌렸다.

한 여자가 퍼로뱅크 위쪽의 작은 문으로 막 들어서는 참이었다. 데이비드가 날이 선 목소리로 물었다.

"저 사람 누구지?"

"프랜시스 숙모 같은데요."

"프랜시스?"

데이비드가 잔뜩 인상을 썼다.

"대체 뭘 바라고? 이봐, 린! 로잘린을 찾아오는 사람들은 다 뭔가 바라는 게 있어. 당신 엄마도 오늘 아침에 들렀지."

"엄마가요?"

린이 뒤로 물러나며 말했다. 그녀가 얼굴을 찡그렸다.

"엄마가 무엇 때문에 거기에 갔죠?"

"그걸 모른단 말이야? 돈 아니겠어."

"돈이요?"

린의 낯빛이 딱딱하게 굳었다.

"무사히 원하는 돈을 손에 넣었지."

이제 데이비드는 제 얼굴에 썩 잘 어울리는 냉혹한 미소를 흘리고 있었다.

잠시 전만 해도 바짝 끌어안고 있던 둘 사이는 이제 날카로운 적개심으로 갈라져 몇 킬로미터나 벌어져 버린 듯했다.

린이 소리쳤다.

"거짓말, 거짓말, 거짓말이에요!"

데이비드가 린의 말투를 따라 했다.

"사실, 사실, 사실이야!"

"그럴 리가! 얼마나요?"

"500파운드."

린은 훅 숨을 들이쉬었다.

데이비드가 빈정거리듯 말했다.

"이번에 프랜시스 숙모도 얼마를 부탁하러 온 건가? 이러니 불안해서 5분도 로잘린을 혼자 못 둔다니까. 그 마음 약한 아가씨는 거절할 줄을 몰라요."

"또 다녀간 사람이 있나요?"

데이비드가 비아냥대는 듯한 미소를 지으며 말했다.

"캐시 숙모가 빚을 좀 지셨다더군. 아, 뭐 그렇게 많은 건 아니고. 250파운드면 빚을 갚고도 남았지. 그런데 그 의사 양반 귀에 이야기가 들어갈까 봐 걱정하던데. 전에 영매(靈媒)에게 들어간 돈 때문에 갈등이 있었던 후로는 남편이 통 이해를 안 해 주는 모양이야. 물론 캐시 숙모도 모르는 사실이 있지."

데이비드가 덧붙였다.

"그 남편이란 작자도 몸소 돈을 빌리러 왔었다는 사실을 말이지."

린이 가라앉은 목소리로 말했다.

"당신이 우리를 어떻게 생각할지 알겠어요. 우리를 어떻게 생각할지 뻔하다고요!"

그녀는 몸을 돌려 언덕을 허둥지둥 달려 내려가더니 다시 농장으로 가 버렸다. 데이비드로서는 생각도 못 한 일이었다.

그는 인상을 쓴 채 황급히 사라지는 린을 지켜보았다. 이제 그녀는 롤리에게 가 버렸다. 비둘기가 제집을 찾아가듯이 롤리의 농장으로 날아가 버린 것이다. 인정하고 싶지 않았지만 그 사실은 데이비드를 생각 이상으로 심란하게 만들고 있었다.

그는 언덕 위를 다시 한번 올려다보고는 인상을 찌푸렸다.

그리고 나직한 목소리로 말했다.
"그렇게는 안 되지, 프랜시스. 안 돼. 당신은 날을 잘못 골랐어."
그러더니 단단히 결심이라도 한 듯 언덕을 성큼성큼 걸어 올라갔다.

대문으로 들어간 데이비드는 진달래꽃 무더기를 지나 잔디를 가로질러 소리를 죽인 채 창을 통해 응접실로 들어갔다. 마침 프랜시스 클로드가 말을 하고 있었다.
"그러니까 좀 더 분명하게 말을 할 수 있으면 좋겠지만…… 로잘린, 이 일은 설명하기가 아주 어렵거든……."

그때 뒤에서 누군가의 목소리가 들렸다.
"그렇습니까?"

프랜시스 클로드가 휙 몸을 돌렸다. 사실 그녀는 아델라 마치몬트처럼 일부러 로잘린이 혼자 있을 때를 노려 찾아온 것은 아니었다. 필요한 돈의 액수가 워낙 커서 로잘린이 오빠와 상의하지 않고는 돈을 내줄 성싶지 않았던 것이다. 사실 프랜시스는 그 문제를 데이비드와 로잘린이 모두 있는 자리에서 의논하는 편이 더 낫다고 생각했다. 그러면 데이비드가 자신이 없는 틈을 타 로잘린에게서 돈을 얻어 가려 했다고 생각하지 않을 것이기 때문이다.

그녀는 로잘린을 상대로 설명에 몰두해 있던 터라 데이비드가 창을 통해 들어오는 소리를 미처 듣지 못했다. 갑작스러운 데이비드의 목소리에 놀란 프랜시스는 무엇 때문인지 모르지만 데이비드의 심기가 오늘따라 유난히 뒤틀려 있다는 걸 직감했다.

프랜시스가 태평한 목소리로 말했다.

"아, 데이비드. 어서 와요. 방금 로잘린에게 얘기하고 있던 참이었어. 고든 숙부가 돌아가시는 바람에 제러미가 궁지에 빠졌거든. 그래서 혹시나 로잘린이 좀 도와줄 수 있을까 해서. 그게 어떻게 된 일인가 하면……."

그녀는 빠른 속도로 줄기차게 말을 이어 나갔다. 대규모 자금이 들어간 일, 고든의 지원, 구두 약속, 정부 규제, 담보 대출 등의 이야기였다.

데이비드의 음험한 마음 한구석에서 찬탄이 일었다. 저 여자, 거짓말을 꾸며 내는 솜씨가 정말 대단하군! 이야기가 전체적으로 앞뒤가 다 맞아. 하지만 사실은 아니지, 아니야. 그는 맹세라도 할 수 있었다. 절대 사실이 아니지. 그렇다면 진실은 무엇인지 궁금해졌다. 제러미가 빚더미에 올라앉았단 말인가? 뭔가 아주 절망적인 상황인 것만은 분명해. 그 작자가 여자를 여기로 보내서 이런 짓까지 하게 만든 걸 보면 말이지. 저 여자 자존심만은 둘째가라면 서러운 사람인데…….

"1만 파운드라고요?"

데이비드가 되물었다.

로잘린이 크게 놀란 목소리로 중얼거렸다.

"정말 큰돈이네요."

프랜시스가 재빨리 말했다.

"아, 물론 큰돈이라는 건 나도 잘 알아. 구하기 어려운 액수가 아니었다면 나도 자네를 찾아오지는 않았을 거야. 하지만 그때 고든 서방님이 그렇게 지원해 주지 않았다면 제러미도 그 일에 뛰어들지는 않았을 거야. 이렇게 안타까운 일이 또 어디 있겠어. 고든 서방님이 그렇게 급작스럽게 돌아가시다니……."

데이비드는 불쾌감을 감추지 않았다.

"당신네 모두를 버려두고 말이오? 전에는 고든 영감의 날개 밑에서 편안하게 지낼 수 있었는데 말입니까?"

순간 프랜시스의 눈에서 희미하지만 날카로운 빛이 번득였다.

"참 재미있게 말하는군!"

"알겠지만 로잘린도 원금에는 손댈 수가 없습니다. 수입만 쓸 수 있지요. 그리고 파운드당 19.6펜스가 소득세로 나가고 있어요."

"아, 알아. 요새는 세금이 정말 혹독하지. 하지만 어떻게 충당이 되지 않겠어? 우리가 나중에 갚을 수……."

데이비드가 말을 끊었다.

"충당할 수는 있겠죠. 하지만 안 됩니다!"

프랜시스가 로잘린 쪽으로 재빨리 몸을 돌리며 말했다.

"로잘린, 자네는 마음이 아주 넓잖아……."

데이비드가 다시 그녀의 말허리를 잘랐다.

"당신네 클로드가 사람들은 도대체 로잘린을 뭘로 보고 있는 겁니까? 젖소라도 되는 줄 아십니까? 하나같이 로잘린을 보러 와서는 빙빙 돌려가며 부탁하고, 구걸하고. 그러고는 뒤에서는 어떤데요? 로잘린을 조롱하고, 깔보고, 증오하고, 또 죽길 바라면서……."

"그렇지 않아."

프랜시스가 외쳤다.

"그렇지 않다고? 정말 당신네들이라면 이제 신물이 나. 그건 로잘린도 마찬가지고. 당신들은 우리에게서 한 푼도 뜯어내지 못할 거예요. 그러니 우리를 찾아와서 돈을 구걸하는 짓일랑 이제 때려치워요. 알겠어요?"

단단히 화가 치민 데이비드의 얼굴이 흙빛으로 변했다.

프랜시스는 자리에서 일어섰다. 목석처럼 경직된 그녀의 얼굴에서는 어떤 감정도 찾아볼 수 없었다. 얼이 나간 채로, 하지만 무슨 중요한 일이라도 되는 것처럼 정성스레 가죽장갑을 손에 낄 뿐이었다.

프랜시스가 말했다.

"무슨 뜻인지 아주 잘 알았어, 데이비드."

로잘린이 중얼거렸다.

"죄송해요. 정말 죄송해요······."

프랜시스는 로잘린이 아예 방에 없는 사람인 것처럼 굴었다. 그녀는 창 쪽으로 발걸음을 떼었다가 멈추어 서더니 데이비드를 보고 말했다.

"자네는 내가 로잘린을 미워했다고 했지? 그건 사실이 아니야. 난 로잘린을 미워한 적이 없어. 하지만 미워하는 사람이 있기는 해. 바로 자네야!"

"그게 무슨 말입니까?"

데이비드가 험악한 얼굴로 그녀를 쳐다보며 말했다.

"여자들은 살아갈 방도가 있어야 해. 로잘린이 자기보다 훨씬 더 나이가 많은 부자랑 결혼한 것처럼. 그건 안 될 것도 없는 일이야. 하지만 데이비드, 자네는 동생에게 빌붙어 살고 있어. 로잘린에게 교묘하게 빌붙어서 호사스러운 생활을 누리고 있지."

"난 탐욕이 가득한 사람들로부터 로잘린을 지키고 있는 것뿐입니다."

그들은 한동안 서서 서로를 노려보았다. 프랜시스의 분노를 알아챈 데이비드는 순간적으로 프랜시스 클로드가 적의를 품으면 어떤 짓도 서슴지 않을 위험한 상대라는 생각이 들었다.

프랜시스가 말을 하려고 입을 떼는 순간 데이비드는 두려움을 느꼈다. 하지만 그녀가 내뱉은 말은 어느 쪽으로도 해석이 가능해서 애매모호하기만 했다.

"데이비드, 자네가 한 말을 기억해 두겠어."

그러고 데이비드를 지나쳐 문으로 나갔다.

그 말이 왜 그토록 위협적으로 들리는지 데이비드는 이해할 수가 없었다.

로잘린은 울고 있었다.

"오빠, 프랜시스 숙모에게 그런 말을 하면 어떡해요. 그분은 나한테 어느 누구보다 잘해 주셨어요."

데이비드가 부아를 터뜨리며 말했다.

"입 다물어, 이 멍청이 같으니라고. 저들이 널 완전히 짓밟고 네가 가진 돈을 모조리 빨아먹는 꼴을 보고 싶어서 그래?"

"하지만 그 돈을…… 그 돈을 내가 차지하는 게 정당하지 않은 거라면……."

데이비드의 사나운 눈초리에 로잘린은 움츠러들었다.

"아니, 그런 뜻이 아니라 오빠……."

"그래, 그래야지."

데이비드는 생각했다.

'양심은 악마야!'

로잘린의 양심은 데이비드가 미처 계산하지 못한 부분이었다. 그 양심이 앞으로 닥쳐올 상황을 어렵게 만들 것이다.

앞으로 닥쳐올 상황이라? 그는 인상을 쓴 채 로잘린을 바라보다가 꼬리를 물고 이어지는 상념 속으로 빠져들었다. 로잘린의 앞날……. 데이비드 자신의 앞날…… 데이비드는 자신이 어떤 앞날을 원하는지 항상 잘 알고 있었다…… 그건 지금도 마찬가지였다…… 하지만 로잘린은? 로잘린이 바라는 앞날은 어떤 것일까?

데이비드의 얼굴이 어두워지자 로잘린은 울음을 터뜨리더니 갑자기 몸을 벌벌 떨었다.

"왠지 무섭다는 생각이 들어요."

데이비드는 이해할 수 없다는 듯한 눈초리로 로잘린을 바라보면서 말했다.

"이제야 그런 생각을 하게 된 거냐?"

"오빠, 그게 무슨 말이에요?"

"내 말은 그 다섯, 여섯, 아니 일곱 명이 어떻게 해서든 너를 빨리 무덤에 몰아넣으려 할 거라는 이야기야. 네 목숨이 다하기 전에."

로잘린은 잔뜩 겁에 질려 있었다.

"설마 오빠는…… 살인을 생각하는 건 아니겠죠? 오빠는 살인이라도 할 것처럼 말하지만, 클로드가처럼 품위 있는 사람들은 그런 짓 하지 않아요."

"과연 클로드가 사람들처럼 품위 있는 사람들이라고 해서 살인을 안 저지를까? 여하튼 내가 널 돌보는 한 그 작자들은 널 죽일 수 없을 거다. 그러려면 날 먼저 없애야 할걸. 하지만 그 작자들이 날 없앴을 경우에는, 그럴 때는 네가 스스로를 지켜야 해."

"데이비드 오빠, 그런 끔찍한 말은 하지 말아요."

데이비드가 로잘린의 팔을 붙잡고 말했다.

"잘 들어. 로잘린, 혹시라도 내가 여기 없을 때는 네가 스스로를 잘 지켜야 해. 인생이란 결코 안전하지 않다는 사실을 꼭 기억해. 바람 앞의 등불 같은 게 인생이야. 지독히 위험하다고. 더구나 네 인생은 특히나 위험해."

7장

I

"롤리, 500파운드만 마련해 줄 수 있어?"

롤리는 린을 뚫어져라 바라보았다. 언덕을 달려 내려오느라 숨이 턱까지 찬 린은 창백한 얼굴에 입술을 악물고 있었다.

롤리는 자리에 앉은 채로 린을 달랬다. 말을 어르고 달랠 때의 말투였다.

"어이, 진정해, 아가씨. 도대체 무슨 일이야?"

"500파운드가 필요해."

"그 돈이 있으면 내가 쓰지."

"하지만 롤리. 정말 심각해. 500파운드만 빌려줄 수 없어?"

"나도 은행 인출액이 초과된 신세야. 새로 산 저 트랙터 때문에."

린은 농장이 돌아가는 세세한 이야기는 들으려 하지 않았다.

"아, 그래…… 하지만 돈을 구할 수는 있잖아. 하려고만 하면 말이야, 안 돼?"

"도대체 무엇 때문에 그래, 린? 무슨 큰일이라도 있어?"

"그 남자 때문에…….'"

린이 언덕에 버티고 서 있는 대저택 쪽으로 고개를 홱 젖히며 말했다.

"헌터가? 도대체 왜?"

"엄마 말이야. 방금 그 사람한테서 돈을 빌리셨대. 엄마가 돈이 좀 궁했거든."

롤리는 이해가 된다는 투였다.

"응, 그럴 거라고 예상은 했어. 오죽 힘드셨으면. 내가 조금이라도 도울 수 있으면 좋으련만……. 난 그럴 형편이 못 되니."

"엄마가 데이비드에게서 돈을 빌리는 꼴은 도저히 못 보겠어!"

"진정해, 린. 따지고 보면 돈을 빌려준 사람은 사실 로잘린이잖아. 그렇다면 안 될 것도 없지 않아?"

"안 될 것 없다고? 지금 '안 될 것 없다'고 했어, 롤리?"

"로잘린이 이따금 우리를 도와주면 안 될 이유라도 있어? 고든 숙부가 유서도 못 남기고 돌아가시는 바람에 우리 모두가 곤란해진 것은 사실이잖아. 로잘린이 이런 사정을 분명히 이해한다면 자기 주위에 도와줄 사람 천지라는 걸 알고도 남을 거라고."

"하지만 롤리는 로잘린한테서 돈을 빌린 적이 없잖아."

"응, 없어. 하지만 그건 다른 문제야. 난 여자를 찾아가 돈 빌리는 일에는 영 재간이 없어서. 너도 싫어할 거고."

"그럼 내가 데이비드한테 신세 지길 싫어한다는 걸 모르겠어?"

"넌 그 작자에게 신세 진 게 아니잖아. 그건 그자 돈이 아니야."

"그 사람 돈이나 다름없어. 로잘린은 무조건 데이비드가 시키는 대로 하니까."

"아, 그렇기는 하지. 하지만 법적으로는 그자 돈이 아니라고."

"그래서 내게 돈을 빌려줄 능력도 의사도 없다는 거야?"

"이봐, 린. 네가 정말 절박한 처지라면, 가령 협박을 당하고 있거나 빚을 졌다면 말이야, 땅이나 주식을 팔아서라도 도울 거야. 하지만 그건 벼랑 끝에나 몰렸을 때 쓰는 마지막 방법이야. 지금은 내 코가 석 자야. 게다가 이 망할 놈의 정부가 벌이는 일은 해마다 바뀌니 앞으로 뭐가 어떻게 될지 통 알 수가 없어. 작성해야 할 서류가 산더미라 어떤 때는 농장 일은 뒷전이고 그 서류들을 작성하느라 밤을 꼬박 새우기도 해. 나 한 사람이 감당하기에는 너무 벅차."

린이 씁쓸한 목소리로 말했다.

"아, 그 심정 이해해! 조니만 전사하지 않았다면……."

롤리가 버럭 소리를 질렀다.

"조니 얘긴 집어치워. 말도 꺼내지 말라고!"

린이 깜짝 놀라 롤리를 뚫어져라 보았다. 그의 얼굴이 벌겋게 달아올라 있었다. 단단히 화가 난 롤리는 평소의 그가 아니었다.

린은 발걸음을 돌려 천천히 화이트 하우스로 돌아왔다.

II

"그 돈 돌려줄 수 없어요, 엄마?"
"제발, 린! 난 그 돈 들고 곧장 은행으로 갔단다. 그러고는 아서와 보드햄, 그리고 넵워스에 대금을 지불했어. 넵워스의 닦달이 심해지고 있었거든. 린, 이제야 걱정을 다 덜었다. 며칠 동안 잠도 제대로 못 잤거든. 로잘린은 나를 누구보다 잘 이해해 주고 친절하게 대해 주었어."
린이 씁쓸하게 말했다.
"이제부터 계속 로잘린을 찾아가겠군요."
"그럴 필요가 없기를 바랄 뿐이다. 최대한 아껴 쓰려고 노력해야지. 하지만 요즘은 뭐든지 워낙 비싸. 사정이 점점 더 나빠지고 있어."
"그래요, 우리 형편도 점점 나빠지겠죠. 그래서 돈을 구걸할 일도 계속 생길 것이고."
아델라가 얼굴을 붉혔다.
"린, 듣기 거북하구나. 로잘린에게도 설명했지만 우리는 언제나 고든에게 의지해 왔잖니."
"그러지 말아야 했어요. 바로 그게 잘못된 거예요. 그러면 안 되는 거였어요. 그 남자가 우리를 멸시할 만도 해요."
"우리를 멸시하다니, 누가?"
"그 기분 나쁜 남자, 데이비드 헌터 말이에요."
마치몬트 부인은 짐짓 점잖을 빼며 말했다.

"정말이지, 난 데이비드 헌터가 무슨 생각을 하고 있는지는 하등 중요하지 않다고 본다. 다행히도 오늘 아침 퍼로뱅크에 들렀을 때는 그 남자가 없더구나. 만약 집에 있었다면 분명 로잘린을 윽박질렀을 텐데 말이지. 로잘린이 그 남자 말이라면 무조건 따르는 게 사실이기는 해."

린은 재빨리 화제를 다른 데로 돌렸다.

"그런데 요전 날 아침 집에 있을 때 '그자가 정말 로잘린 오빠인지도 모르겠다만!'이라고 했잖아요, 그게 무슨 뜻이죠?"

마치몬트 부인은 약간 당황한 표정으로 말했다.

"아, 그건 말이다. 떠도는 말이 좀 있어."

린은 궁금하다는 듯 묵묵히 다음 말을 기다렸다. 마치몬트 부인이 헛기침을 하고는 말했다.

"로잘린 같은 모험가 타입의 젊은 여자(불쌍한 고든도 거기에 완전히 걸려든 거지.)에겐 보통 뒤에서 지켜 주는 젊은 남자가 있게 마련이지. 로잘린이 고든에게 오빠가 하나 있다고 하고 캐나다 같은 데로 전보를 보낸 뒤 이 남자가 나타났다고 생각해 봐. 그 남자가 정말 로잘린의 오빠인지 고든이 무슨 수로 알겠니? 불쌍한 고든은 로잘린에게 완전히 빠져서 분명히 로잘린이 하는 말이라면 다 믿었을 거야. 그래서 그자는 로잘린의 '오빠'로 함께 영국으로 온 것이고, 불쌍한 고든은 그 사실을 전혀 의심하지 않았겠지."

린이 사나운 목소리로 말했다.

"말도 안 돼요. 말도 안 된다고요!"

마치몬트 부인이 눈썹을 추켜세우며 말했다.

"얘, 린……."

"그 남자는 그런 사람이 아니에요. 로잘린도 마찬가지고요. 로잘린이 바보 같은 구석이 있는지는 몰라도 착한 여자예요. 정말 마음씨 고운 여자라고요. 그런 말을 지어내는 사람들이 못된 거예요. 말도 안 돼요. 그럴 리 없어요."

마치몬트 부인이 정색을 하고 말했다.

"그렇다고 그렇게 소리를 지를 필요는 없잖니."

8장

I

웜슬리 히스 역에 5시 20분 열차가 들어서고, 구릿빛으로 그을린 키가 큰 사내가 배낭을 메고 열차에서 내린 것은 그로부터 일주일이 지난 뒤였다.

반대편 플랫폼에는 골프를 치러 온 사람들이 열차를 기다리고 있었다. 배낭을 짊어지고, 턱수염이 텁수룩한 그 키 큰 사내는 표를 내고 역을 빠져나갔다. 잠시 머뭇거리던 남자는 '웜슬리 베일로 가는 오솔길'이라는 표지판을 발견하고는 그쪽으로 방향을 잡고 단호하고 활기차게 발걸음을 내디뎠다.

II

 롤리 클로드가 롱 윌로스에서 막 차 한 잔을 다 마셨을 때였다. 부엌 테이블 위로 그림자가 어른거려 롤리는 고개를 쳐들었다.
 처음에는 문가에 서 있는 여자가 린일 거라는 생각에 얼마간 심드렁한 기분이었지만, 그게 로잘린 클로드라는 걸 알고는 적잖이 놀랐다.
 로잘린은 선명한 오렌지색과 초록색의 넓은 줄무늬가 들어 있는 전원풍 원피스를 입고 있었다. 모양은 단순했지만 그 옷을 사려면 롤리가 감히 상상하지 못할 정도로 많은 돈을 지불해야 했다.
 이제까지 롤리는 로잘린이 도시풍의 값비싼 옷을 입은 모습만 보았다. 그런 옷을 입은 로잘린은 마치 마네킹이 자기한테는 어울리지도 않는 옷을 회사를 위해 걸치고 서 있는 것처럼 어색하기만 했다.
 그런데 오늘 오후 선명한 색깔의 줄무늬가 들어 있는 전원풍 옷을 입은 로잘린 클로드는 전혀 다른 사람처럼 보였다. 곱슬거리는 검은 머리칼과 사랑스러운 푸른 눈동자를 둘러싼 검은 속눈썹에서 아일랜드 태생다운 면모가 한껏 드러났다. 평소처럼 점잖 빼느라 조심스럽게 굴지 않아서 말투에도 아일랜드 사투리가 섞여 있었다.
 "오늘 오후는 날씨가 정말 좋죠? 그래서 산책하러 나왔어요."
 그러더니 곧바로 덧붙였다.
 "데이비드 오빠는 지금 런던에 가고 없어요."
 로잘린은 무슨 죄라도 지은 것처럼 이 이야기를 하고는 얼굴이 빨개져서는 가방에서 담뱃갑을 꺼냈다. 그녀가 담배를 권했지만, 롤리는 고개를 젓더니 로잘린이 담뱃불을 붙일 성냥을 찾느라 주위를 두리번거렸다. 로잘린은 갖고 있던 비싸 보이는 금제 라이터를 만지작거렸으나 불이 잘 켜지지 않았다. 롤리가 라이터를 건네받더니 단번에 불을 켰다. 담배에 불을 붙이려고 로잘린이 롤리 쪽으로 얼굴을 가져다 댔을 때, 그녀의 길고 검은 속눈썹을 보고 롤리는 혼자 속으로 중얼댔다.

'고든 숙부는 결코 정신이 나가서 로잘린과 결혼을 한 게 아니었어······.'

로잘린은 한 발짝 뒤로 물러서더니 감탄스럽다는 듯 말했다.

"들판 저 위쪽에 있는 작은 송아지들이 너무 예뻐요."

로잘린이 농장에 관심을 보이자 롤리는 놀라워하면서 이것저것 농장 일을 이야기하기 시작했다. 로잘린이 농장에 관심이 있는 줄은 미처 몰랐지만, 분명히 위선이 아닌 진심 어린 관심으로 보였다. 또 그녀가 농장 일에 관해 꽤 잘 알고 있는 것도 뜻밖이었다. 버터나 유제품 만드는 일 따위를 꽤 익숙한 듯 이야기하기도 했다.

"농부에게 시집가도 되겠는데요."

롤리가 빙긋이 웃으면서 말했다.

로잘린의 얼굴은 생기가 넘쳐흐르고 있었다.

"아일랜드에 있을 때는 우리도 농장이 있었어요. 내가 여기 오기 전에요. 그러니까······."

"연극을 하기 전에 말이군요?"

그녀는 향수에 젖은 듯, 그리고 약간은 죄책감이 드는 듯한 목소리로 말했다.

"그렇게 오래전은 아니에요……. 난 그 시절이 아주 생생히 기억나요."

그러더니 갑자기 활기찬 목소리로 한마디 보탰다.

"롤리 대신 지금 당장 우유를 짤 수도 있어요."

이건 로잘린의 전혀 새로운 모습이었다. 데이비드 헌터가 있었다면 농장 일을 했던 과거를 이렇게 대수롭지 않게 이야기하는 걸 그냥 놔두었을까? 롤리는 아니라고 생각했다. 아일랜드의 유서 깊은 지주 집안, 그게 데이비드가 애써 심어 주려던 인상이니까. 하지만 롤리는 지금 로잘린에게서 받은 인상이 진실에 더 가까울 것이라고 생각했다. 소박한 농장 생활을 하다가 무대에 매혹되어 남아프리카로 떠나는 순회 극단에 들어갔고, 그곳에서 빠져나와 잠시 하는 일 없이 지내다 마침내 뉴욕에서 백만장자와 결혼식을 올리게 된 것이리라…….

그래, 로잘린 헌터는 암소 젖을 짜던 시절에서 아주 멀리 떠나온 것이다. 하지만 그녀의 얼굴을 보고 있자니 그녀는 애초에 떠난 적이 없는 게 아닐까 하는 의구심이 들었다. 순진하고 약간은 얼이 나간 듯 보이는 얼굴은 파란만장한 삶을 살아온 사람의 얼굴이 결코 아니었다. 게다가 그녀는 나이보다 훨씬 어려 보였다. 스물여섯이 되려면 아직도 한참 먼 것처럼.

로잘린에게는 어딘가 사람의 마음을 끄는 부분이 있었다. 롤리는 그날 아침 송아지들을 도살장으로 끌고 가면서 느꼈던 애처로운 감정을 그녀에게서도 느꼈다. 롤리는 송아지를 바라볼 때처럼 그녀를 쳐다보았다. 불쌍한 녀석들, 그렇게 죽어야만 하다니 너무 안됐다고 생각했는데…….

로잘린의 눈에 언뜻 걱정스러운 빛이 비쳤다. 그녀가 불안한 목소리로 물었다.

"롤리, 무슨 생각 해요?"

"저쪽 농장이랑 젖 짜는 곳 좀 보여 드릴까요?"

"아, 그럼요. 보고 싶어요."

롤리는 로잘린이 관심을 보이는 게 즐거워 구석구석을 보여 주었다. 하지만 마지막에 롤리가 차를 한잔 마시자고 청하자 로잘린은 걱정 어린 눈빛으로 말했다.

"차는 사양할게요. 이제 집에 돌아가는 게 좋겠어요."

로잘린은 차고 있던 손목시계를 내려다보며 말했다.

"아, 너무 늦었어요. 데이비드 오빠가 5시 20분 열차를 타고 돌아오거든요. 내가 어디 있는지 찾을 거예요. 서둘러야겠어요."

그녀가 수줍다는 듯 덧붙였다.

"롤리, 정말 즐거웠어요."

롤리는 로잘린의 말이 진실일 거라고 생각했다. 그녀는 정말 즐거워했다. 그녀가 꾸미지 않은 천진난만한 모습 그대로 살아갈 수만 있다면……. 로잘린이 데이비드를 두려워하는 것은 분명했다. 그 집에서는 데이비드의 뜻에 따라 모든 게 움직이고 있었다. 그래, 로잘린은 오늘 오후 휴가를 즐긴 셈이었다. 하인들이 가끔씩 오후 휴가를 즐기듯이. 부유하신 고든 클로드 부인께서 말이다!

롤리는 문 옆에 서서 퍼로뱅크 저택을 향해 바삐 언덕을 올라가는 로잘린을 보며 차갑게 웃었다. 그런데 그녀가 울타리에 채 닿기도 전에 한 남자가 그 울타리를 넘어오는 모습이 보였다. 데이비드가 아닌가 했는데 키도 덩치도 데이비드보다 컸다. 로잘린은 그 사람이 지나가도록 비켜섰다가 울타리를 폴짝 뛰어넘더니 거의 달리다시피 잰걸음으로 저택 쪽으로 올라갔다.

'그래, 저 여자는 오후에 잠시 쉰 것일 뿐이야. 그렇다면 귀중한 시간을 한 시간 이상이나 낭비한 거야. 뭐, 낭비가 아닐 수도 있지. 아무래도 로잘린은 나를 좋아하는 것 같아. 그게 언젠가 도움이 될 수도 있을 거야. 예쁜 것. 그래, 오늘 아침 그 송아지들도 예뻤지…… 가여운 녀석들.'

이런저런 생각에 정신을 쏙 빼고 서 있던 롤리는 누군가 말을 건네는 소리에 깜짝 놀라 고개를 번쩍 들었다.

커다란 중절모를 쓰고 배낭을 어깨에 짊어진 키가 큰 사내가 맞은편 문 쪽으로 나 있는 오솔길에 서 있었다.

"이 길이 웜슬리 베일로 가는 길 맞습니까?"

롤리가 그를 빤히 보자 그는 다시 한번 질문을 되풀이했다. 롤리는 애써 생각을 정리하여 대답했다.

"네, 맞아요. 길 따라 오른쪽으로 계속 가서 들판을 가로지르면 됩니다. 그러다 길이 나오면 왼쪽으로 꺾으세요. 거기에서 약 3분 정도 걸어가면 마을이 나옵니다."

롤리가 길을 묻는 사람에게 똑같은 대답을 해 준 게 벌써 수백 번은 넘었다. 역에서 나온 사람들은 언덕 위쪽까지는 길을 잘 따라왔다가 여기서부터 헷갈리는 경우가 많았다. 언덕 반대편으로 내려오면 블랙웰 숲에 가려 웜슬리 베일이 전혀 보이지 않기 때문이다. 또 웜슬리 베일은 지대가 낮아 그곳에서는 겨우 교회의 탑만 조금 보일 뿐이었다.

이어서 던진 질문은 처음처럼 흔하지는 않았지만, 롤리는 뜸들이지 않고 바로 대답해 주었다.

"스태그 아니면 벨스 앤드 모틀리 여관이 좋지요. 저라면 스태그에서 묵겠습니다만. 둘 다 똑같이 훌륭합니다. 아니면 둘 다 형편없을 수도 있고. 여하튼 방 잡는 데 문제는 없을 겁니다."

이 질문 때문에 롤리는 그 남자를 좀 더 유심히 살펴보았다. 요즘에는 어디를 가든 방을 미리 예약하는 게 보통인데 말이다…….

남자는 큰 키에, 얼굴은 햇볕에 그을려 구릿빛이었고, 턱수염을 기르고 있었으며, 눈동자가 유난히 파랬다. 나이는 마흔 살 정도, 험악한 인상은 아니었지만 강인하고 저돌적으로 보였다. 여하튼 전체적으로 그렇게 유쾌한 얼굴은 아니었다.

바다를 건너온 사람인가? 그러고 보니 식민지 사람들이 쓰는 말투를 얼핏 들은 것 같다. 더구나 이상하게도 왠지 낯설지 않은 얼굴이었다.

저 얼굴을 어디서 봤더라? 아니면 저 얼굴과 무척 닮은 얼굴을 봤던가?

의문이 풀리지 않아 머리를 굴리던 롤리는 이방인이 던진 질문에 깜짝 놀랐다.

"혹시 이 근처에 퍼로뱅크란 저택이 어디 있는지 알려 줄 수 있습니까?"

롤리가 느릿느릿 대답했다.

"아, 그럼요. 저 언덕에 있는 집입니다. 여기로 올 때 지나쳤을 겁니다. 역에서부터 그 오솔길을 쭉 따라왔다면 말이죠."

"그렇군요. 쭉 따라오는 길이었습니다."

그는 몸을 돌려 언덕을 찬찬히 올려다보았다.

"그러니까 새로 지은 것처럼 보이는 저 커다란 하얀 저택이 퍼로뱅크란 말씀이죠?"

"예, 맞아요."

"집이 크군요. 유지하려면 꽤 돈이 많이 들겠는데요?"

무척 많이 들지. 게다가 그건 다 우리 돈이지……. 순간 롤리는 화가 치밀어 올라 자신이 어디 있는지조차 깜빡 잊을 정도였다…….

롤리가 퍼뜩 정신을 차렸을 때 그 이방인은 호기심과 상념이 뒤섞인 눈길로 언덕을 빤히 올려다보고 있었다.

"저 집엔 누가 살죠? 혹시 클로드 부인이 살고 있나요?"

"맞아요. 고든 클로드 부인."

이방인은 눈썹을 추켜세웠다. 어딘지 모르게 즐거운 모습이었다.

"아, 그렇군. 고든 클로드 부인. 그녀에겐 아주 잘된 일이군!"

그러더니 그는 짧게 목 인사를 건네며 말했다.

"고맙소, 친구."

그는 배낭을 다른 쪽 어깨에 옮겨 메고는 웜슬리 베일 쪽으로 성큼성큼 걸음을 옮겼다.

롤리는 천천히 다시 농장으로 돌아왔다. 마음 한구석에는 아직도 풀리지 않는 의문이 남아 있었다.

'도대체 저 사람 얼굴을 어디서 봤더라?'

III

그날 밤 9시 30분쯤 롤리는 부엌 테이블에 어지럽게 널려 있던 서류들을 한쪽으로 밀어 놓고 자리에서 일어섰다. 벽난로 선반에 놓인 린의 사진을 멍한 표정으로 바라보다가 인상을 쓰고는 집을 나섰다.

10분 후 롤리는 스태그 술집으로 들어섰다. 카운터 뒤에 있던 비어트리스 리핀콧이 롤리를 보더니 싱긋 웃었다. 리핀콧은 롤리 클로드가 멋진 남자라고 생각했다. 그는 쓴 맥주 한 잔을 시켜 놓고 마시면서 사람들과 일상적인 이야기를 나누었다. 정부를 성토하고, 날씨며 잡다한 특정 작물에 대한 이야기가 오갔다.

이윽고 취기가 약간 오른 롤리가 조용한 목소리로 비어트리스에게 말을 걸었다.

"혹시 여기에 낯선 사람이 하나 묵고 있지 않아요? 키가 크고 중절모를 썼는데."

"맞아요, 롤리 씨, 6시쯤 왔어요. 저기 저 사람 말하는 거죠?"

롤리가 고개를 끄덕였다.

"내 농장을 지나가다가 길을 묻더군요."

"맞아요. 이곳엔 처음인 것 같아요."

"저 사람이 누군지 궁금한데."

롤리가 비어트리스를 보고 미소를 짓자 비어트리스도 같이 웃었다.

"그 정도야 간단하죠. 롤리 씨가 알고 싶다면야."

그녀는 카운터 아래를 더듬거리더니 투숙객의 인적 사항이 적힌 가죽 표지로 된 두꺼운 장부를 꺼냈다.

그러고는 가장 최근에 기록된 페이지를 열었다. 그 맨 마지막 줄에는 다음과 같이 적혀 있었다.

이녹 아든. 케이프타운. 영국인.

9장

I

 상쾌한 아침이었다. 새들이 지저귀는 소리가 들렸다. 값비싼 전원풍 드레스를 입고 아침을 먹으러 아래층으로 내려가는 로잘린은 행복했다.
 최근 그녀를 짓눌렀던 의심과 두려움은 이제 사라진 듯 보였다. 웃으면서 로잘린에게 실없이 농담을 하는 걸 보면 데이비드도 기분이 좋은 모양이었다. 어제 런던에 다녀온 일이 잘 풀린 듯했다. 아침 요리는 훌륭했고 시중도 나무랄 데 없었다. 그 우편물이 도착한 건 막 식사를 마쳤을 때였다.
 로잘린 앞으로 일고여덟 통의 편지가 와 있었다. 청구서 몇 가지, 자선기금 요청서 몇 부, 동네 파티 초대장이 전부로 특별히 관심을 끄는 건 없었다.

   데이비드는 소액의 청구서 두 장을 옆으로 밀어 두고 세 번째 봉투를 뜯었다. 봉투 겉면과 마찬가지로 안의 내용물도 활자체로 적혀 있었다.

   친애하는 헌터 씨에게,
   당신 여동생 '클로드 부인'을 직접 만나는 것보다 당신을 통하는 것이 최선일 것 같아 이렇게 편지 드립니다. 동생에게는 이 편지 내용이 다소 충격일 수 있으니까요. 간략히 말씀드리면, 전 로버트 언더헤이 대위의 소식을 알고 있습니다. 동생이 들으면 기뻐하겠죠. 지금 스태그 여관에 머물고 있습니다. 오늘 저녁 여기로 오신다면 당신과 이 문제를 기쁜 마음으로 의논을 할 수 있을 겁니다.
   그럼 이만.

이녹 아든

데이비드의 목구멍에서 억눌린 신음 소리가 새어 나왔다. 로잘린은 웃음을 띤 채 고개를 들었다가 겁먹은 표정이 되었다.
"데이비드 오빠…… 오빠, 무슨 일이에요?"
데이비드는 아무 말 없이 로잘린에게 편지를 내밀었다. 로잘린은 편지를 가져다 읽었다.
"난 이해가 안 가요. 이게 무슨 뜻이죠?"
"너도 다 읽었잖아."

로잘린이 겁먹은 눈초리로 데이비드를 올려다보았다.

"오빠, 혹시 이게…… 우린 이제 어떡해요?"

데이비드는 잔뜩 찌푸린 얼굴이었다. 순식간에 앞일까지 계산하면서 머리를 굴려 재빨리 계획을 짜고 있었다.

"괜찮아, 로잘린. 걱정할 필요 없어. 내가 다 해결할 테니까……."

"하지만 이 편지는……."

"걱정할 것 없다니까, 아가씨. 나한테 맡겨. 그리고 이제부터 네가 할 일을 말할 테니 잘 들어. 지금 당장 짐을 꾸려서 런던으로 가. 런던 그 아파트로. 나한테 무슨 소식이 있을 때까지 거기 있어. 알겠지?"

"응, 알았어요. 하지만 오빠……."

"그냥 내가 시키는 대로 해, 로잘린."

데이비드는 로잘린을 보고 미소를 지었다. 그는 다정다감한 모습으로 로잘린을 안심시키고 있었다.

"올라가서 짐을 싸. 내가 역까지 태워다 줄게. 그럼 10시 32분 기차를 탈 수 있어. 아파트 수위에게는 아무도 만나고 싶지 않다고 말해. 누가 와서 너를 찾으면 없다고 말하라고 그래. 1파운드 금화 한 닢 쥐여 주고 말이야. 알겠지? 그럼 그 사람은 나 말고는 아무도 올려 보내지 않을 거야."

"아!"

로잘린은 양손을 뺨으로 가져가더니 겁에 질린 눈으로 데이비드를 쳐다보았다.

"괜찮아, 로잘린. 누군가 우릴 속이려고 하는 거야. 넌 이런 일에는 젬병이니까 내가 알아볼게. 너를 런던으로 보내는 건 네가 빠져 줘야 내가 자유롭게 움직일 수 있기 때문이야. 그게 전부야."

"여기 있으면 안 돼요, 오빠?"

"안 돼. 그건 절대 안 돼, 로잘린. 너도 생각을 좀 해 봐. 누군지는 몰라도 그자를 처리하려면 내가 자유롭게 움직일 수 있어야 해."

"오빠, 혹시, 혹시……."

데이비드가 힘주어 말했다.

"지금으로서는 어떤 생각도 할 수 없어. 우선은 너를 떠나보내는 게 급선무야. 그런 다음에야 우리 상황이 어떤지 파악할 수 있다고. 자, 어서 가. 착하지, 더 이상은 묻지 말고."

로잘린은 돌아서서 방을 나갔다.

데이비드는 미간을 찌푸린 채 손에 들고 있는 편지를 바라보았다.

예의와 격식을 제대로 갖추고 있지만 어떤 의미로도 해석이 가능한 무척 모호한 내용이었다. 달갑지 않은 상황이 닥쳐 정말 문제가 생길 수도 있다. 아니면 은근히 협박을 하는 것이거나. 그는 편지 구절들을 몇 번이고 곱씹어 읽었다. 로버트 언더헤이 대위에 대한 소식을 갖고 있습니다……. 당신을 통하는 것이 최선일 것 같아……. 당신과 이 문제에 대해 기쁜 마음으로 의논할 수 있을 겁니다……. '클로드 부인.' 젠장, 그는 따옴표 안에 들어가 있는 그 '클로드 부인'이라는 말이 무엇보다 맘에 걸렸다.

그는 서명을 보았다. 이녹 아든. 뭔가 그의 뇌리를 스치고 지나가는 게 있었다. 시와 관련된 기억이었다. 어떤 시 한 줄…….

II

그날 저녁 데이비드가 스태그 여관 현관에 들어섰을 때 여느 때처럼 안에서는 아무도 찾아볼 수 없었다. 왼편 문에는 '커피룸'이라고 씌어 있었고 오른편 문에는 '라운지'라고 표시되어 있었다. 멀찍이 떨어진 문에는 '투숙객 전용'이라는 글씨가 선명하게 씌어 있었다. 오른쪽 통로는 술집으로 연결되는데, 그쪽에서 사람들이 웅얼거리는 듯한 목소리가 희미하게 들렸다. 그리고 유리로 둘러진 작은 칸막이에 '사무실'이라는 표지가 붙어 있었고 미닫이식 창문 옆에 벨이 누르기 좋은 위치에 달려 있었다.

스태그 여관은 벨을 네다섯 번은 울려야 종업원이 내려와 서비스를 해 준다는 사실을 데이비드도 경험으로 터득하고 있었다. 짧은 식사 시간을 제외하면 스태그 여관의 현관은 로빈슨 크루소가 머물던 섬처럼 황량하기 그지없었다.

이번에는 데이비드가 벨을 세 번 눌렀을 때 비어트리스 리핀콧이 술집에서 나와 곱게 빗어 올린 금발 머리를 손으로 매만지면서 복도로 걸어왔다. 그녀는 잽싸게 유리 칸막이 뒤로 가더니 상냥하게 미소를 지어 보이며 그를 맞았다.

"안녕하세요, 헌터 씨. 봄인데도 아직 좀 춥죠?"

"그런 것 같네요. 혹시 여기에 아든 씨라는 사람이 머물고 있지 않습니까?"

"잠깐만요, 좀 보고요."

리핀콧은 짐짓 잘 모르겠다는 시늉을 했다. 이런 너스레는 스태그 여관을 좀 더 그럴듯하게 보이려 할 때 으레 쓰는 수법이었다.
"아, 그래요. 이녹 아든 씨라고 계세요. 2층 5호실이에요. 쉽게 찾을 수 있을 거예요, 헌터 씨. 위층으로 올라가서 회랑을 따라가지 말고, 왼쪽으로 돌아서 아래로 세 계단만 내려가면 돼요."
그녀가 일러 준 복잡한 설명을 따라 5호실에 이른 데이비드가 문을 두드리자 안에서 들어오라는 목소리가 들렸다.
데이비드는 방으로 들어가 문을 닫았다.

III

"릴리."
사무실에서 나온 비어트리스 리핀콧이 부르자 삶은 구스베리처럼 눈동자가 흐리멍덩한 여자가 킬킬거리며 콧소리 섞인 목소리로 대답을 했다.
"잠깐 나 대신 사무실 좀 봐 줄래? 시트 좀 살펴보러 가야겠어."
"아, 알겠어요. 리핀콧 양."
릴리는 킬킬거리더니 돌연 크게 한숨을 내쉬며 뇌까렸다.
"헌터 씨는 언제 봐도 정말 멋져요, 안 그래요?"
세상에 닳고 닳은 리핀콧은 생각이 달랐다.
"아, 난 저런 타입은 전쟁 때 많이 봤어. 젊은 조종사들이나 전투

대원 같은 사람들 말이야. 그치들 수표는 절대 믿을 수 없었지. 물론 개중에는 요령이 있어서 우리를 깜박 속이고 현찰로 바꿔 간 치들도 종종 있었지만. 물론 그런 짓도 재미는 있어. 하지만 릴리, 내가 좋아하는 건 품격이야. 품격이라면 언제든 환영이지. 그러니까 내 말은 신사는 트랙터를 몰아도 신사라는 거야."

비어트리스는 릴리에게 수수께끼 같은 말을 남긴 채 위층으로 올라갔다.

IV

5호실에 들어선 데이비드 헌터는 문가에 잠시 가만히 서서 편지에 이녹 아든이라 서명한 그 남자를 바라보았다.

마흔 살 정도, 약간 피곤해 보이는 것이 세상사에 시달린 듯한 모습이었다. 전체적으로 상대하기 어려운 녀석이라는 느낌이 들었다. 하지만 이도 데이비드가 대강 파악한 것일 뿐 그를 속속들이 아는 일은 쉽지 않았다. 예기치 않은 다크호스가 나타난 셈이랄까.

아든이 말했다.

"안녕하시오, 당신이 헌터요? 반갑소, 앉으시오. 뭘 드시겠소, 위스키?"

데이비드는 그가 느긋하게 머물고 있다는 걸 알았다. 방에는 술병이 몇 개 놓여 있고, 봄이지만 아직 한기가 남아 있어 벽난로에는 모닥불이 피어오르고 있었다. 영국제 옷은 아니지만 그는 영국식으로 옷을 걸치고 있었다. 나이도 얼추 맞는 듯하고…….

데이비드가 말했다.

"고맙습니다, 위스키 한잔하겠습니다."

"됐으면 됐다고 하시오."

"됐습니다. 탄산수는 너무 많이 넣지 마시고요."

서로 승기를 잡으려고 속으로 갖은 수를 따지는 두 사람의 모습은 어찌 보면 두 마리 개 같았다. 등을 추켜올리고 털을 곤추세우고는 서로를 노려보면서 빙빙 돌다가 친한 듯 금세 달라붙는가 싶다가도 돌연 으르렁거리며 할퀴는 개들 말이다.

아든이 말했다.

"건배."

"건배."

두 사람은 잔을 내려놓은 후 잠시 한숨을 돌렸다. 1라운드가 끝난 셈이다.

자신을 이녹 아든이라고 밝힌 남자가 말했다.

"내 편지를 받고 놀랐소?"

"솔직히 말하면 편지 내용이 도통 이해가 가지 않습니다."

"아니, 그럴 리가. 음, 그럴 수도 있겠군."

"그러니까 당신 말은 당신이 내 동생의 첫 번째 남편 로버트 언더헤이를 알고 있다는 뜻입니까?"

"그렇소. 난 로버트를 아주 잘 알고 있지요."

아든은 유유히 담배 연기를 공중으로 훅 내뿜으며 미소를 지어 보였다.

"알 만큼은 알고 있지. 헌터 당신은 로버트를 한 번도 만난 적이 없지 않소?"

"그렇습니다."

"아, 아주 잘됐네."

"그게 무슨 뜻입니까?"

데이비드가 날이 선 목소리로 물었다.

아든은 태연하게 대꾸했다.

"당신 덕분에 모든 일이 훨씬 간단해질 수 있다는 의미지. 그뿐이오. 여기까지 오라고 해서 미안한데, 아무래도 그게 최선인 듯싶어서……."

그는 잠시 뜸을 들였다가 말했다.

"로잘린은 전혀 모르는 게 좋겠지. 그녀에게 쓸데없이 고통을 줄 필요는 없잖소."

"단도직입적으로 말해 주지 않겠습니까?"

"그러지, 물론 그럴 거요. 음, 그러니까 당신은 말이오. 아, 어떻게 말해야 하나. 그래, 언더헤이의 죽음에 뭔가 미심쩍은 부분이 있다고 생각한 적은 없소?"

"도대체 그게 무슨 말입니까?"

"음, 언더헤이는 다소 특이한 생각을 가진 사람이었지. 기사도 정신을 발휘했던 것인지 아니면 전혀 다른 이유가 있었는지는 모르지만, 여하튼 몇 년 전 언더헤이는 자기를 사망 처리함으로써 특정한 이득을 얻을 기회가 있었소. 그는 원주민들을 다루는 데 아주 능숙했어. 사람 다루는 데는 항상 유능했지. 아무 어려움 없이 그럴듯하게 꾸며 낸 이야기를 퍼뜨릴 수 있었거든. 사람들이 믿을 수밖에 없도록 세세한 사항들을 덧붙여서 말이야. 언더헤이는 수천 킬로미터 떨어진 타지에서 새로운 이름을 가지고 나타나기만 하면 됐지."

"그렇게 터무니없는 이야기는 처음 들어 보는 것 같습니다."

"그런가? 정말 그렇소?"

아든이 미소를 지었다. 그는 몸을 숙여 데이비드의 무릎을 치며 말했다.

"그런데 그게 만일 사실이라면, 헌터? 응? 그러면 어쩔 셈이오?"

"확실한 증거를 대 보라고 하겠습니다."

"아, 그렇게 나오시겠다? 뭐, 물론 이보다 더 강력한 증거는 없겠지. 언더헤이가 이곳 웜슬리 베일에 나타나는 것 말이오. 그건 증거로 어떨 것 같소?"

데이비드가 냉담한 목소리로 말했다.

"적어도 결정적인 증거는 될 수 있겠지요."

"아, 그래. 결정적이라……. 하지만 고든 클로드 부인으로서는 좀 당황스럽겠지. 그렇게 되면 로잘린은 고든 클로드 부인이 될 수 없으니까. 불편한 사실이지. 하지만 당신도 인정해야 하지 않겠소? 좀 불편하더라도 말이야."

"내 동생은 남편이 죽었다는 사실을 굳게 믿고 재혼을 한 겁니다."

"물론 그렇지, 그렇긴 해. 그 점은 추호도 이의를 제기할 생각이 없소. 어떤 판사라도 그렇게 말할 거요. 그녀가 잘못한 것은 사실 없다고 말이오."

"판사라니?"

데이비드가 서슬이 시퍼레져서 물었다.

이녹 아든은 무척 미안하다는 투로 말했다.

"중혼죄를 생각하고 있었지."

"당신 도대체 어쩔 셈이야?"

데이비드가 사납게 소리쳤다.

"그렇게 흥분할 것 없어, 친구. 난 그저 함께 머리를 맞대고 뭐가 최선인지 생각해 보고 싶은 것뿐이니까. 당신 동생을 위한 최선 말이야. 추문이 널리 퍼지는 걸 좋아하는 사람은 없지 않겠어? 언더헤이, 그 사람은 언제나 기사도 정신이 투철한 친구였지."

아든은 잠시 뜸을 들이다가 툭 던졌다.

"지금도 그렇고."

"지금도라니?"

데이비드가 날카롭게 물었다.

"말한 그대로야."

"그건 로버트 언더헤이가 살아 있다는 말이잖아. 지금 그자는 어디 있지?"

아든은 몸을 앞으로 숙이고 은밀한 목소리로 말했다.

"헌터, 정말 알고 싶나? 모르는 게 낫지 않겠어? 당신과 로잘린이 아는 한 언더헤이는 아프리카에서 죽은 거잖아. 그리고 언더헤이가 살아 있다면 자기 아내가 재혼을 했다는 사실을 모르는 편이, 그런 생각은 꿈에도 하지 않는 편이 훨씬 좋지. 왜냐하면 그자는 사실을 알면 당연히 이리로 달려올 테니까……. 로잘린은 두 번째 남편에게서 막대한 돈을 상속받지 않았나. 그런데 언더헤이가 나타나면 당연히 로잘린은 그 돈을 받을 자격이 없어지는 거지……. 언더헤이는 명예를 소중히 여기는 사람이야. 만일 로잘린이 허위로 돈을 상속받았다는 걸 알면 좋아하지 않을 거야."

잠시 뜸을 들이다 계속 말했다.

"물론 언더헤이가 로잘린이 재혼한 걸 전혀 모를 수도 있지. 사실 그는 지금 형편이 영 아니거든. 너무 안 좋아서 가여울 지경이지."

"형편이 안 좋다는 게 무슨 뜻이지?"

아든이 심각한 표정으로 고개를 저으며 대답했다.

"몸이 말이 아니야. 병원에 가서 특별 치료를 받아야 하는데, 안타깝게도 치료비가 워낙 비싸 놔서……."

아든의 마지막 말에서 독특한 뉘앙스가 풍겼다. 그것은 데이비드 헌터가 무의식중에 기다리고 있던 말이기도 했다.

"비싸다고?"

"그렇소. 불행히도 모든 일에는 돈이 드는 법이지. 언더헤이, 그 불쌍한 친구는 지금 거의 알거지 신세야."

아든이 덧붙였다.

"제 몸 하나도 겨우 건사하는 형편이라고 할 수 있지……."

그 순간 데이비드는 방 안을 두루 훑어보았다. 의자에 매어 둔 배낭이 눈에 띄었다. 여행 가방이라고 할 만한 것은 전혀 찾아볼 수 없었다.

데이비드가 불쾌한 목소리로 말했다.

"로버트 언더헤이란 자가 당신이 말한 대로 정말 도리를 지킬 줄 아는 신사이기는 한가?"

"옛날엔 분명 그랬지."

아든은 호언장담하더니 슬쩍 덧붙였다.

"하지만 인생이란 게 워낙 사람을 냉소적으로 만들어 버려서."

그러고는 또 부드러운 목소리로 달랬다.

"고든 클로드는 정말 엄청난 부자였다는데 사실이야? 넘치는 부를 보면 비열한 본능이 깨어나는 법이지."

데이비드 헌터가 자리에서 벌떡 일어섰다.

"내가 한마디 해 주지. 당장 꺼져!"

아든은 눈썹 하나 까딱하지 않고 웃으며 말했다.

"그래, 자네가 그렇게 나올 줄 알았어."

"당신이 돼먹지 않은 공갈 협박꾼이라는 거 다 알아. 이제까지 들어 준 것만도 감지덕지 고마워하시지."

"소문이 퍼지게 놔두고 욕을 먹으시겠다? 용기가 가상하군. 하지만 내가 정말 '소문을 내 버리면' 난처해질 텐데. 물론 난 지금은 그럴 생각이 없지만. 자네가 거래를 거절한다면 다른 거래처를 알아봐야겠지."

"무슨 소리야?"

"클로드가 사람들에게 가 볼 참이네. '실례지만 돌아가신 줄 알았던 로버트 언더헤이가 멀쩡히 살아 있다는 사실에 관심이 있을 것 같아 이렇게 찾아왔는데요.' 어떤가, 좋아서 펄쩍 뛰지 않겠나?"

데이비드의 목소리에서 경멸감이 드러났다.

"그자들한테서는 아무것도 뜯어낼 수 없을걸. 클로드가 사람들은 하나같이 다 파산할 지경이거든."

"아, 그렇군. 하지만 각서 같은 게 있지 않나. 언더헤이가 살아 있다고 증명이 되는 그날 현금을 두둑이 챙겨 달라고 하는 거야. 사실이 증명되면 고든 클로드 부인은 여전히 로버트 언더헤이 부인인 것이 되고, 따라서 고든이 결혼하기 전에 작성한 유언장이 효력을 발하게 되거든⋯⋯."

데이비드는 한참을 잠자코 앉아 있다가 퉁명스럽게 물었다.

"얼마면 되겠어?"

퉁명스러운 대답이 돌아왔다.

"2만 파운드."

"말도 안 돼! 동생은 원금에는 손댈 수가 없어. 종신 재산 소유권만 있을 뿐이지."

"그러면 1만 파운드로 하지. 그 정도면 쉽게 구할 수 있을 거야. 보석도 가지고 있을 텐데?"

데이비드는 말없이 앉아 있다가 돌연 말했다.

"좋아."

순간 아든은 잠시 멍한 표정이었다. 너무나 쉽게 승리를 거머쥔 것이 믿기지 않는 듯했다.

"수표는 안 돼. 반드시 현찰로 준비해야 해!"

"시간을 좀 줘. 돈을 준비하려면 시간이 좀 걸리니까."

"48시간 주지."

"다음 주 화요일."

"좋아. 여기로 돈을 가져와."

이든은 데이비드가 채 입을 열기도 전에 덧붙였다.

"인적 드문 숲속이나 황량한 강둑 같은 데서는 안 돼. 아예 그런 데는 입도 뻥긋하지 마. 다음 주 화요일 밤 9시까지 여기, 스태그 여관으로 돈을 가져와."

"의심이 많군."

"난 이런 일이라면 이골이 났어. 너 같은 족속들을 잘 알지."

"그럼 시킨 대로 하지."

데이비드는 방을 나와 계단을 내려갔다. 분노로 뒤범벅이 된 얼굴은 흙빛으로 변해 있었다.

비어트리스 리핀콧이 '4호'라고 표시된 방에서 나왔다. 4호실과 5호실 사이에는 서로 통하는 문이 하나 있는데 바로 앞에 옷장이 놓여 있어서 5호실 투숙객은 그 사실을 거의 눈치챌 수 없었다.

리핀콧의 뺨은 붉게 달아올랐고 두 눈은 기분 좋은 흥분에 젖어 밝게 빛났다. 그녀는 떨리는 손으로 위로 빗어 올린 머리를 다시 매만졌다.

10장

메이페어의 셰퍼드 코트에는 상류층을 위한 고급 아파트가 대규모로 모여 있었다. 공습 동안에도 이곳은 피해가 거의 없었지만 제공하는 편의는 전쟁 전과 비교하면 한참 모자랐다. 여전히 서비스는 이루어지고 있었지만 그다지 훌륭한 수준은 아니었다. 두 명이던 제복 차림 수위는 한 명으로 줄었고, 식당 음식이 아직 나오기는 했지만 아침 외에는 식사를 올려다 주지 않았다.

고든 클로드 부인이 빌린 아파트는 4층이었다. 붙박이식 칵테일 바가 딸린 거실과 벽장이 있는 침실이 두 개, 타일과 크롬으로 장식되어 반짝반짝 빛나는 최고급 설비를 갖춘 욕실이 있었다.

데이비드 헌터가 거실을 이리저리 왔다 갔다 하는 동안 로잘린은 끝 부분이 네모반듯하게 각이 진 긴 소파에 앉아 데이비드를 바라보았다. 그녀는 낯빛이 창백하고 겁에 질린 표정이었다.

데이비드가 중얼거렸다.

"이건 순전히 공갈 협박이야! 공갈 협박이라고! 세상에, 이 몸이 공갈 협박이나 당하는 처지였단 말이야?"

로잘린은 어쩔 줄 모른 채 걱정스러운 얼굴로 고개를 저었다.

데이비드가 계속 중얼댔다.

"내가 진작 알았더라면……. 미리 알기만 했어도!"

로잘린이 작은 소리로 가련하게 흐느끼고 있었다.

데이비드는 혼잣말을 멈추지 않았다.

"칠흑같이 어두운 밤에 싸우는 꼴이야. 한 치 앞도 안 보이는 상황에서……."

데이비드가 갑자기 몸을 홱 돌리더니 로잘린에게 물었다.

"그 에메랄드, 본드가(家)의 그레이토렉스 노인한테 가져갔어?"

"예."

"얼마나 줄 수 있대?"

대답하는 로잘린의 목소리는 비탄에 잠겨 있었다.

"4000, 4000파운드요. 지금 팔면 재보증 받을 필요가 없대요."

"그래. 요새 보석 값이 두 배로 뛰었거든. 아, 돈을 마련할 수는 있겠군. 하지만 돈을 구할 수 있다 해도 그건 시작에 불과해. 그자는 우리가 죽을 때까지 피를 빨아먹으려 들 테니까. 우리 피를 모조리 빨아먹을 거라고, 로잘린!"

로잘린이 울음을 터뜨렸다.

"오빠, 우리 영국을 떠나요. 멀리 다른 곳으로 가요. 아일랜드나 미국, 어디 다른 곳으로 가면 안 돼요?"

데이비드가 몸을 돌리고 그녀를 보며 말했다.

"넌 싸움을 몰라. 맞지, 로잘린? 불리하면 무조건 도망치는 게 상책이라고 생각하잖아."

로잘린이 울부짖었다.

"우리가 잘못한 거예요. 이번 일은 다 잘못됐다고요. 너무 사악한 일을 저질렀어요."

"이제 와서 나한테 설교하려 들지 마! 못 봐주겠으니까. 로잘린, 우리는 안락한 생활을 하고 있었어. 내 평생 이런 호사는 처음이라고…… 이런 기회를 그냥 놓칠 수는 없어. 내 말 알아들어? 빌어먹을! 이렇게 한 치 앞도 내다볼 수 없는 상황에서 싸우는 꼴만 안 됐어도. 그놈 하는 말이 그냥 다 사기일 거라는 생각 혹시 안 들어? 우리가 늘 생각했던 것처럼 언더헤이는 아프리카 어딘가에 깊숙이 묻혀 있을 수도 있어."

로잘린이 몸을 떨며 말했다.

"그만해요, 오빠. 오빠가 그러니까 무섭잖아요."

데이비드는 공포에 질린 로잘린의 얼굴을 보고는 바로 태도를 바꾸었다. 로잘린에게 다가가 자리에 앉더니 그녀의 차가운 양손을 꼭 쥐고 말했다.

"넌 걱정할 거 없어. 다 나한테 맡기고 내가 시키는 대로만 해. 넌 충분히 할 수 있어, 그렇지? 그냥 내가 시키는 대로만 하면 돼."

"난 항상 오빠가 시키는 대로 하잖아요."

데이비드가 웃음을 터뜨렸다.

"그래, 그렇지. 우리 기운 내자. 절대 겁먹을 거 없어. 그 이녹 아든이란 자를 뭉개 버릴 방법을 반드시 찾아내고 말겠어."

"그런데 오빠, 그런 시가 있잖아요? 어딘가에서 돌아온 남자가 어쨌느니 하는……."

데이비드가 로잘린의 말을 가로막았다.

"응, 그래. 나도 그게 마음에 걸려. 내가 밝혀낼 거야. 이번 일이 진짜 어떻게 된 건지. 그러니까 넌 절대 겁먹지 마."

"그 사람에게 돈을 가져다줘야 하는 게 화요일 밤이에요?"

데이비드가 고개를 끄덕였다.

"5000파운드만 가져갈 거야. 한꺼번에 1만 파운드는 구할 수 없었다고 말해야지. 어쨌든 그자가 클로드가 사람들을 찾아가는 것만은 막아야 하니까. 그냥 겁주려고 하는 말 같기는 하지만 그래도 안심할 수는 없지."

데이비드가 말을 멈추었다. 그는 먼 곳을 향한 채 멍한 눈빛이었다. 머릿속은 여러 가지 가능성을 이리저리 따지느라 바쁘게 움직였다.

이윽고 데이비드는 웃음을 터뜨렸다. 거리낄 것 없다는 듯 호탕한 웃음이었다. 이 자리에 있었다면 그 의미를 알아차릴 자들도 있었으나, 그들은 이미 세상을 떠난 뒤였다.

그것은 위험천만한 일을 실행에 옮기려고 작정한 남자의 웃음이었다. 웃음 속에 희열과 완강한 의지가 녹아 있었다.

"로잘린, 난 너를 믿는다. 너를 완전히 믿을 수 있어서 정말 다행이야!"

"나를 믿는다고요?"

로잘린이 호기심으로 가득 찬 커다란 눈동자를 들어 데이비드를 바라보았다.

"뭘 해야 하는데요?"

데이비드가 다시 한번 미소를 흘렸다.

"내가 시키는 대로만 해, 로잘린. 그게 바로 작전을 성공시킬 수 있는 비결이니까."

그는 웃음을 터뜨리며 내뱉었다.

"이녹 아든 소탕 작전."

11장

롤리는 약간 놀란 채로 큼지막한 연자줏빛 봉투를 열었다. 도대체 누가 이런 종이까지 써 가며 편지를 보냈는지 궁금했다. 그런데 이 편지지는 어떻게 구했지? 전쟁 통에 고급 문구용품들은 완전히 자취를 감추어 버렸는데.

롤리는 편지를 읽어 내려갔다.

롤리 씨에게

이런 식으로 편지를 드리는 저를 무례하다고 생각지 않았으면 좋겠어요. 폐가 되지 않는다면 현재 벌어지고 있는 어떤 상황을 롤리 씨가 꼭 알았으면 해서요.

롤리는 알 수 없다는 표정으로 이어지는 내용을 찬찬히 읽어 나갔다.

요전 날 저녁 저희 술집에 들렀을 때 물어봤던 사람과 관련된 이야기예요. 스태그로 오면 기쁜 마음으로 모든 걸 말씀드릴게요. 여기 사람들은 모두 당신의 숙부가 돌아가신 후 유산이 그렇게 처리된 것을 정말 안타깝게 생각하고 있었어요.

저 때문에 기분 나쁘지 않기를 바라지만 현재 벌어지고 있는 상황은 롤리 씨가 꼭 알아야 한다는 생각이 들어요.

그럼 이만.

비어트리스 리핀콧

롤리는 편지를 뚫어져라 보았다. 갖가지 생각으로 머리가 바쁘게 돌아갔다. 도대체 이게 다 무슨 소리지? 비어트리스, 고맙기도 하지. 비어트리스는 롤리가 어릴 때부터 줄곧 알고 지낸 여자였다. 그녀 아버지의 가게에서 담배를 사기도 했고 카운터를 지키고 있는 그녀와 낮 시간을 함께 보내기도 했다. 리핀콧은 예쁘게 생긴 여자였다. 어렸을 적 그녀가 한동안 웜슬리 베일에서 사라진 적이 있는데 여러 가지 소문이 돌았다. 1년 정도 자취를 감춘 동안 사람들은 리핀콧이 사생아를 낳으려 마을을 떠난 거라고 입을 모았다. 그건 사실일 수도 아닐 수도 있었다. 어쨌든 지금은 확실히 사람들로부터 꽤 좋은 평판을 얻으며 품위 있게 처신하고 있었다. 자주 사람들 말에 장단을 맞추기도 하지만 대부분은 품위를 지키려 애쓰는 모습이었다.

롤리는 흘긋 시계를 보았다. 지금 당장 스태그로 가 볼 참이었다. 이 망할 놈의 서류들은 다 집어치우고 말이다. 롤리는 비어트리스가 무슨 말을 해 주고 싶어 그렇게 안달인지 알고 싶었다.

롤리가 술집 문을 열고 들어섰을 때는 8시가 약간 지나 있었다. 평소처럼 사람들이 가볍게 눈인사를 건넸다. 롤리도 인사를 하면서 천천히 카운터 쪽으로 가서 기네스 맥주를 주문했다. 비어트리스가 롤리를 보더니 생글생글 웃었다.

"안녕하세요, 롤리 씨."

"안녕, 비어트리스. 편지 고마워요."

그녀가 롤리에게 재빨리 눈짓하며 말했다.

"조금 이따 따로 봐요, 롤리 씨."

그는 고개를 끄덕였다. 롤리는 비어트리스가 주문을 처리하는 것을 지켜보며 생각에 잠긴 채 맥주를 비웠다. 비어트리스가 뒤돌아보며 소리를 지르자 곧 릴리가 나타나 일을 교대했다. 비어트리스가 작은 목소리로 말했다.

"롤리 씨, 함께 갈까요?"

그녀는 롤리를 데리고 통로를 지나 '직원 전용'이라고 표시되어 있는 문을 열고 들어갔다. 방 안은 보풀이 일어난 팔걸이의자 몇 개와 왕왕거리는 라디오, 잡다한 중국풍 장식품과 의자 뒤쪽에 걸쳐 있는 낡아 빠진 피에로 인형이 가득 들어차 턱없이 좁아 보였다.

비어트리스 리핀콧은 라디오를 끄더니 화려한 팔걸이의자를 가리키며 말했다.

"롤리 씨, 이렇게 와서 얼마나 기쁜지 몰라요. 편지를 써서 괜히 신경 쓰게 하는 건 아닐까 걱정했어요. 주말 내내 그것 때문에 마음이 편치 않았어요. 하지만 편지에도 썼듯이 롤리 씨가 지금 벌어지는 일을 꼭 알아야 한다는 생각이 들어서요."

리핀콧은 행복하고 자신이 대견스럽다는 표정이었고 기분이 좋은 게 분명했다.

롤리가 조심스럽게 호기심을 내비치며 물었다.

"지금 벌어지고 있는 일이 대체 뭔데요?"

"그게, 롤리 씨. 여기 머물고 있는 그 신사분 기억하죠? 아든 씨라고, 전에 여기 왔을 때 저한테 물어봤잖아요."

"그런데요?"

"바로 그다음 날 저녁이었어요. 헌터 씨가 와서 그 사람을 찾더라고요."

"헌터가요?"

롤리는 흥미를 보이며 자세를 고쳐 앉았다.

"네, 롤리 씨. 제가 5호실에 있다고 말하자 헌터 씨는 고개를 끄덕이더니 곧장 위층으로 올라갔어요. 전 당연히 놀랐죠. 아든 씨가 웜슬리 베일에 아는 사람이 있다고 말한 적도 없을뿐더러 저도 처음 보는 사람이라 여기에는 아는 사람이 없을 거라고 생각했거든요. 헌터 씨는 무척 화가 나 있는 것 같았어요. 뭔가 당황스러운 일이 일어나기라도 한 것처럼 말이죠. 하지만 전 그때는 왜 저러는지 도무지 이해할 수 없었어요."

그녀는 잠시 말을 멈추고 숨을 골랐다. 롤리는 아무 말 없이 그저 듣고만 있었다. 그는 결코 사람을 다그치는 법이 없었다. 시간을 가지고 천천히 이야기를 듣는 건 그에게 아무 문제도 안 되었다.

비어트리스가 점잔을 빼며 말을 이었다.

"잠시 후 전 우연히 4호실로 올라갔어요. 타월이랑 침대 시트를 좀 살펴봐야 했거든요. 방은 5호실 옆에 있는데 두 방 사이에 서로 통하는 문이 하나 있어요. 하지만 5호실에서는 그 문이 잘 안 보여요. 바로 앞에 커다란 옷장 하나가 놓여 있어서 문이 있을 거라 생각하기 힘들거든요. 물론 평소에는 항상 닫혀 있는데 이번에는 마침 그 문이 살짝 열려 있었어요. 누가 그 문을 열어 놓았는지는 모르겠지만요. 정말이에요!"

롤리는 이번에도 아무 말 없이 그저 고개를 끄덕일 뿐이었다.

문을 연 것은 비어트리스일 거라는 생각이 들었다. 호기심이 발동한 비어트리스가 뭔가 알아낼 게 있을까 싶어 작정하고 4호실에 들어간 것이리라.

"그러다 보니 롤리 씨, 본의 아니게 두 분 사이에 오간 이야기를 다 듣게 된 거예요. 정말 어찌나 놀랐던지……."

롤리는 분명 뭔가가 있는 모양이라고 생각했다.

그는 황소처럼 순한 얼굴을 한 채 비어트리스가 엿들은 대화 내용을 묵묵히 들었다. 말을 마친 비어트리스는 내심 기대하는 것이 있는 눈치였다.

얼이 빠져 있던 롤리가 다시 제정신을 차리기까지 꼬박 몇 분은 걸린 듯했다. 그는 자리에서 일어서며 말했다.

"고마워, 비어트리스. 정말 고마워요."

그 말을 남기고 롤리는 곧장 방을 나섰다. 비어트리스는 약간 김이 샌 기분이었다. 전혀 생각지도 못한 반응이었다. 그녀가 혼잣말로 중얼거렸다.

'뭐라도 한마디 해줄 줄 알았는데…….'

12장

 스태그 여관을 나선 롤리는 집으로 향했다. 하지만 몇백 미터쯤 걷다가 발걸음을 돌려 왔던 길을 되돌아갔다.
 머릿속으로 천천히 상황을 정리해 보니 비어트리스가 들려준 뜻밖의 이야기에 놀란 마음이 진정되면서 그제야 돌아가는 상황을 제대로 따져 볼 수 있었다. 그녀가 엿들은 이야기가 정말 맞는다면(분명히 주된 내용은 맞을 것이다.) 클로드가 사람들 모두와 밀접하게 관련된 일이 벌어진 것이다. 아무래도 이 상황을 처리할 수 있는 최적임자는 롤리의 큰아버지 제러미일 것이다. 사무 변호사인 제러미 클로드라면 이 놀라운 정보를 이용해 취할 수 있는 최선의 방책과 밟아 나가야 할 절차를 정확히 알고 있을 테니까.
 자신이 직접 나서서 뭔가 해 보고 싶은 생각도 들었다. 하지만 인정하긴 싫어도 이런 문제는 빈틈없고 경험이 풍부한 변호사에게 맡기는 것이 훨씬 낫다는 것을 롤리는 알고 있었다. 이 정보를 빨리 알면 알수록 좋을 거라는 생각에 롤리는 그 자리에서 곧장 발걸음을 돌려 하이가(街)에 있는 큰아버지의 집으로 향했다.

문을 열어 준 꼬마 하녀가 클로드 부부가 아직 저녁 식사 중이라고 알려 주었다. 하녀는 롤리를 식당으로 안내하려고 했지만 롤리는 거절하고 백부 내외가 식사를 끝낼 때까지 서재에서 기다리겠다고 말했다. 큰어머니 프랜시스를 이야기에 끌어들이고 싶은 마음이 별로 없었던 것이다. 확실한 방도가 결정되기 전까지 이 상황은 가능한 한 아는 사람이 적을수록 좋을 것이기 때문이다.

롤리는 가만히 있지 못하고 서재에서 이리저리 왔다 갔다 종종거렸다. 책상에는 주석으로 된 송달함이 하나 있었는데 '고(故) 윌리엄 제서미 경'이라는 표시가 붙어 있었다. 선반에는 엄청나게 두꺼운 각종 법률 서적이 들어차 있었다. 그리고 이브닝드레스를 입은 프랜시스의 옛날 사진 한 장과 승마복을 입고 있는 그녀의 아버지 에드워드 트렌턴 경의 사진이 있었다. 젊은이가 제복을 입고 있는 사진도 있었는데 바로 전쟁터에서 죽은 아들 앤터니였다.

롤리는 그 사진을 보고 움찔하며 돌아섰다. 그러고는 의자에 앉아 에드워드 트렌턴 경의 사진을 물끄러미 바라보았다.

식당에서는 프랜시스가 남편에게 말을 건네고 있었다.

"롤리가 무슨 일로 왔을까요?"

제러미가 피곤한 기색으로 말했다.

"정부 규제 서류에서 해결이 안 되는 부분이 있나 보지. 정부가 작성하게 한 서류 가운데 농부들이 이해할 수 있는 것은 4분의 1도 안 될걸. 롤리는 모든 걸 꼼꼼히 챙기는 성격이라 걱정이 돼서 그냥 넘어가지 못하는 거야."

"롤리는 훌륭한 청년이에요. 좀 굼떠서 그렇지. 그런데 린이랑 잘 되고 있는 것 같지가 않아요."

제러미가 멍한 채로 중얼거렸다.

"린이라고? 아, 그래. 미안해. 이야기에 영 집중이 안 되는군. 긴장이 돼서……."

프랜시스가 재빨리 말했다.

"그 생각은 하지 말아요. 다 잘될 테니, 걱정 말아요."

"프랜시스, 당신을 보면 겁날 때가 있어. 당신은 너무 무모하단 말이야. 당신은 모르고 있겠지만……."

"난 모든 걸 알고 있어요. 하지만 두렵지는 않아요. 오히려 약간 즐겁기까지 한걸요."

"여보, 내가 당신을 걱정하는 건 바로 그 때문이야."

프랜시스가 웃으면서 말했다.

"자, 저 시골 청년을 너무 오래 기다리게 하면 안 되죠. 가서 1199호 서식이든 뭐든 서류 작성하는 걸 좀 도와줘요."

하지만 그들이 식당에서 나왔을 때 현관문이 꽝 닫히는 소리가 들렸다. 에드나가 오더니 롤리 씨가 그다지 중요한 일이 아니라 그만 가 보겠다며 나갔다고 전했다.

13장

 바로 그 화요일 저녁이었다. 린 마치몬트는 산책을 나와 있었다. 자꾸 불안해지고 자신에 대한 실망이 머릿속을 떠나지 않자 상황을 좀 정리해야겠다는 생각이 들었던 것이다.
 롤리를 며칠 동안 못 만난 참이었다. 린이 돈을 빌려 달라고 했던 그날 아침 찜찜한 기분으로 헤어진 뒤에도 둘은 아무 일 없었다는 듯 만났다. 린은 자신이 무리한 요구를 했고, 롤리에게도 거절할 권리가 충분히 있다는 사실을 깨달았다. 하지만 연인들의 마음이 합리성 같은 걸로 움직이는 건 절대 아니지 않은가. 겉으로는 린과 롤리 사이에 변한 것이 하나도 없지만 속으로는 썩 확신이 서지 않았다. 최근 며칠 동안 단조로운 생활을 참을 수 없을 지경이었는데, 데이비드 헌터가 동생을 데리고 갑자기 런던으로 떠나 버린 사실이 그런 권태와 상관이 있다는 것을 린은 애써 인정하지 않으려 했다.

그럼에도 인정할 수밖에 없는 한 가지 진실은 데이비드가 그녀를 들뜨게 만든다는 것이었다.

한편 린의 친척들은 하나같이 사람을 질리게 만들었다. 기세등등해진 마치몬트 부인은 그날 점심을 먹으면서 정원사를 한 사람 더 구할 생각이라고 말해 린의 심기를 건드린 터였다.

"톰 혼자서는 여기 일이 도무지 감당이 안 돼서 말이야. 톰은 나이도 많지 않니."

"하지만 엄마, 우리는 그럴 형편이 안 되잖아요."

린이 언성을 높였다.

"린, 터무니없는 소리 같다만, 정원이 저 지경이 된 걸 고든이 봤다면 말도 못 하게 속상해했을 거다. 고든은 화단에는 언제나 특별히 신경을 썼잖니. 잔디도 말끔히 손질하게 하고, 정원 오솔길도 말끔하게 정리하게 했지. 그런데 지금 저 꼴을 좀 봐라. 고든이 있었다면 다시 제대로 정리하고 싶어 했을 거다."

"우리가 삼촌 미망인에게 또 돈을 빌리는 한이 있더라도 말이죠?"

"린, 말했잖니. 로잘린은 돈 문제를 꺼냈을 때 그렇게 너그러울 수가 없었다고. 내 심정을 누구보다 잘 안다는 생각이 들더라. 청구서 대금을 다 지불하고도 은행에 잔고가 꽤 남았단다. 내 생각에는 정원사를 한 명 더 구하는 것이 오히려 돈을 절약하는 길인 것 같아. 채소를 더 기를 수 있잖니."

"일주일에 3파운드면 채소는 충분히 사고도 남아요."

"그 정도까지 안 들이고도 사람을 구할 수 있을 거야. 신문을 보니까 군복무 마치고 일자리를 구하는 사람들이 많던데."

린이 쌀쌀맞게 말했다.

"과연 웜슬리 베일이나 웜슬리 히스에서도 그런 사람을 찾을 수 있을까요?"

이번 문제는 그 정도로 끝났지만, 린은 엄마가 로잘린에게 정기적으로 도움을 받으려 하는 게 줄곧 마음에 걸렸다. 비아냥거리던 데이비드의 모습이 다시 떠올랐다.

그래서 이래저래 심란하고 착잡한 마음을 떨쳐 버리려고 산책을 나선 것이었다.

우체국 밖에서 캐시 숙모를 만난 후에도 기분은 나아지지 않았다. 캐시 숙모는 기분이 아주 좋아 보였다.

"린, 조만간 좋은 소식을 듣게 될 거야."

"숙모, 그게 도대체 무슨 말씀이세요?"

클로드 부인은 고개를 끄덕이고 미소를 짓더니 의기양양한 얼굴로 말했다.

"영혼과 교감을 해서 아주 놀라운 이야기를 들었단다. 감히 상상도 못 할 놀라운 일이야. 우리 모두가 겪고 있는 곤경을 간단히 해결해 줄 행복한 결말이지. 한 번은 실패했는데 그 이후로는 줄곧 '계속 시도하라'는 메시지를 받았단다. '처음에는 성공하지 못한다 하더라도…….' 뭐 그런 내용이었어. 하지만 린, 이 비밀을 누설하지는 않을 생각이야. 괜히 헛된 희망만 키우고 싶지는 않거든. 하지만 분명히 얼마 안 있으면 상황이 아주 잘 정리될 거야. 그것도 빠른

시일 내에. 그나저나 네 외삼촌이 무척 걱정이구나. 전쟁이 터졌을 때 일을 너무 열심히 했어. 그이는 이젠 정말 은퇴해서 전문적인 연구에 헌신해야 하는데……. 물론 충분한 수입 없이는 안 되는 일이지만 말이다. 더구나 그렇게 특이한 신경 발작을 일으키니 얼마나 걱정이 되는지 모르겠구나. 그 사람은 지금 정상이 아니란다."

린은 생각에 잠긴 채 고개를 끄덕였다. 린도 라이어널 외삼촌이 변했다는 걸, 그리고 외삼촌 기분이 이상하게 오락가락한다는 걸 이미 눈치채고 있었다. 자극을 얻으려고 이따금 마약에 의지하는 건 아닐까 생각됐지만, 중독 수준까지 간 것인지는 알 길이 없었다. 마약을 쓴다면 외삼촌의 극단적인 신경과민이 설명될 수 있었다. 린은 캐시 숙모가 어디까지 알고 또 추측하고 있는지 궁금했다. 캐시 숙모는 겉보기만큼 그렇게 어수룩한 사람은 아니었으니까.

하이가를 따라 내려가는데 저택 현관문을 들어서는 제러미 외삼촌의 모습이 어렴풋하게 들어왔다. 외삼촌은 지난 3주 새 부쩍 늙어 버린 것 같았다.

린은 걸음에 속도를 붙였다. 웜슬리 베일을 벗어나 언덕 위 탁 트인 공간으로 어서 가고 싶었다. 빠르게 걷기 시작하니까 기분도 나아지는 것 같았다. 린은 10킬로미터 정도를 제대로 걸어 볼 생각이었다. 그러면 생각도 확실히 정리가 되겠지. 이제까지 살아오면서 린은 언제나 결심이 확고하고 머릿속이 복잡할 것 없는 사람이었다. 자신이 무엇을 원하고 또 원하지 않는지 확실히 알았다. 정처 없이 떠도는 듯한 생활에는 결코 만족할 수 없었는데 지금은…….

그래. 바로 그거였다. 정처 없이 떠도는 듯한 기분! 아무 목적도 계획도 없이 살아가는 것. 군을 제대하고 집에 돌아온 이후 린은 줄곧 그런 기분이었다. 전쟁터에 나가 있던 시절에는 향수병에 젖어 살았다. 그때는 정해진 의무가 명확하게 있었고, 삶에는 계획과 질서가 잡혀 있었다. 스스로 결정을 내려야 하는 압박에서 벗어나 있던 시기였다. 이런 생각을 하나하나 하고 있자니 린은 자신이 끔찍하게 느껴졌다. 혹시 다른 사람들도 도처에서 모두 속으로는 이런 생각을 하고 있는 건 아닐까? 결국 전쟁이 우리를 그렇게 만든 것일까? 바닷속 어뢰, 하늘에서 떨어지는 폭탄, 사막을 건널 때면 똑똑히 들려오던 탕 하는 총소리처럼 눈에 보이는 위험이 무서운 게 아니다. 생각을 멈추면 사는 게 훨씬 쉬워진다는 사실을 알게 되는 것…… 그런 정신 상태가 무서운 것이다. 린 마치몬트는 더 이상 입대할 때처럼 단순하고 결단력 있고 똑똑한 여자가 아니었다. 전에는 특정한 분야에서 이미 정해진 경로를 따라 머리를 쓰면 되었다. 이제 다시 한번 인생의 주인이 되었지만, 문제와 맞서지 않고 머뭇거리고 있는 자신을 보고 린은 오싹한 기분이 들었다.

문득 씁쓸한 미소를 지으며 린은 이런 생각을 했다. 평범한 '가정주부'들이야말로 전쟁을 통해 진정으로 역량을 발휘할 수 있게 된 사람들이라고 하면 정말 이상하겠지. 이들에게는 수많은 '금기 사항'이 족쇄처럼 붙어 다니기는 하지만 따라야 할 명확한 '의무' 같은 건 전혀 없다. 이들은 스스로 계획을 세우고 머리를 쥐어짜 그때그때 상황에 맞게 방편을 마련해야 했다. 모든 재능을 짜내야 했고,

심지어 자신도 알지 못하는 재능까지 계발해야 했다! 지금 어디에도 의지하지 않고 똑바로 서서 자신과 다른 이들을 책임질 수 있는 건 그들뿐이라고 린은 생각했다. 훌륭한 교육을 받고 똑똑하며 우수한 지능과 철저한 집중력이 필요한 일을 무사히 마친 린 마치몬트 자신은 정작 방향도 결의도 잃어버린 상태였다. 그렇다, 입에 올리기 싫지만 표류하고 있다는 게 딱 맞는 말이었다…….

'고향에 죽 머물렀던 롤리 같은 사람들은 어땠을까.'

하지만 일반적이고 막연한 생각은 머리에서 곧 사라지고 린은 코앞에 닥친 문제로 되돌아왔다. 자신과 롤리, 바로 그게 진짜 문제이자 유일한 문제였다.

'난 롤리와의 결혼을 진심으로 원하고 있는 것일까?'

해거름이 찾아오면서 그림자가 서서히 길어졌다. 린은 양손으로 턱을 괸 채 비탈진 언덕의 조그만 숲가에 우두커니 앉아 계곡을 내려다보았다. 시간 가는 줄도 모르고 있었지만 이상하게 화이트 하우스로 돌아가고 싶은 마음도 없었다. 아래를 보니 저 멀리 왼쪽으로 롱 윌로스가 있었다. 롱 윌로스, 롤리와 결혼한다면 그녀의 집이 될 곳이다.

그때로 돌아갈 수 있다면. 만약 그럴 수만 있다면!

새 한 마리가 놀란 듯, 어린아이가 악이 받친 듯한 소리를 내며 숲에서 날아올랐다. 기차에서 소용돌이치며 뿜어져 나온 연기가 솟구쳐 올라가 하늘에 거대한 물음표를 만들고 있었다.

？？？

 롤리와 결혼해야 할까? 나는 롤리와 결혼하고 싶은 걸까? 롤리와 결혼하고 싶어 한 적이 있기는 했나? 롤리와 결혼하지 않아도 괜찮을까?
 기차는 연기를 내뿜으며 계곡을 올라갔고, 연기는 흐물흐물 산산이 흩어져 버렸다. 하지만 물음표는 머릿속에서 사라지지 않았다.
 고향을 떠나기 전만 해도 린은 롤리를 사랑했다.
 '하지만 고향에 돌아왔을 때 난 변해 있었어. 난 옛날의 그 린이 아니야.'
 시 한 구절이 떠올랐다.
 '인생도 세상도 그리고 나 자신도 변한다네······.'
 그럼 롤리는? 롤리는 변하지 않았다. 그랬다. 롤리는 정말 변하지 않았다. 4년 전 린이 롤리를 떠났던 자리에 그대로 있었다. 그녀는 롤리와 결혼하고 싶어 한 것일까? 그녀가 원한 건 무엇이었을까?
 그때 뒤쪽 숲에서 나뭇가지가 꺾이는 소리가 나고 한 남자가 걸어 나오며 거칠게 욕을 내뱉는 소리가 들렸다.
 린이 소리쳤다.
 "데이비드!"
 "린!"
 덤불을 헤집고 나오면서 데이비드가 놀란 얼굴로 말했다.
 "기가 막히는군! 도대체 여기서 뭘 하고 있는 거야?"

뛰어오고 있었는지 약간 숨이 차 씨근댔다.

"별로. 그냥 생각 좀 하고 있었어요. 앉아서 생각을…… 시간이 많이 늦었나 보네요."

린은 애매하게 웃었다.

"시계도 안 보고 있었어?"

린은 멍한 표정으로 손목시계를 내려다보았다.

"또 멈춰 버렸네. 내 손에만 들어오면 시계가 망가져요."

"시계뿐이겠어? 당신 속에 흐르는 그 전류, 활력, 생명력이 문제지."

데이비드가 다가오자 막연하게 불안한 생각이 들어 린은 재빨리 일어섰다.

"많이 어두워졌네요. 빨리 집에 가야겠어요. 데이비드, 지금 몇 시죠?"

"9시 15분이야. 죽어라고 뛰어야겠군. 9시 20분 기차를 꼭 타야 하는데."

"여기에 돌아온 줄 몰랐어요."

"퍼로뱅크에서 좀 가져갈 게 있어서. 이 기차를 꼭 타야 하는데. 로잘린이 아파트에 혼자 있거든. 밤에 런던에 혼자 두면 안절부절 못할 거야."

"아파트 관리인들이 다 챙겨 주지 않아요?"

린이 잔뜩 뒤틀린 목소리로 말했다.

데이비드가 날카롭게 말을 받았다.

"두려움은 논리로 설명되는 게 아니야. 당신도 폭격을 당해 봤다면……."

린은 갑자기 부끄러운 마음이 들었다.

"미안해요. 잊고 있었어요."

갑자기 데이비드가 목소리를 높였다.

"그래, 지난 일은 곧 잊히지. 모두 말이야. 안전해지면! 길들여지면! 이 모든 비극이 시작되기 전의 자리로 다시 돌아가고 나면! 곰팡내 나는 좁아터진 구덩이로 다시 기어들어 다시 마음 놓고 생활하기 시작하면 말이야. 당신도 마찬가지야, 린. 당신도 다른 사람들과 똑같다고!"

린이 소리쳤다.

"아니에요. 그렇지 않아요, 데이비드. 난 그저 지금 생각을 좀 하느라……."

"나를?"

순간적으로 튀어나온 데이비드의 말에 린은 깜짝 놀랐다. 그가 팔을 뻗어 린을 끌어안더니 뜨거운 입술로 격렬하게 키스를 했다.

"아니면 롤리 클로드? 그 촌놈 생각을 했나? 어림없지. 린, 당신은 내 여자야."

그러더니 불쑥 린을 껴안았던 것처럼 대뜸 떠밀고는 말했다.

"기차를 놓치겠군."

데이비드는 서둘러 비탈진 언덕을 내려갔다.

"데이비드……."

그가 고개를 돌려 뒤에 대고 소리쳤다.

"런던에 도착하면 전화할게."

린은 밀려드는 어둠 속을 달려가는 그를 지켜보았다. 가볍고 날렵한, 남자다움이 물씬 느껴지는 모습이었다.

린은 마음이 이상하게 심란해지고, 머릿속은 온통 뒤죽박죽이 된 채로 천천히 집을 향해 걸었다.

집으로 들어가려다 린은 잠깐 망설였다. 다정하게 린을 맞으며 이것저것 물어볼 엄마를 마주할 용기가 나지 않았다.

엄마는 그 사람들에게 500파운드를 빌렸다. 그 사람들을 경멸하면서.

린은 아주 조심스럽게 위층으로 올라가며 생각했다.

'우리는 로잘린이나 데이비드를 경멸할 자격이 없어. 우리도 똑같으니까. 우리도 뭐든 한단 말이야. 돈을 위해서라면 뭐든.'

침실로 들어온 린은 거울에 비친 자신의 얼굴을 신기하다는 듯이 바라보았다. 낯선 이방인의 얼굴 같다는 생각이 들었다.

순간 분노가 사납게 그녀를 뒤흔들었다.

'롤리가 정말로 날 사랑하고 있다면 그때 어떻게든 500파운드를 구해 주었을 거야. 그랬겠지. 데이비드에게 돈을 빌려서 그런 굴욕감을 느끼도록 그냥 놔두지 않았을 거야. 데이비드……'

데이비드가 런던에 도착하면 전화한다고 했지.

린은 마치 꿈속을 걷듯 아래층으로 내려갔다.

꿈이 아주 위험한 것이 될 수도 있다는 생각이 들었다.

14장

"린, 거기 있었구나."

아델라가 안심한 듯 쾌활한 목소리로 말했다.

"네가 들어오는 소리를 못 들었거든. 들어온 지 오래됐니?"

"아, 그럼요. 한참 됐어요. 위층에 있었어요."

"들어올 땐 인기척을 해라. 어두워진 뒤에 네가 혼자 밖에 나가 있으면 늘 불안하구나."

"제발, 엄마. 나 하나도 못 챙길까 봐서요?"

"요새 신문에 하도 끔찍한 얘기들이 실려서 말이다. 세상에! 제대한 군인들이 아가씨들을 노리고 나쁜 짓을 한다는구나."

"여자들이 빌미를 제공했을 거예요."

린이 웃으면서 말했다. 약간 뒤틀린 미소였다.

'그래, 여자들이 위험을 자초하지……. 이러니 저러니 해도 세상

에 아무 일도 없이 지내는 걸 원하는 사람이 어디 있겠어?'

"얘, 린. 내 말 듣고 있니?"

린은 퍼뜩 정신이 들었다.

엄마가 계속 이야기를 하고 있었다.

"엄마, 뭐라고 하셨어요?"

"신부 들러리 이야기를 하고 있었다. 들러리에게 쿠폰이 나오는데 아무 문제가 없는 모양이더라. 네가 제대 쿠폰이 있어서 얼마나 다행인지 몰라. 요즘에 일반 쿠폰만 가지고 결혼하는 신부들을 보면 너무 불쌍하다는 생각이 들어. 새것이라고는 하나도 살 수 없으니까. 타지까지 가면 또 모르지만. 하지만 요즘 속옷은 누구든 타지까지 나가야 구할 수 있는 형편인걸. 린, 너는 정말 아주 운이 좋은 거야."(영국은 전쟁 중 물자가 부족해 배급제를 시행했다. 사람들은 모두 자신이 이용하는 가게에 등록을 하고 쿠폰이 들어 있는 배급 통장을 발급받아야 했다. 그리고 국가는 상점에 등록 고객들에게서 쿠폰을 회수하고 물자를 할당했다 ─ 옮긴이)

"그럼요, 아주 좋죠."

린은 방 안을 이리저리 서성대면서 물건들을 들었다 놨다 했다.

"얘, 너 뭔가 아주 불안한 거지? 아주 신경 쓰이는구나!"

"미안해요, 엄마."

"정말 무슨 일 있는 거 아니니?"

"꼭 무슨 일이 있어야 해요?"

린이 곤두선 목소리로 대꾸했다.

"얘, 왜 갑자기 그렇게 화를 내고 그러니. 신부 들러리 얘기를 하다 말았지. 맥레이네 아가씨한테 부탁을 하는 게 좋겠구나. 그래도 그 애 엄마가 나랑 제일 친하니까. 안 그러면 속상해할 테니……."
"난 조앤 맥레이라면 질색이에요. 늘 원수처럼 지냈는걸요."
"나도 알아, 린. 하지만 그게 뭐 대수니? 네가 부탁을 안 하면 마저리는 분명 마음에 상처를……."
"제발, 엄마. 이건 내 결혼이잖아요!"
"그래, 린, 나도 알아, 하지만……."
"결혼을 하기나 할는지!"

애초에 그런 말을 할 생각은 아니었다. 무심코 튀어나온 말이었다. 할 수만 있다면 다시 주워 담고 싶은 심정이었지만 때는 이미 늦었다. 마치몬트 부인은 놀란 표정으로 딸을 빤히 쳐다보았다.

"린, 도대체 그게 무슨 말이냐?"
"아무것도 아네요, 엄마."
"너 롤리랑 싸웠니?"
"아뇨, 그런 일 없어요. 엄마, 괜히 걱정하실 거 없어요. 다 잘되고 있어요."

하지만 린의 찌푸린 얼굴 뒤에 일고 있는 심란스러운 마음을 눈치챈 아델라는 정말 걱정스러운 얼굴로 린을 바라보았다.

"난 줄곧 네가 롤리와 결혼하면 별 탈 없이 무난하게 살 수 있을 거라 생각했어."

아델라가 애처로운 목소리로 말했다.

"누가 무난하게 살고 싶대요?"

린이 경멸하는 듯한 말투로 대꾸하고는 몸을 홱 돌리며 물었다.

"혹시 저거 전화 소리죠?"

"아니, 왜? 전화 기다리니?"

린은 고개를 저었다. 전화벨이 울리기를 기다리는 것이 창피했지만, 데이비드는 오늘 밤 전화한다고 했다. 그는 반드시 전화를 할 것이다. 린은 혼자 중얼거렸다.

'넌 미쳤어. 미쳤다고.'

대체 이 남자가 그토록 린의 마음을 잡아끄는 이유는 뭘까? 기억 속 데이비드의 어둡고 음울한 얼굴이 눈앞에 어른거렸다. 린은 데이비드의 얼굴을 지우고 대신 크고 잘생긴 롤리의 얼굴을 떠올리려 애썼다. 롤리의 얼굴에 서서히 번지는 미소와 그 따뜻한 눈빛을. 하지만 롤리가 정말 나를 생각하기는 할까? 나를 정말로 생각한다면 500파운드를 부탁했던 그날 분명히 나를 이해해 주었어야 해. 지독하게 합리적이고 현실적인 태도 대신 이해심을 보여 주었을 거야. 롤리와 결혼하면 농장에 살면서 다시는 멀리 떠날 일이 없겠지. 외국의 하늘도 다시 보지 못하고, 그 이국적인 냄새도 더 이상 맡지 못하겠지. 다시는 절대로 자유로워질 수 없을 거야…….

전화벨 소리가 날카롭게 울렸다. 린은 숨을 깊이 들이쉬고 복도를 가로질러 가 수화기를 집어 들었다.

캐시 숙모의 가느다란 목소리가 전화선을 타고 들려오는 순간 린은 무언가에 한 방 맞은 듯한 기분이었다.

"린? 너니? 아, 정말 다행이다. 어떡하면 좋니, 내가 실수를 했어…… 협회 모임에서 말이야……."

안절부절못하는 숙모의 가느다란 목소리가 이어졌다. 린이 간간이 대꾸도 하고, 안심을 시켜 주자 숙모는 고마워했다.

"린, 네 덕분에 정말 위안이 되는구나. 넌 정말 늘 친절하고 큰 힘이 돼. 난 하는 일마다 어찌나 뒤죽박죽으로 만드는지 말도 못 해."

린도 동감이었다. 아주 간단한 문제도 엉망진창으로 만드는 캐시 숙모의 능력은 가히 천재적이었다.

캐시 숙모의 마지막 말이 이어졌다.

"내가 항상 하는 말이지만 일이 잘못 돌아가는 건 순식간이야. 집 전화기가 고장 나서 공중전화로 했는데 이제 2펜스가 없구나. 반 페니 동전밖에는…… 내가 가서 부탁을 좀……."

마침내 전화가 끊겼다. 린은 수화기를 내려놓고 응접실로 돌아왔다. 지켜보던 아델라가 물었다.

"누구……."

어머니가 말을 잇지 못하고 머뭇거려서 린이 재빨리 대답했다.

"캐시 숙모요."

"뭐 때문에 전화했대?"

"아, 그냥 또 실수했다고 푸념하는 거였어요."

린은 책을 한 권 집어 들고 자리에 앉아 시계를 쳐다보았다. 그래, 아직 너무 일러. 전화가 올 거라 기대하기엔. 11시 5분이 되었을 때 다시 한번 전화벨이 울렸다. 린은 천천히 전화기로 다가갔다. 이번에는 기대를 하지 않았다. 아마 캐시 숙모가 다시 전화한 걸 거야.

하지만 아니었다.

"웜슬리 베일 34번지입니까? 린 마치몬트 양께 런던에서 개인 전화가 왔는데요."

순간 심장이 멎는 듯했다.

"제가 린 마치몬트예요, 통화할게요."

"잠시만 기다려 주십시오."

린은 수화기를 들고 기다렸다. 뭔가 알 수 없는 소음이 들리더니 정적이 흘렀다. 전화 서비스는 갈수록 엉망이었다. 린은 계속 기다렸다. 화가 난 린은 결국 수화기를 탓했다. 이번에는 다른 여자의 무덤덤하고 냉정한 목소리가 들려왔다.

"전화를 끊어 주십시오. 조금 후에 전화가 갈 겁니다."

린은 수화기를 내려놓고 다시 응접실로 향했다. 막 응접실 문을 열려고 하는 순간 다시 전화벨이 울렸다. 린은 전화기 쪽으로 다시 서둘러 달려갔다.

"여보세요?"

한 남자의 목소리가 들렸다.

"웜슬리 베일 34번지입니까? 린 마치몬트 양께 런던에서 개인 전화가 왔습니다."

"통화할게요."

"잠시만 기다려 주십시오."

그러더니 희미하게 말하는 소리가 들렸다.

"런던, 말씀하십시오. 연결됐습니다."

그러더니 갑자기 데이비드의 목소리가 들렸다.

"린, 당신이야?"

"데이비드!"

"당신에게 꼭 할 말이 있어."

"예……."

"린, 아무래도 내가 지금 당장 사라져 버리는 게 낫겠어."

"그게 무슨 말이죠?"

"영국을 완전히 뜬다는 이야기야. 식은 죽 먹기지. 로잘린에게는 그렇지 않은 척했지만 말이야. 난 단지 웜슬리 베일을 떠나고 싶지 않았던 것뿐이었어. 하지만 그게 다 무슨 소용이겠어? 어차피 당신과 난 안 될 텐데. 린, 당신은 정말 멋진 여자야. 하지만 나는…… 난 나쁜 놈이지. 항상 그런 식으로 살아왔어. 내가 당신 때문에 개과천선이라도 할 거라는 생각은 마. 그런 마음을 먹을 수는 있겠지……. 하지만 그렇게 되지는 못할 거야. 그래, 당신은 그 착실한 롤리와 결혼하는 편이 백번 나아. 그자는 평생을 가도 당신을 절대 걱정시키지 않을 거야. 나와 같이 지내면 지옥에서 사는 기분일 거야."

린은 수화기를 든 채 아무 말 없이 서 있었다.

"린, 당신 듣고 있어?"

"예, 듣고 있어요."

"왜 아무 말도 하지 않는 거야?"

"무슨 말을 해야 해요?"

"린?"

"예……."

그렇게 멀리 떨어져 있는데도 린은 이상하게 그의 들뜬 마음과 절박한 심정을 너무나 생생히 느낄 수 있었다.

그는 나직이 몇 마디 욕을 내뱉더니 거칠게 말했다.

"다 집어치워!"

그리고 전화가 끊겼다.

마치몬트 부인이 응접실에서 나와 말했다.

"무슨 전화였니?"

"잘못 걸린 전화였어요."

린은 그렇게 말하고는 재빨리 위층으로 올라갔다.

15장

 스태그 여관에서는 언제든 손님이 지정한 시간에 잠을 깨워 주는 것이 관례였다. 방법은 간단했다. 경우를 막론하고 문을 쾅쾅 두드리면서 "손님, 8시 30분입니다." 또는 "8시입니다, 손님." 하고 큰 소리로 외치는 것이다. 그리고 투숙 시 따로 말하면 아침 식사 전에 마실 차를 딸그락거리며 날라다 문밖 매트 위에까지 가져다주기도 했다.

 바로 그 수요일 아침에도 젊은 글래디스는 5호실 밖에서 평소대로 잠을 깨웠다. "8시 15분입니다, 손님." 하고 크게 소리치고 나서 쟁반을 내려놓았다. 그런데 탕 소리가 날 정도로 거칠게 다루는 바람에 우유가 쟁반에 튀고 말았다. 글래디스는 계속해서 복도를 따라 걸으며 몇 사람을 더 깨워 주고는 다른 일을 하러 갔다.

 10시가 지나서야 글래디스는 5호실에 가져다준 차가 아직도 매트에 놓여 있는 것을 보았다.

 문을 세차게 두드렸지만 아무 대답이 없자 글래디스는 안에 들어가 봐야겠다고 생각했다.

 5호실 손님은 늦잠을 자는 사람은 아니었다. 마침 5호실 창문 바깥쪽에 평평한 지붕이 있어 안으로 쉽게 들어갈 수 있다는 것이 기억났다. 글래디스는 5호실 손님이 숙박비를 떼먹고 튀어 버린 걸 수도 있다는 생각이 들었다.

 하지만 이녹 아든이라는 이름으로 방을 잡은 그 남자는 튀어 버린 게 아니었다. 그는 방 한가운데에 얼굴을 처박은 채 엎어져 있었다. 의학 지식 같은 건 전무한 글래디스조차도 그 남자가 죽었다는 사실을 확실히 알 수 있었다.

 글래디스는 고개를 홱 젖히고 비명을 질렀다. 허겁지겁 방을 뛰쳐나와 계속 소리를 질러 대며 아래층으로 내려갔다.

 "악, 리핀콧! 리핀콧 양, 악!"

 비어트리스 리핀콧은 혼자만 사용하는 방에 있었다. 라이어널 클로드 선생이 칼에 베인 리핀콧의 손가락에 붕대를 감아 주던 참이었다. 글래디스가 갑자기 들이닥치는 통에 붕대를 떨어뜨린 라이어널 선생은 짜증이 난 표정으로 글래디스를 돌아보았다.

 "악, 리핀콧 양!"

 의사가 재빨리 끼어들었다.

 "뭐야? 무슨 일이지?"

 "글래디스, 무슨 일인데 그래?"

비어트리스도 물었다.

"리핀콧 양, 5호실 손님 말예요. 방바닥에 쓰러져 있어요. 죽은 채로요."

의사가 글래디스와 리핀콧을 차례로 쳐다보았다. 리핀콧도 글래디스와 의사를 번갈아 쳐다보았다.

이윽고 클로드 선생이 믿을 수 없다는 투로 말했다.

"말도 안 돼."

"완전히 뻗어 있다고요."

글래디스는 이렇게 소리치고는 특유의 말투로 보탰다.

"머리통이 완전 박살이 났어요."

의사가 리핀콧 쪽을 쳐다보며 말했다.

"내가 가 보는 게 낫지 않을까?"

"아, 그러세요, 선생님. 하지만 어떻게 이런 일이…… 설마 이런 일이 일어나리라고는 상상도 못 했어요."

그들은 모두 위층으로 올라갔다. 글래디스가 앞장을 섰다. 클로드 선생은 남자를 한번 죽 훑어보더니 무릎을 꿇고 앉아 축 늘어진 시체를 살펴보았다.

의사 선생이 비어트리스를 올려다보았다. 그는 방금 전과는 다른 모습이었다. 무뚝뚝하고 위압적으로 보였다.

"경찰서에 연락하는 게 좋겠군."

글래디스가 겁에 질린 목소리로 속삭였다.

"리핀콧 양, 살인이라고 생각해요?"

비어트리스는 떨리는 손으로 위로 빗어 올린 금발 머리를 매만졌다. 그러고는 매서운 목소리로 몰아쳤다.

"말조심해, 글래디스. 확실히 알기도 전에 살인이라고 했다가는 중상죄에 걸려. 잘못하다가는 법정에 설 수도 있다고. 사람들 입에 오르내리면 스태그 여관에 좋을 일이 하나도 없어."

그리고 특별히 허락한다는 듯 덧붙였다.

"가서 차나 한잔 푹 끓여 마셔. 지금 너에겐 그게 좋을 것 같아."

"아, 정말 그래야겠어요, 리핀콧 양. 속이 울렁거리네요. 리핀콧 양께도 한잔 갖다 드릴게요."

비어트리스는 싫다는 대답은 하지 않았다.

16장

 스펜스 총경은 테이블 건너편에 앉은 비어트리스 리핀콧을 유심히 바라보았다. 그녀는 입술을 꽉 다문 채 자리에 앉아 있었다.
 "고마워요, 리핀콧 양. 당신이 기억하는 건 그게 전부입니까? 진술 내용을 타이핑해서 보여 드리겠습니다. 읽어 보고 문제가 없다고 생각되면 서명을……."
 "아, 그런데 총경님. 재판에 나가 증언하는 일은 없었으면 하는데요."
 스펜스 총경은 안심시키려는 듯 웃고는 태연하게 거짓말을 했다.
 "아, 우리도 그런 일이 없기를 바랍니다."
 비어트리스가 넌지시 희망사항을 말했다.
 "자살일 수도 있잖아요?"
 스펜스 총경은 자살이라면 두개골 뒤쪽이 강철 부젓가락에 맞아 푹 파일 리는 없지 않겠냐고 말하려다 그만두었다. 대신 계속해서 느긋한 목소리로 말했다.

"성급하게 결론지으려고 하면 좋을 거 없어요. 고마워요, 리핀콧 양. 진술하러 경찰서까지 이렇게 신속히 와 줘서 아주 큰 도움이 됐어요."

리핀콧이 안내를 받아 밖으로 나간 후 스펜스 총경은 그녀가 한 진술을 머릿속으로 정리해 보았다. 비어트리스 리핀콧이 어떤 여자인지 아주 잘 알고 있는 총경은 그녀의 말을 어디까지 사실로 믿어야 할지도 분명히 가늠하고 있었다. 정말 엿들었다고 한 대화 내용은 대부분 사실일 것이다. 물론 흥미를 돋우려고 약간 과장한 부분도 있겠지만. 5호실에서 살인이 일어났기 때문에 부풀려지기도 했을 것이다. 그런 과장된 부분을 제외했을 때 남는 것은 불쾌하고 수상쩍은 내용뿐이었다.

스펜스 총경은 앞에 놓인 탁자를 바라보았다. 탁자에는 유리가 깨신 손목시계, 머리글자가 새겨진 작은 금제 라이터, 금박을 입힌 상자에 들어 있는 립스틱, 육중한 강철 부젓가락이 놓여 있었다. 부젓가락의 머리 부분은 녹이 슨 것처럼 갈색으로 변해 있었다.

그레이브스 경사가 방 안으로 고개를 들이밀고는 롤리 클로드 씨가 기다리고 있다고 말했다. 스펜스 총경이 고개를 끄덕이자 경사가 롤리를 데리고 들어왔다.

총경은 비어트리스 리핀콧만큼 롤리 클로드에 대해서도 잘 알고 있었다. 롤리가 경찰서에 왔다면 뭔가 말할 것이 있어서이고, 그것은 꾸며 낸 이야기가 아니고 확실히 믿을 만한 사실일 것이다. 그러니 이야기를 들을 만한 충분한 가치가 있다. 하지만 동시에 롤리는 매우 신중한 타입이기 때문에 이야기를 하는 데 시간이 좀 걸릴 것이다. 롤리 같은 사람들을 다그쳐서는 일이 안 된다. 그러면 당황해서 한 말을 하고 또 해 결국 시간을 배로 잡아먹는 것이 보통이다……

"안녕하세요, 클로드 씨. 반갑군요. 이 사건에서 뭔가 짚이는 데가 있습니까? 스태그 여관에서 죽은 그 남자 말이에요."

롤리의 첫마디가 질문이어서 총경은 약간 놀랐다. 롤리가 불쑥 이렇게 물었던 것이다.

"그 친구 신원은 확인됐습니까?"

스펜스 총경이 천천히 말했다.

"아니, 그럴 만한 것이 없습니다. 이녹 아든이란 이름으로 투숙했는데, 소지품 가운데 그가 이녹 아든이라는 사실을 보여 주는 건 없었어요."

롤리가 인상을 찌푸리고 말했다.

"그게 좀 이상하지 않습니까?"

그것은 대단히 이상한 일이었지만 스펜스 총경은 롤리에게 자신이 그 사실을 얼마나 이상하게 여기는지 이야기할 생각은 없었다. 대신 쾌활한 목소리로 이렇게 말했다.

"자, 클로드 씨. 질문을 할 사람은 나예요. 어젯밤 당신은 죽은 그 남자를 만나러 갔어요. 이유가 뭡니까?"

"비어트리스 리핀콧 양을 아시죠? 스태그 여관 주인 말입니다."

"물론 알고 있지요."

총경은 시간이 절약되기를 바라며 말했다.

"방금 리핀콧 양에게 이야기를 들었습니다. 그 문제로 나를 찾아왔어요."

롤리는 안심하는 모습이었다.

"다행입니다. 그녀가 경찰이 개입한 사건에 연루되는 걸 꺼릴까 봐 걱정이었는데. 그런 사람들은 이런 면에서 좀 별난 데가 있어요."

총경이 고개를 끄덕였다.

"비어트리스 양이 자신이 엿들은 내용을 제게 말해 주더군요. 총경님도 느낄지 모르지만 제가 보기엔 분명 뭔가 아주 수상한 구석이 있습니다. 그러니까 제 말은, 우리 클로드가 사람들 모두가 관계된 일이라서요."

총경은 다시 한 번 고개를 끄덕였다. 그도 이웃 주민으로서 고든 클로드의 죽음에 지대한 관심을 갖고 있었고, 동네 주민의 일반적인 의견과 마찬가지로 유산 상속 과정은 고든 가족에게 혹독한 처사였다고 생각하고 있었다. 또 고든 클로드 부인이 귀족적이지 못하다는 세평에도 동의하고 있었으며, 고든 클로드 부인의 오빠는 전시(戰時)에는 어느 정도 쓸모가 있었을지 모르지만 평화시에는 찬밥 신세를 면치 못하는 특공대 출신 골칫덩어리 중 하나라 여기고 있었다.

"총경님, 굳이 설명을 드리지 않아도 아시겠지만 고든 부인의 첫 번째 남편이 아직 살아 있을 경우 저희 클로드가 사람들의 처지는 엄청나게 달라집니다. 저는 비어트리스 양의 이야기를 듣고 나서야 처음으로 그런 상황이 정말로 가능할 수도 있겠구나 생각했습니다. 전에는 정말 꿈에도 생각 못 한 일이었죠. 미망인이 확실한 줄로만 알고 있었거든요. 그 이야기는 제게 큰 충격이었죠. 의미를 이해하는 데 시간이 좀 걸렸습니다. 아시겠지만 전 뭔가를 대강대강 넘기지 못하는 성격이라서요."

스펜스 총경은 다시 한번 고개를 끄덕였다. 그는 롤리가 상황을 머릿속으로 곱씹고 또 곱씹으며 천천히 다시 생각하고 있다는 것을 알 수 있었다.

"저는 무엇보다도 먼저 변호사인 큰아버지께 이 사실을 알리는 것이 좋겠다고 생각했습니다."

"제러미 클로드 씨 말이지요?"

"예, 그래서 큰아버지 댁으로 갔지요. 8시 조금 넘은 시각이었을 겁니다. 백부 내외가 아직 저녁 식사 중이어서 저는 서재에 앉아서 기다렸습니다. 그동안 그 사실을 곰곰이 곱씹어 봤지요."

"그래서요?"

"결국 저는 큰아버지께 사실을 알리기 전에 제가 직접 나서서 뭔가를 해 보자는 결론에 이르렀습니다. 변호사들은 결국 다 똑같다는 생각이 들었어요. 변호사들은 아주 더디고, 너무 신중하고, 또 알고 있는 사실에 확신이 서야만 비로소 움직이는 사람들이니까요. 저는 약간 비밀스럽게 정보를 얻었고, 그래서 큰아버지께서 조치를 취하는 걸 주저하지는 않을까 생각이 들었어요. 그래서 스태그 여관으로 가서 직접 그자를 만나 봐야겠다고 결심한 겁니다."

"그래서 만났습니까?"

"예. 곧장 스태그 여관으로 갔지요."

"그때가 몇 시였습니까?"

롤리는 기억을 더듬었다.

"글쎄요, 큰아버지 댁에 도착한 것이 8시 20분쯤이었고, 5분 정도 있었으니까…… 정확하게 말씀은 못 드리겠습니다만 8시 30분은 지났던 것 같습니다. 아마 8시 40분쯤?"

"그래요, 클로드 씨?"

"저는 그 작자가 묵는 방을 알고 있었습니다. 비어트리스가 방 번호를 알려 주었거든요. 그래서 곧장 위층으로 올라가서 문을 두드렸습니다. '들어오시오.' 하는 말이 들리기에 안으로 들어갔습니다."

롤리는 잠시 말을 멈추었다.

"그런데 제가 이 문제를 그다지 잘 처리하지는 못한 것 같습니다. 방으로 들어갔을 때는 유리한 쪽이 저인 줄만 알았습니다. 그런데 그자가 뭐라 콕 집어 설명할 수는 없지만 아주 영악했던 겁니다. 네놈은 지금 비겁하게 공갈 협박을 하고 있다는 식으로 이야기를 하면 겁을 먹을 줄로 알았는데, 그는 오히려 즐거운 듯했습니다. 뻔뻔스럽게도 저도 거래에 끼어든 거냐고 묻더군요. 전 '네놈의 더러운 게임에 날 끌어들일 생각 마. 난 숨기고 있는 비밀 따윈 없으니까.'라고 말했죠. 그랬더니 그자는 비열한 투로 자기 말은 그런 뜻이 아니라고 하더군요. 자기가 갖고 있는 것을 저더러 살 뜻이 있는지 물었다는 의미라더군요. 제가 물었죠. '그게 도대체 무슨 말이냐?' 그랬더니 그자가 이렇게 말했어요. '아프리카에서 죽었다고 알고 있는 로버트 언더헤이가 멀쩡하게 살아 있다는 확실한 증거가 있으면 당신이나 당신네 가족 전부가 나한테 얼마나 줄 수 있냐는 이야기지.' 저는 도대체 왜 우리가 돈을 주어야 하느냐고 물었지요. 그랬더니 그자가 웃으면서 말했습니다. '왜냐하면 오늘 밤 나를 찾아오기로 한 손님이 로버트 언더헤이를 확실히 죽은 걸로 하기 위해 나한테 엄청난 돈을 줄 게 확실하거든.' 그래서 전 그러면 안 됐는데 흥분을 해서는, 우리 클로드가 사람들은 그런 더러운 거래는 하지 않는다고 쏘아붙였죠. 그리고 언더헤이가 정말 살아 있다면 그 사실을 증명하기는 쉬울 거라고 말했어요. 그러고 나서 보란 듯 걸어 나오는데 그자가 웃으면서 정말 묘한 어조로 말하더군요. '내가 협조하지 않으면 절대 증명하지 못할걸?' 아주 기묘한 어조였습니다."

"그 뒤에 어떻게 했지요?"

"음, 솔직히 말해 약간 심란한 채로 집에 갔습니다. 제가 일을 망쳤다는 생각이 들었죠. 어떻게 되든 그냥 제러미 큰아버지가 처리하게 놔둘걸 그랬다는 생각이 들었습니다. 변호사들은 교활한 고객들을 다루는 데 익숙하지 않습니까?"

"스태그 여관을 떠난 게 몇 시였나요?"

"그건 전혀 생각이 안 나요. 잠깐만요. 분명 9시 직전이었을 겁니다. 마을 길을 따라 걷는데 어느 집 창문에서 뉴스 시작할 때 표준 시간을 알리는 소리가 들렸거든요."

"아든이 누구를 기다리고 있는지 말해 주었나요? 그 '손님' 말이에요."

"아니요. 전 당연히 데이비드 헌터일 거라고 생각했습니다. 또 누가 있겠습니까?"

"혹시 앞으로 일어날 일에 겁을 먹은 것 같지는 않았나요?"

"분명히 말씀드리지만 그놈은 세상을 자기가 다 가진 것처럼 아주 흡족해하고 있었습니다."

스펜스 총경이 강철 부젓가락을 슬쩍 가리키며 말했다.

"클로드 씨, 벽난로 근처에서 저 부젓가락을 보았습니까?"

롤리는 미간을 찌푸리고 당시의 장면을 머릿속에 그려 보려 했다.

"부젓가락이요? 아뇨, 못 본 것 같은데요. 난로에는 불이 피워져 있지 않았습니다. 난로에 쓰는 도구들이 있었던 건 확실하지만 그게 어떤 거였는지는 확실히 보지 못했습니다."

그러더니 문득 물었다.

"혹시 저걸로?"

총경이 고개를 끄덕였다.

"두개골을 강타했습니다."

롤리가 인상을 썼다.

"희한하군요. 헌터는 체구가 호리호리한 편이고, 아든은 덩치가 크고 힘도 세 보이던데 말이죠."

총경이 무심한 목소리로 말했다.

"의학적 증거에 따르면 그 남자는 뒤에서 가격을 당했어요. 부젓가락 머리 부분으로 위에서 내리친 겁니다."

롤리가 생각에 잠긴 채 말했다.

"그자가 오만방자했던 건 분명 사실입니다. 하지만 아무리 그래도 저라면 철저하게 이용하려고 마음먹은 자를 방심한 채 방에 들이진 않을 것 같은데. 더구나 데이비드는 전쟁 당시 특수한 임무를 담당한 전력도 있지 않습니까. 결국 아든도 그렇게 신중한 작자는 아니었군요."

총경이 냉정한 목소리로 말했다.

"신중한 사람이었다면 지금 살아 있고도 남았겠지요."

롤리가 열을 내기 시작했다.

"그러면 얼마나 좋을까요. 정말 제가 일을 완전히 그르친 것 아닙니까. 정색을 하고 그렇게 홱 돌아서 나오지만 않았어도 그자에게서 유용한 걸 좀 얻을 수 있었을 텐데. 거래 의사가 있는 척했어야 했어요. 하지만 상황이 이렇게 엉망진창이 되고 말았으니. 이제 우리는 누구를 붙잡고 로잘린과 데이비드를 상대해야 합니까? 돈은 그들이 차지한 상태에서 말입니다. 지금 우리는 500파운드도 못 구하는 형편입니다."

총경이 금제 라이터를 들어 올리며 물었다.

"전에 이 라이터 본 적 있나요?"

롤리의 양미간에 주름이 잡혔다. 그가 천천히 말했다.

"예, 어디선가 본 적이 있습니다. 그런데 어디서인지는 잘 모르겠어요. 그렇게 오래전 일은 아닌데. 아, 기억이 안 나요."

롤리가 손을 뻗었지만 스펜스 총경은 라이터를 건네주지 않았다.

그는 라이터를 내려놓고 상자에서 립스틱을 꺼내 들었다.

"이건 어때요?"

롤리가 싱긋 웃었다.

"총경님, 그건 저희 남자들 분야가 아니지 않습니까."

스펜스는 생각에 잠긴 채 손등에 립스틱을 조금 묻혔다. 그러고는 고개를 한쪽으로 기울인 채로 그 색을 찬찬히 살펴보았다.

"머리털이 어두운색이겠군."

롤리가 자리에서 일어나며 말했다.

"경찰들은 정말 별걸 다 아는군요. 그런데 그 죽은 자가 누구인지는 정말로 모르십니까?"

"혹시 짚이는 데는 없어요, 클로드 씨?"

롤리가 천천히 말했다.

"저도 궁금할 뿐입니다. 언더헤이에 대한 단서를 쥐고 있는 건 그 작자뿐이었는데, 이렇게 죽었으니 말입니다. 이제 언더헤이를 찾는 것은 건초 더미에서 바늘 찾기가 돼 버렸어요."

스펜스 총경이 말했다.

"이번 일은 세간에 널리 알려질 거예요. 신문에 곧 이 사건이 수도 없이 오르내릴 거란 이야기지요. 언더헤이가 살아 있다면 신문을 읽게 되지 않겠어요? 그러면 직접 나타날지도 모르고."

롤리는 반신반의하며 대꾸했다.

"예, 그럴 수도 있겠지요."

"그런데 당신 생각에는 그럴 것 같지 않다는 얘기인가요?"

"제 생각에는 1라운드는 데이비드 헌터가 이긴 것 같습니다."

롤리 클로드가 방을 나가자 총경은 금제 라이터에 'D.H.'라는 머리글자를 들여다보았다.

"이상한 게 있어. 이건 아주 비싼 물건이거든."

총경이 그레이브스 경사를 보며 말을 이었다.

"그렇게 많이 만들지 않았어. 주인 확인하기가 아주 쉽지. 그레이토렉스 영감이나 본드가의 보석상 중 한 군데를 찾아가면 말이야. 꼭 확인하게!"

"네, 총경님."

스펜스 총경은 손목시계를 살펴보았다. 유리는 박살이 났고 시곗바늘은 9시 10분을 가리켰다.

그가 경사를 쳐다보았다.

"그레이브스 경사, 이 시계에 대해 보고할 거 있나?"

"네, 총경님. 큰 태엽이 고장 나 있었습니다."

"시곗바늘은 이상 없나?"

"없습니다, 총경님."

"그렇다면 그레이브스, 자네는 이 시계가 무엇을 말해 주고 있다고 생각하나?"

그레이브스가 조심스럽게 대답했다.

"범죄가 일어난 시간을 알려 주고 있는 것 같은데요."

"이런, 자네도 나만큼 경찰에 오래 몸담게 되면 깨진 시계 같은 증거들은 아무래도 의구심을 품게 될 걸세. 시곗바늘이 가리키는 시각이 진짜 범행 시간일 수도 있겠지. 하지만 깨진 시계는 누구나 써먹는 진부한 수법이야. 시곗바늘을 적당한 시간으로 돌려놓고 부쉬뜨리고 나서 그럴듯한 알리바이를 만드는 거지. 하지만 자네같이 생각하면 노련한 범죄자들을 잡을 수 없어. 난 이번 범행이 일어난 시간대를 넓게 잡고 있지. 의학적 증거에 따르면 밤 8시에서 11시 사이야."

그레이브스 경사가 헛기침을 하고 말했다.

"퍼로뱅크의 보조 정원사가 7시 30분쯤에 데이비드 헌터가 저택 옆문에서 나오는 걸 보았답니다. 하녀들은 데이비드가 다녀갔다는 사실을 몰랐습니다. 고든 부인과 함께 런던에 있는 줄로 알았다던데요. 범행이 일어날 당시 데이비드 헌터가 근처에 있었던 것이 확실합니다."

"그래. 데이비드가 자신의 행적을 어떻게 설명하는지 직접 이야기를 들어 보면 흥미로운 사실을 발견할 수 있을 거야."

"총경님, 제가 보기엔 뻔한 사건 같은데요."

그레이브스가 라이터에 새겨진 머리글자를 쳐다보며 말했다.

그러자 총경이 말했다.

"흠, 이 라이터에는 아직도 설명해야 할 부분이 있어."

그레이브스 경사가 립스틱을 가리켰다.

"총경님, 이 립스틱은 서랍장 아래에서 뒹굴고 있었습니다. 물론 이 사건 전부터 거기 있던 물건일 수도 있습니다."

"내가 벌써 확인해 봤네. 그 방에 마지막으로 여자 손님이 든 건

3주 전이었어. 물론 요즘 여관 서비스 수준이 그렇게 좋은 건 아니지만, 3주에 한 번쯤은 가구 아래도 걸레질을 하겠지. 스태그 여관은 전반적으로 꽤 깨끗하게 관리하고 있어."

"하지만 아든이 여자와 함께 있었다는 증거는 전혀 없는데요."

"그건 나도 알고 있네. 이 립스틱이 미스터리인 것도 다 그 때문이야."

그레이브스 경사는 '셰르셰 라 팜므(여자를 찾아야겠는데요).'라고 말하려다가 그만두었다. 프랑스어 발음이 아주 훌륭한 것을 알면 스펜스 총경이 비위 상해할 것이 뻔했기 때문이다. 그레이브스 경사는 눈치가 빠른 젊은이였다.

17장

 스펜스 총경은 건물과 썩 잘 어울리는 현관에 들어서기 전에 먼저 메이필드에 위치한 셰퍼드 코트를 올려다보았다. 셰퍼드 마켓 근처에 얌전하게 서 있는 아담하면서 값비싼 그 아파트는 의외로 눈에 잘 띄지 않았다.
 안에 들어서자 총경은 두 발이 두꺼운 양탄자에 푹 빠지는 느낌이었다. 그곳에는 벨벳으로 덮인 긴 의자와 꽃을 한가득 심어 놓은 화분이 놓여 있었다. 맞은편으로 작은 자동승강기 한 대가 보였고 그 옆에 계단이 있었다. 복도 오른쪽에 '사무실'이라고 표시된 문이 보였다. 스펜스 총경은 그 문을 열고 안으로 들어섰다. 카운터가 있는 작은 방이었다. 카운터 뒤에는 책상 하나와 타자기 한 대, 의자 두 개가 놓여 있었다. 의자 하나는 책상 쪽으로 있었고, 좀 더 화려한 장식을 한 의자는 창 쪽으로 놓여 있었다. 방에는 아무도 보이지 않았다.

 총경은 마호가니 나무로 만든 카운터에 벨이 있는 것을 발견하고 버튼을 눌렀다. 아무 기척이 없어 다시 한번 벨을 눌렀다. 일이 분쯤 지났을 때 저 멀리 벽에 있는 문이 열리더니 멋지게 제복을 차려입은 사람이 모습을 드러냈다. 외국의 장군이나 육군 원수를 연상시키는 차림새였다. 하지만 막상 그의 입에서는 런던 사람의, 그것도 교육을 제대로 받지 못한 런던 사람 말투가 흘러나왔다.

"선생님, 부르셨는갑쇼?"

"고든 클로드 부인을 찾아왔네만."

"부인 방은 4층입지요, 선생님. 먼저 벨을 울려 드릴깝쇼?"

"확실히 지금 여기 있는 건가? 혹시 시골에 가 있지 않을까 싶어서 말이야."

"아닙니다, 선생님. 부인께서는 지난 토요일 이후 죽 여기 계셨습는뎁쇼."

"데이비드 헌터 씨도 있나?"

"헌터 씨도 여기 계십지요."

"혹시 데이비드 씨가 아파트를 비웠던 적은 없고?"

"없습지요, 선생님."

"어젯밤에도 여기 있었나?"

 육군 원수 차림의 사내가 갑자기 공격적인 태도로 돌변했다.

"그런데 이런 질문들은 왜 하시는 건뎁쇼? 사람들 사생활을 캐고 다니는 게 취미신 건갑쇼?"

스펜스 총경은 말없이 경찰관 신분증을 보여 주었다. 육군 원수 차림의 사내는 금세 수그러들더니 협조적인 태도를 보였다.

"죄송합죠, 역시 그렇습지요. 미처 몰라봤구먼입쇼."

"그러면 어젯밤에 데이비드 씨가 여기 있었는지 말해 주겠나?"

"예, 선생님. 여기 계셨습죠. 적어도 전 그렇게 믿고 있습죠. 어디 나간다는 말씀이 없었습지요."

"그 사람이 외출할 경우 당신이 알 수 있나?"

"그게, 일반적으로 말하면 그렇지는 않습죠. 그건 제 임무가 아닌뎁쇼. 하지만 여기 머물고 있는 신사분들이랑 숙녀분들은 대개 외출할 경우 나간다고 말씀을 하십죠. 또 아파트로 오는 편지라든가 전화가 오면 어떤 식으로 해 달라고 부탁을 하십죠."

"전화를 이용하려면 이 사무실을 통해야 하나?"

"아닙죠. 대부분 아파트마다 따로 전화선이 있습죠. 간혹 전화를 들여놓고 싶어 하지 않는 분들은 아파트 교환 전화로 걸려온 내용을 전해 드리면 내려와서 홀에 있는 공중전화를 이용하십죠."

"클로드 부인의 아파트에는 따로 전화가 있나?"

"그렇습죠, 선생님."

"당신이 아는 한 어젯밤에는 둘 다 여기 있었다는 얘기지?"

"그렇습죠."

"식사는 어떻게 하고 있지?"

"식당이 있습니다만 클로드 부인과 헌터 씨는 그다지 자주 이용하시지는 않습죠. 보통은 나가서 저녁을 드십지요."

"아침은?"

"아침은 룸서비스를 해 드립지요."

"오늘 아침에도 룸서비스가 제공되었는지 확인해 줄 수 있나?"

"예, 선생님. 담당 부서를 통하면 확인할 수 있습죠."

총경이 고개를 끄덕이며 말했다.

"그럼 난 지금 4층에 올라가 볼 테니. 살펴보고 내려오면 그때 알려 주게."

"그러겠습지요, 선생님."

스펜스 총경은 승강기에 올라타고 4층 버튼을 눌렀다. 층마다 두 가구만 있었다. 총경은 9호 벨을 눌렀다.

문을 연 것은 데이비드 헌터였다. 스펜스가 총경인 것을 알 리 없는 그가 무뚝뚝하게 물었다.

"뭐요?"

"당신이 헌터 씨입니까?"

"그런데요."

"오스트셔 경찰서 스펜스 총경입니다. 잠깐 이야기 좀 나눌 수 있을까요?"

데이비드가 싱긋 웃으며 말했다.

"아, 실례했습니다, 총경님. 경마 암표상인 줄로만 알았습니다. 들어오시죠."

그는 현대식으로 꾸민 멋진 방으로 총경을 안내했다. 로잘린 클로드는 창문 옆에 서 있다가 그들이 들어오자 몸을 돌려 바라보았다.

"로잘린, 스펜스 총경님이시다."

"앉으시죠, 총경님. 뭐 마실 것 좀 드릴까요?"

"아니요, 됐습니다, 헌터 씨."

고개를 약간 숙이고 있던 로잘린은 창문을 등지고 앉아 무릎 위에 양손을 모아 꽉 쥐고 있었다.

"피우시겠습니까?"

데이비드가 담배를 내밀며 말했다.

"고맙습니다."

총경은 담배를 받아 들고는 기다렸다……. 지켜보고 있자니 데이비드는 주머니에 손을 넣었다 빼며 인상을 쓰고 주변을 두리번거리더니 성냥갑을 집어 들었다. 그러고는 얼른 성냥을 그어 총경의 담배에 불을 붙여 주었다.

"고맙습니다."

"그런데……."

데이비드가 자기 담배에도 불을 붙이면서 태연한 목소리로 물었다.

"웜슬리 베일에 무슨 일이라도 있습니까? 혹시 우리 집 요리사가 암시장에서 불법 거래라도 했나요? 요리가 하도 맛있어서 혹시 뭔가 불미스러운 일에 연루된 건 아닌가 의심하던 참이었습니다."

"그보다 심각한 문제입니다. 어젯밤 스태그 여관에서 한 남자가 죽었습니다. 신문에서 보지 못했습니까?"

데이비드는 고개를 저었다.

"못 봤는데요. 그자에게 무슨 일이 있었습니까?"

"그 남자 그냥 죽은 게 아니라 살해당했습니다. 두개골이 강타당한 흔적이 있었지요."

로잘린이 가늘게 신음 소리를 냈다. 그러자 데이비드가 재빨리 말했다.

"저, 총경님, 자세한 이야기는 더 이상 하지 마세요. 동생이 심약해서요. 정황은 들어야 하겠지만 피라든가 끔찍한 이야기가 나오면 기절할 수도 있어요."

"아, 미안합니다. 하지만 그런 이야기가 나올 만한 건 없습니다. 물론 살인인 것은 확실하지만."

총경은 잠시 말을 멈추었다. 데이비드의 눈썹이 올라갔다. 그가 조용한 목소리로 물었다.

"흥미로운 이야기를 하시는군요. 그런데 우리가 왜 그자 이야기를 해야 하는 겁니까?"

"헌터 씨, 우리는 당신이 이 남자에 대해 뭔가 말해 주기를 바라고 있습니다."

"제가요?"

"당신은 지난주 토요일 저녁 그를 만나러 갔어요. 투숙 당시 사용했던 이름이 맞는다면 이녹 아든이라는 자 말입니다."

"아, 그렇습니다. 이제 기억이 나는군요."

데이비드는 조용한 목소리로 말했다. 당황하는 기색은 전혀 없었다.

"할 말이 없습니까, 헌터 씨?"

"죄송합니다만 총경님, 전 도움이 안 될 것 같군요. 저는 그자에 대해 아는 게 없습니다."

"이녹 아든이라는 이름은 실명입니까?"

"그건 저도 아주 궁금합니다."

"그를 만나러 간 이유는 무엇이었소?"

"어쩌다 운 나쁘게 엮인 그런 경우였습니다. 자기가 가 봤던 곳, 전쟁 경험, 아는 사람들 이야기를 주절주절 늘어놓더군요."

데이비드는 어깨를 으쓱해 보이고는 계속 말했다.

"아쉽게도 아주 대강밖에는 못 들었어요. 대부분은 지어낸 얘기 같았고 말입니다."

"혹시 그자에게 돈을 주지 않았나요?"

그는 잠깐 멈칫하더니 말했다.

"기운 내라는 뜻으로 5파운드짜리 지폐 한 장을 주었을 뿐입니다. 어쨌든 전쟁에 나갔던 사람이었으니까."

"혹시 당신이 아는 사람들 이름을 들먹이지는 않았나요?"

"그랬지요."

"거기에 혹시 로버트 언더헤이도 끼어 있었나요?"

과연 이 말은 효과가 있었다. 데이비드의 얼굴이 일순 굳어졌다. 그의 뒤편에 앉아 있던 로잘린은 겁에 질린 듯 헉하고 숨을 삼켰다.

"총경님, 어떻게 그런 생각을 하게 됐죠?"

마침내 데이비드가 입을 열었다. 경계심이 서린 눈이 상대를 탐

색하느라 날카롭게 번득였다.

"입수한 정보가 있어요."

총경이 대수로울 것 없다는 목소리로 말했다.

잠시 침묵이 흘렀다. 총경은 알 수 있었다, 데이비드의 눈이 자신을 관찰하고 뜯어보면서 뭔가를 알아내려 애쓰고 있었다……. 총경은 묵묵히 기다렸다.

"총경님, 로버트 언더헤이가 누구인지 아십니까?"

"헌터 씨, 당신이 알려 줄 수 있을 것 같은데요."

"로버트 언더헤이는 내 여동생의 첫 번째 남편이었습니다. 몇 년 전에 아프리카에서 죽었지요."

"확실한 얘긴가요, 헌터 씨?"

총경이 재빨리 물었다.

"분명히 확실합니다. 그렇지, 로잘린?"

헌터가 로잘린을 향해 몸을 돌리며 말했다.

로잘린이 숨도 안 쉬고 냉큼 대답했다.

"아, 예. 로버트는 열병으로 죽었어요. 흑수열(매우 심한 말라리아에 걸렸을 때 나타나는 급성 적혈구 붕괴증 ― 옮긴이)로요. 정말 슬픈 일이었죠."

"항간의 소문이 사실이 아닌 경우도 더러 있습니다, 클로드 부인."

로잘린은 아무 말도 없었다. 그녀는 총경이 아닌 오빠의 얼굴을 쳐다보고 있었다. 잠시 시간이 흐른 후 로잘린이 말했다.

"로버트는 죽었어요."

스펜스 총경이 말했다.

"입수한 정보에 따르면, 이 이녹 아든이라는 자는 자신이 죽은 로버트 언더헤이와 친구 사이라고 주장했어요. 그리고 헌터 씨 당신에게 로버트 언더헤이가 살아 있다고 알려 주었습니다."

데이비드가 고개를 저었다.

"터무니없는 소립니다. 절대 말이 안 돼요."

"로버트 언더헤이는 전혀 언급이 없었다고 확실히 진술할 수 있습니까?"

데이비드가 나긋나긋 미소를 지으며 말했다.

"아, 로버트 언더헤이 이야기가 나오기는 했습니다. 그 불쌍한 친구가 언더헤이를 알고 있기는 했어요."

"그자가 분명 협박을 했습니까, 헌터 씨?"

"협박이요? 총경님, 전 무슨 말씀인지 통 모르겠습니다."

"정말입니까, 헌터 씨? 그럼, 형식상의 질문을 좀 할 테니 대답을 해주세요. 어젯밤, 그러니까 7시에서 11시 사이에 어디 있었습니까?"

"형식상 하는 질문이니 대답을 거부해도 될 것 같은데요?"

"헌터 씨, 이렇게 치졸하게 나올 겁니까?"

"그런 게 아닙니다. 강압적인 질문은 싫어서요. 전부터 그런 거라면 항상 질색이었죠."

총경은 그 말이 사실일 것이라고 생각했다.

데이비드 헌터 같은 유형의 참고인들은 전부터 잘 알고 있었다. 그런 사람들은 그저 딴죽을 걸고 싶어서 근질근질할 뿐 정말 뭔가를 숨기고 있는 건 아니다. 어디를 돌아다녔느냐는 질문을 받은 것만으로도 자존심이 상해 뻗대고, 어떻게 해서든 경찰을 최대한 애먹이려 든다.

스스로를 편견을 갖지 않는 사람이라 자부하는 스펜스 총경이었지만 셰퍼드 코트에 올 때만 해도 데이비드 헌터가 살인자일 거라고 굳게 확신하였다.

그런데 처음으로 그런 확신이 흔들렸다. 데이비드의 치기 어린 반발에 의구심이 일었던 것이다.

총경은 로잘린 클로드를 쳐다보았다. 로잘린은 즉각 반응을 보였다.

"데이비드 오빠, 그냥 다 말씀드리지 그래요."

"됐습니다, 클로드 부인. 우리는 어떻게든 사건만 해결하면 되니까요."

데이비드가 노발대발하며 끼어들었다.

"내 동생을 더 이상 협박하지 마세요, 알아들었어요? 내가 어젯밤에 여기에 있었든 웜슬리 베일에 있었든 아니면 팀북투(서아프리카의 도시로 한때 서구인들에게 머나먼 미지의 땅으로 여겨졌다 — 옮긴이)에 있었든 그게 당신네랑 무슨 상관인데?"

스펜스 총경이 주의를 주는 말투가 되었다.

"헌터 씨, 당신을 신문하기 위해 소환장을 발부할 겁니다. 거기서는 반드시 질문에 대답을 해야 합니다."

"그럼, 그때까지 기다리지요. 총경님, 그럼 이곳에서 꺼져 주시겠습니까?"

총경은 눈 하나 깜짝 않고 자리에서 일어섰다.

"그렇게 하지요. 다만 나가기 전에 먼저 클로드 부인에게 부탁이 있습니다."

"내 동생이 괜히 걱정할 일은 없었으면 하는데요."

"어련하겠소. 사체를 보고 신원 확인을 해 주었으면 좋겠는데. 그건 총경 권한으로 충분히 부탁할 수 있는 겁니다. 그렇게 늦지 않았으면 하는데. 지금 부인과 함께 가서 살펴보면 안 되겠습니까? 목격자의 증언에 따르면 죽은 아든이란 사람은 자기가 로버트 언더헤이를 안다고 말했어요. 그러니 언더헤이 부인을 알고 있을 수 있고, 그렇다면 언더헤이 부인도 그를 알 수도 있지 않겠습니까. 그자의 이름이 이녹 아든이 아니라면 혹시 실명이 무엇인지 알아낼 수 있을지도 모르고."

뜻밖에도 로잘린이 자리에서 일어섰다.

"물론 가 봐야죠."

총경은 또 한 번 데이비드의 분노가 폭발할 줄 알았지만 놀랍게도 그는 싱긋 미소를 지으며 말했다.

"잘 생각했어, 로잘린. 실은 나도 좀 궁금하거든. 혹시 네가 그자의 진짜 이름을 찾아 줄 수 있을지도 모르잖아."

총경이 로잘린에게 말했다.

"부인은 웜슬리 베일에서는 그 사람을 만난 적이 없나요?"

로잘린은 고개를 저었다.

"전 지난주 토요일부터 죽 런던에 있었어요."

"아든이 금요일 밤에 도착했으니, 그렇겠군요."

로잘린이 물었다.

"지금 함께 가는 거예요?"

로잘린이 어린 소녀처럼 고분고분한 태도로 물었다. 총경은 자신도 모르게 그녀에게 호의를 느꼈다. 로잘린이 이렇게 순순히 뜻에 따라 주리라고는 미처 생각지 못했던 것이다.

"정말 고맙습니다, 클로드 부인. 우리야 확실한 사실을 더 빨리 알수록 좋지요. 여기 올 때 경찰차를 가져오지 않은 게 유감이군요."

데이비드가 전화기 쪽으로 다가가면서 말했다.

"제가 다임러(독일제 고급 승용차 — 옮긴이)를 빌릴 수 있는지 전화해서 알아보죠. 규정에서 벗어나는 일이겠지만 비용은 처리해 줄 수 있겠죠, 총경님?"

"아마 가능할 거요, 헌터 씨."

총경은 자리에서 일어섰다.

"그럼 아래층에 가서 기다리겠습니다."

그는 승강기를 타고 내려가서 다시 한번 사무실 문을 열었다.

육군 원수 차림의 사내가 대기하고 있었다.

"어떻게 됐나요?"

"침대 두 개를 다 사용했다고 하는뎁쇼. 욕실이랑 수건도 다 썼고, 아침은 9시 30분에 룸서비스를 했다고 하는뎁쇼."

"혹시 헌터 씨가 어젯밤에 몇 시에 들어왔는지는 모릅니까?"

"선생님, 죄송하지만 이 이상은 말씀드릴 수가 없습지요."

스펜스 총경은 '아무려면 어때.' 하고 생각했다. 혹시 데이비드가 대답을 거부한 것이 단지 치기 어린 반항이 아니라 뭔가 다른 이유가 있어서는 아니었을까? 데이비드는 자신이 지금 살인자라는 의혹을 받고 있다는 걸 분명 알고 있을 터였다. 그렇다면 자신이 뭘 했는지 되도록 빨리 털어놓는 게 좋다는 사실도 분명히 알고 있을 것이다. 공연히 경찰의 반감을 사 보았자 득 될 것은 하나도 없다. 하지만 경찰들 약을 올리는 게 데이비드 헌터의 취미라는 생각이 들자 씁쓸한 기분이 되었다.

차를 타고 가는 동안 그들은 거의 말이 없었다. 시체 안치소에 도착했을 때 로잘린 클로드는 얼굴이 하얗게 질린 채 양손을 떨고 있었다. 데이비드가 그녀를 걱정하는 빛이 역력했다. 그는 어린아이를 어르듯 그녀에게 말했다.

"착하지, 로잘린. 일이 분이면 될 거야. 별거 아니야, 그냥 시체일 뿐이야. 긴장할 필요 없어. 넌 총경님이랑 같이 들어가고, 난 밖에서 기다리고 있을게. 염려할 거 전혀 없어. 그 사람은 그냥 잠자고 있는 것처럼 평온한 모습일 거야."

로잘린은 데이비드에게 힘없이 고개를 끄덕여 보이고는 손을 내밀었다. 데이비드가 로잘린의 손을 꼭 쥐었다.

"자, 씩씩하게 잘하고 와."

로잘린이 총경을 따라가면서 특유의 조용조용한 목소리로 말했다.
"총경님은 제가 지독한 겁쟁이라고 생각하시겠죠. 하지만 집에 있던 사람들 모두가 죽었다고 생각해 보세요. 자기만 빼고 모두요. 런던의 그날 밤은 너무 끔찍했어요."

총경이 부드럽게 말했다.

"그 심정 충분히 이해합니다, 클로드 부인. 부군께서 돌아가신 그 공습 때 끔찍한 경험을 한 것 잘 알고 있어요. 하지만 이번 일은 정말 일 이 분이면 끝날 겁니다."

스펜스 총경이 신호를 하자 시체를 덮은 시트가 걷혔다. 로잘린 클로드는 이녹 아든이라는 이름을 썼다는 그 남자를 내려다보았다. 총경은 방해가 되지 않겠다며 옆으로 비켜서 있었지만 실제로는 로잘린을 면밀히 지켜보고 있었다.

그녀는 호기심 어린 눈초리로 죽은 남자를 쳐다보고 있었다. 놀라는 기색도, 어떤 감정도, 누군지 알겠다는 기미도 전혀 보이지 않은 채 그저 궁금하다는 듯 오래 바라보기만 할 뿐이었다. 그러더니 무슨 의식이라도 치르듯 아주 조용하게 십자가를 그으면서 말했다.

"고이 잠드소서. 처음 보는 사람이에요. 누군지 모르겠어요."

총경은 속으로 생각했다.

'연기를 기가 막히게 잘하는 것일까, 아니면 정말 사실을 말하고 있는 것일까.'

잠시 후 스펜스 총경은 롤리 클로드에게 전화를 걸었다.

"고든 부인이 다녀갔습니다. 부인 말로는 그자는 확실히 로버트 언더헤이가 아니고, 전에 한 번도 본 적이 없다고 합니다. 결국 이렇게 끝나는군!"

잠시 침묵이 흘렀다. 롤리가 천천히 말했다.

"이렇게 끝나 버리는 걸까요?"

"배심원단은 그녀의 말을 믿어 줄 거예요. 물론 반증이 없는 한에는 말입니다."

"그렇군요."

롤리는 전화를 끊었다.

그러고는 인상을 찌푸린 채 그 지방이 아닌 런던의 전화번호부를 집어 들었다. 그는 P자 아래 나열된 이름을 검지로 찬찬히 짚어 내려갔다. 이내 자신이 찾던 이름을 발견할 수 있었다.

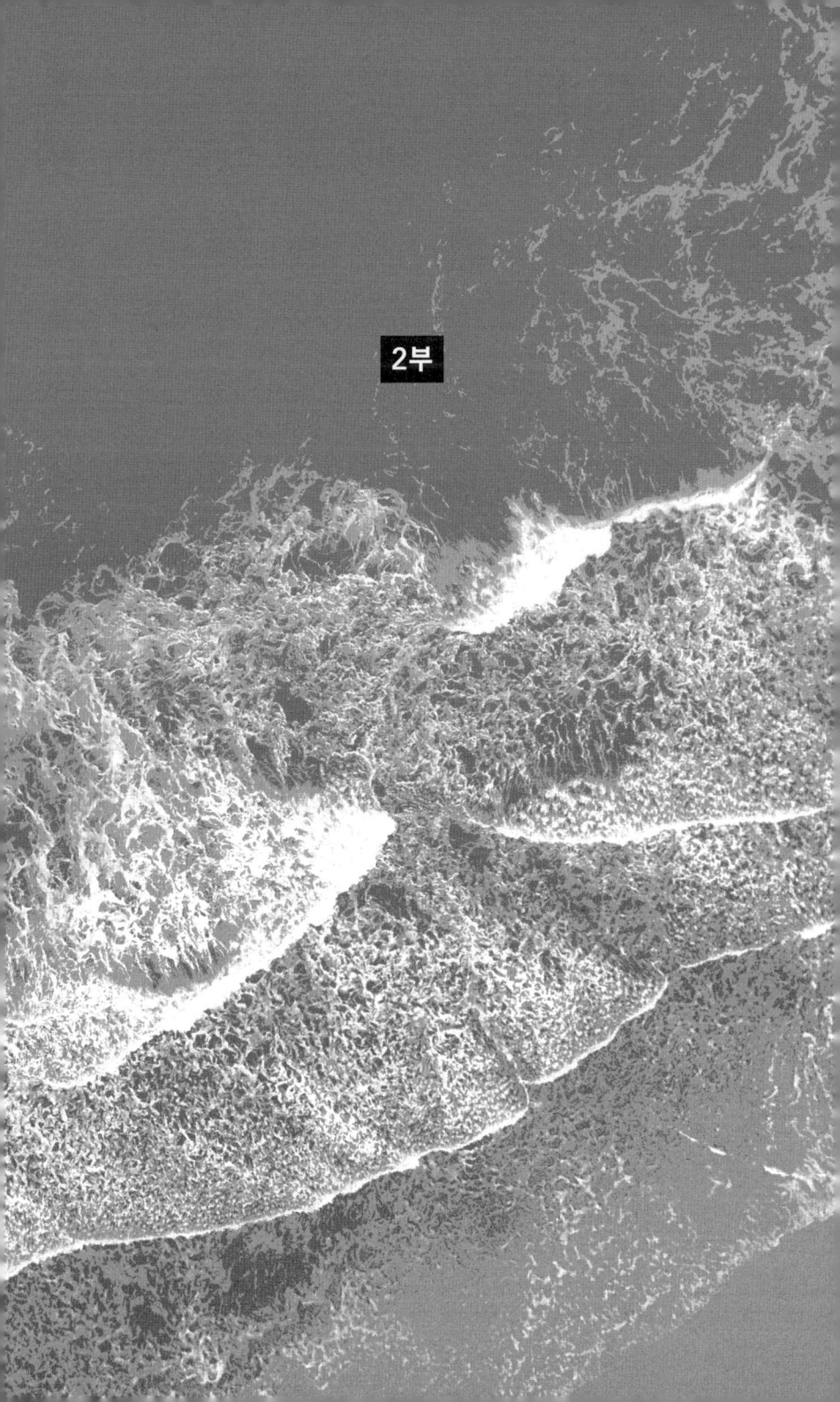

1장

I

에르퀼 푸아로는 조지가 사 온 신문의 마지막 장을 조심스럽게 접었다. 신문에 나온 정보는 다소 빈약했다. 의학적 증거에 따라 남자의 두개골이 강하게 연타를 당해 골절되었다고 추정하면서, 심리가 2주일 연기되었으니 케이프타운에 있다가 최근 영국에 온 것으로 보이는 이녹 아든이라는 사람에 대해 정보를 가지고 있으면 오스트셔 경찰서장에게 연락해 달라는 요청으로 마무리했다.

푸아로는 신문을 깔끔하게 정리해 놓고 생각에 빠져들었다. 흥미로운 사건이었다. 최근에 라이어널 클로드 부인이 찾아오지만 않았어도 1면에 난 그 짧은 기사를 아무런 관심 없이 지나쳤을 것이다. 하지만 부인이 다녀간 덕분에 푸아로는 공습을 받은 그날 클럽에서 있었던 일들을 떠올릴 수 있었다. '글쎄요, 아마 한 몇천 킬로미터쯤 떨어진 곳에서 이녹 아든이라는 자가 나타나 새 삶을 살게 되지 않을까요?'라고 하던 포터 소령의 목소리가 생생히 들려왔다. 이제 웜슬리 베일에서 처참하게 죽은 그 이녹 아든이 에르퀼 푸아로의 호기심을 부쩍 자극하고 있었다.

푸아로는 자신이 오스트셔 경찰서의 스펜스 총경과 약간 친분이 있다는 사실을 기억해 냈다. 또 멜론이라는 젊은 친구가 웜슬리 히스에서 그다지 멀지 않은 곳에 살고 있으며, 제러미 클로드와 아는 사이라는 것도 기억이 났다.

멜론에게 전화를 걸어 볼까 생각하고 있는 참에 조지가 들어와 롤런드 클로드 씨가 만나고 싶어 한다고 알려 주었다.

푸아로가 마침 잘됐다는 듯 말했다.

"그런가? 어서 모시고 오게."

얼굴에 수심이 어린 잘생긴 청년이 방에 들어섰다. 어떻게 말을 꺼내야 할지 모르겠다는 표정이었다.

푸아로가 나서서 먼저 말을 건넸다.

"클로드 씨, 무슨 일로 찾아오셨습니까?"

롤리 클로드는 다소 미심쩍은 시선으로 푸아로를 살폈다. 엄청난 콧수염하며, 쫙 빼입은 정장, 하얀색 각반(발목 부분을 감싸 단추로 고정한 띠 — 옮긴이)에다 뾰족한 에나멜가죽 구두, 이 모든 것이 시골에 박혀 살던 이 청년을 불안하게 한 것이 분명했다.

푸아로는 그것을 누구보다 잘 알고 있었고, 심지어 약간 재미있기도 했다.

롤리 클로드가 약간 답답한 듯이 말을 꺼냈다.

"먼저 제가 누군지 말씀을 드려야 할 것 같은데요. 제 이름을 모르실 테니……."

푸아로가 끼어들어 말했다.

"아뇨, 성함은 아주 잘 알고 있습니다. 숙모님께서 지난주에 나를 만나러 온 일이 있습니다."

"숙모가요?"

롤리의 입이 떡 벌어졌다. 그는 너무나 놀랍다는 듯 푸아로를 빤히 쳐다보았다. 뜻밖이라는 롤리의 반응을 보고 푸아로는 두 사람의 방문이 연관이 있을 거라는 애초의 추측은 접어야 했다. 한동안은 클로드가 사람들이 둘이나 그것도 이토록 단기간에 자신을 찾아온 것이 놀라운 우연의 일치로 보였지만, 잠시 후 푸아로는 그것이 결코 우연의 일치가 아니라는 사실을 깨달았다. 그것은 최초의 원인에서 비롯된 자연스러운 결과일 뿐이었다.

푸아로가 큰 소리로 말했다.

"라이어널 클로드 부인이 숙모님 맞지요?"

청년은 조금 전보다 훨씬 더 놀란 듯했다.

그는 도저히 믿을 수 없다는 듯 말했다.

"캐시 숙모요? 정말입니까? 제러미 클로드 부인이 아니고요?"

푸아로가 고개를 저었다.

"도대체 캐시 숙모가 어떻게 여기를……."

푸아로가 조심스러운 투로 나직이 말했다.

"영혼의 인도를 받아 여기 오신 줄로 압니다만."

"맙소사!"

롤리는 이제 마음이 놓이는지 표정이 누그러졌다. 롤리가 푸아로를 안심시키려는 듯 덧붙였다.

"악의가 있는 분은 아니에요."

"글쎄요."

푸아로가 말했다.

"글쎄라니요?"

"악의 없이 순진한 사람이 과연 있나 해서 말입니다."

롤리가 푸아로를 빤히 쳐다보았다. 푸아로는 한숨을 내쉬었다.

"그런데 저한테 뭔가 물어볼 게 있어 찾아온 거 아닙니까? 맞지요?"

푸아로가 부드럽게 재촉하자, 롤리는 다시 근심 어린 표정이 되었다.

"얘기하자면 좀 길어질 것 같아 조금 걱정인데요……."

푸아로 역시 걱정이었다. 그는 롤리 클로드가 단도직입적으로 이야기하는 스타일이 아님을 간파했다. 롤리가 이야기를 시작하자 푸아로는 뒤로 몸을 기대고 반쯤 눈을 감았다.

"제 숙부 고든 클로드는……."

"고든 클로드 씨 이야기라면 이미 다 알고 있습니다."

푸아로가 나서서 말했다.

"잘됐네요. 그럼 굳이 설명할 필요가 없겠군요. 숙부는 돌아가시기 몇 주 전에 결혼을 하셨죠. 언더헤이라는 젊은 미망인과요. 숙부가 돌아가신 후 그 여자는 웜슬리 베일에서 지내고 있습니다. 오빠와 함께요. 우리 클로드가 사람들은 모두 그 여자의 첫 번째 남편이 아프리카에서 열병으로 죽은 줄로만 알고 있었습니다. 그런데 지금은 그게 사실이 아닐 수도 있다는 생각이 듭니다."

"아, 그렇군요. 어째서 그런 추측을 하게 됐죠?"

푸아로가 몸을 일으키며 말했다.

롤리는 이녹 아든이란 자가 웜슬리 베일에 나타난 이야기를 했다.

"신문에서 읽으셨을 테지만……."

"예, 읽었지요."

푸아로가 다시 한번 나서서 말했다.

롤리는 이야기를 계속했다. 아든이라는 남자를 보았을 때 받은 첫인상, 그가 스태그 여관으로 간 것, 비어트리스 리핀콧으로부터 받은 편지와 마지막으로 비어트리스가 엿들었다는 대화를 모두 이야기했다.

"물론 비어트리스가 정말로 그런 이야기를 들었는지는 확신할 수 없습니다. 약간 과장한 부분이 있을 수도 있어요. 또 아예 잘못 들었을 수도 있고요."

"그녀가 경찰에도 이야기를 했나요?"

롤리는 고개를 끄덕였다.

"제가 경찰에 이야기하는 게 좋겠다고 말했습니다."

"미안하지만, 클로드 씨가 왜 절 찾아온 건지 잘 모르겠군요. 이 살인 사건을 조사해 주길 바라는 겁니까? 물론 살인은 제 추측이지만요."

"아뇨, 그런 게 아닙니다, 선생님. 그런 걸 원하는 게 아니에요. 그건 경찰들 일이죠. 이미 뭔가에 맞아 죽은 걸로 결론이 났고요. 제가 알고 싶은 건 다른 게 아니라 이겁니다. 선생님께서 그자가 누구인지 밝혀 주셨으면 해요."

푸아로가 눈을 가늘게 뜨고 말했다.

"클로드 씨는 그자가 누구라고 생각합니까?"

"음, 분명 이녹 아든은 아니에요. 젠장, 그건 테니슨의 시에 나오는 이름이잖아요. 저는 당장 그 내용을 찾아봤지요. 고향에 돌아와서 자기 아내가 다른 놈과 결혼했다는 걸 알게 되는 남자의 이름이더군요."

푸아로가 나직하게 물었다.

"그럼 클로드 씨는 이녹 아든이란 자가 로버트 언더헤이라고 생각하는 겁니까?"

롤리가 느릿느릿 말했다.

"음, 그럴 수도 있을 것 같습니다. 나이도 그 연배고, 외모나 다른 점도 들어맞으니까요. 물론 저는 그걸 비어트리스와 함께 몇 번이고 다시 생각해 보았습니다. 당연히 비어트리스는 그 둘이 한 말을 정확히는 기억하지 못했어요. 그자는 로버트 언더헤이가 다시 모습을 드러냈는데 건강이 안 좋아 돈이 필요하다고 말했어요. 그게 혹시 자기 이야기를 한 것은 아닐까요? 그자는 언더헤이가 웜슬리 베일에 나타나면 데이비드 헌터에게 득 될 게 없다는 식으로 이야기한 모양입니다. 어쩌면 그자가 가명을 사용해 나타난 것처럼 들리지 않습니까?"

"심리 때 신원을 확인할 만한 증거는 나왔습니까?"

롤리가 고개를 저으며 말했다.

"확실한 증거는 하나도 없었어요. 스태그 여관 종업원들은 죽은 사람이 여관에 이녹 아든이란 이름으로 투숙했던 그 남자라고만 말했지요."

"신분 증명서는 없었나요?"

"전혀 없었습니다."

"뭐라고요?"

푸아로가 놀라서 똑바로 앉으며 말했다.

"무엇이 됐건 증명서가 하나도 없었다고요?"

"전혀요. 여분의 양말 몇 켤레와 셔츠 한 벌 그리고 칫솔이 전부였어요. 증명서는 없었어요."

"여권이나 면허증, 배급 통장 같은 것도 없었단 말입니까?"

"그런 건 전혀 없었어요."

"무척 흥미로운 일이군요. 아주 흥미진진해요."

롤리가 말을 이었다.

"로잘린의 오빠 데이비드 헌터가 그자가 도착한 날 저녁에 찾아갔지요. 데이비드가 경찰에서 진술한 바에 따르면, 죽은 그자에게서 편지 한 통을 받았다고 하더군요. 자기는 전에 로버트 언더헤이의 친구였는데 곤궁한 처지라는 내용이었답니다. 그래서 동생의 부탁을 받고 스태그 여관으로 가서 그자를 만나 5파운드를 주었다는군요. 이게 데이비드가 진술한 내용입니다. 당연히 계속 그렇게 밀고 나갈 작정이겠지요. 물론 경찰은 아직까지는 비어트리스가 들은 내용은 공개하지 않고 있습니다."

"데이비드 헌터는 전에 그 사람을 본 일이 전혀 없다고 합니까?"

"그렇게 말하고 있습니다. 저도 헌터가 언더헤이를 한 번도 만난 적이 없는 걸로 알고 있고요."

"로잘린 클로드는 어떻습니까?"

"경찰이 로잘린에게 혹시 그 남자가 아는 사람인지 와서 시신을 확인해 달라고 부탁을 했지요. 그녀는 전혀 모르는 사람이라고 했답니다."

"에 비엥(그래요), 그러면 클로드 씨의 의문은 풀린 것 아닙니까?"

롤리가 퉁명스럽게 대꾸했다.

"그럴까요? 제 생각엔 아닌 것 같습니다. 만일 죽은 그 남자가 언더헤이라면 로잘린은 우리 숙부의 아내가 될 수 없었고 따라서 숙부의 재산은 한 푼도 물려받을 수 없게 되죠. 그런 상황인데도 과연 그 여자가 제대로 확인을 해 주었겠습니까?"

"클로드 씨는 고든 클로드 부인을 믿지 않는군요?"

"저는 그들 둘 다 믿을 수 없습니다."

"죽은 그 사람이 언더헤이인지 아닌지 분명하게 확인해 줄 수 있는 사람이 많이 있을 겁니다."

"그게 쉬운 일이 아닙니다. 제가 부탁드리는 게 바로 그 일입니다.

언더헤이를 알고 있는 사람을 찾아 주십시오. 이곳 영국에는 살아 있는 친척이 없는 게 분명합니다. 사람들도 잘 만나지 않고 언제나 외톨이로 지냈다니까요. 옛날에 하인이었거나 알고 지냈던 친구, 뭐 그런 사람들이 있을 텐데 전쟁이 모든 걸 파괴하고 사람들을 뿔뿔이 흩어 놓았으니 말입니다. 이 일을 어디서부터 어떻게 시작해야 할지 도무지 모르겠습니다. 사실 시간도 없고요. 전 농장 일을 하는 데다 일손이 모자라거든요."

"왜 저를 찾아오신 겁니까?"

롤리는 당황한 표정이었다.

푸아로의 눈동자가 희미하게 반짝였다.

"영혼의 인도를 받고?"

푸아로가 가라앉은 목소리로 묻자, 롤리는 정색을 하더니 입을 열었다.

"아, 그런 건 아닙니다. 실은 제가 아는 친구 녀석 중 하나가 선생님 이야기를 하는 걸 들었습니다. 마법사처럼 이런 일을 처리하신다고요. 보수를 얼마나 드려야 하는지는 모르겠습니다. 분명 비싸겠지요. 저희 클로드가 사람들은 지금 거의 파산 지경이긴 하지만 누구든 하나쯤은 어떻게든 돈을 마련할 수 있을 겁니다. 선생님께서 일을 맡아 주신다면 말이죠."

에르퀼 푸아로가 천천히 말했다.

"제가 도움이 될 수 있을 것 같군요."

푸아로는 자신의 기억을 더듬었다. 정확하고 분명하게 기억이 났다. 신문을 뒤적거리며 지루한 목소리로 이야기를 늘어놓던 클럽의 그 노인…….

이름을 들은 기억이 있으니 곧 떠오를 것이다. 안 떠오른다 해도 언제든 멜론에게 물어보면 된다……. 아니, 기억이 났다. 포터, 포터 소령이다.

에르퀼 푸아로가 자리에서 일어섰다.

"클로드 씨, 오늘 오후에 다시 올 수 있겠습니까?"

"글쎄요, 잘 모르겠는데. 아, 가능할 것 같습니다. 설마 그 짧은 시간에 뭔가 할 수 있는 건 아니겠죠?"

롤리는 경외심과 불신이 교차하는 표정으로 푸아로를 쳐다보았다. 푸아로도 인간인 이상 뽐내고 싶은 유혹을 떨칠 수가 없었다. 걸출한 선현들을 머릿속에 그리며 푸아로는 짐짓 엄숙하게 말했다.

"다 나름대로 방법이 있는 거예요, 클로드 씨."

과연 절묘한 말이었다. 롤리가 더할 나위 없이 존경스럽다는 표정을 지은 것이다.

"아, 물론 그렇겠지요. 선생님 같은 분들이 어떻게 그런 일을 할 수 있는지 전 도무지 모르겠습니다만."

푸아로는 일일이 설명을 달지 않았다. 롤리가 나가자 그는 책상에 앉아 짤막한 서신을 한 통 썼다. 그러고는 조지에게 그 서신을 주면서 코러네이션 클럽으로 가져가 답신을 받아 오라고 일렀다.

답신은 아주 만족스러웠다. 포터 소령은 무슈 에르퀼 푸아로에게 안부 인사를 건네며, 그날 오후 5시 캠프든 힐 에지웨이가(街) 79번지에서 만나면 기쁘겠다고 전해 왔다.

II

롤리 클로드가 다시 찾아온 것은 4시 30분이었다.
"무슈 푸아로, 뭐 좋은 소식이라도 있나요?"
"그렇습니다, 클로드 씨. 지금 함께 로버트 언더헤이 대위의 옛 친구를 만나러 갑시다."
"뭐라고요?"
롤리의 입이 떡 벌어지더니 그는 꼬마가 모자에서 토끼를 꺼내는 마법사를 놀란 눈으로 보듯 푸아로를 뚫어져라 쳐다보았다.
"하지만 전 믿을 수가 없어요! 도대체 어떻게 하신 겁니까? 불과 몇 시간 사이에 말입니다."
푸아로는 별일 아니라는 듯 손사래를 치며 애써 겸손한 표정을 지으려 했다. 자기가 쓴 마술이 얼마나 단순한 것인지 밝힐 생각은 전혀 없었다. 허세를 부려 이 단순한 청년을 감동시키는 일이 푸아로는 즐거웠던 것이다.
둘은 함께 집을 나서 택시를 불러 타고 캠프든 힐로 갔다.

III

포터 소령은 작고 허름한 집 2층에 살고 있었다. 활달하지만 용모가 단정치 못한 여자가 그들을 위층으로 안내했다. 네모난 방에는 사방에 책장이 있었고 다소 조잡한 수렵도 몇 점이 걸려 있었다. 바닥에는 러그 두 장이 깔려 있었다. 연하고 화사한 빛깔을 한 괜찮은 러그였지만 무척 낡아 보였다. 바닥 한가운데에 두껍게 새로 니스를 칠한 흔적이 있었다. 하지만 바닥 가장자리의 니스 칠은 오래되어 군데군데 벗겨져 있었다. 이걸 보고 푸아로는 이 방에 최근까지만 해도 질이 좋은 러그가 몇 장 더 있었다는 사실을 알았다. 요새 팔면 값을 잘 쳐주는 러그 말이다. 그는 남루하지만 말끔하게 재단된 정장을 차려입고 난롯가에 꼿꼿이 서 있는 남자를 바라보았다. 푸아로는 퇴역 군인인 포터 소령의 삶이 무척 곤궁할 것이라는 생각이 들었다. 늘어난 세금과 생활비가 노병(老兵)에게는 무엇보다 감당하기 힘들 터였다. 그래도 포터 소령이 끝까지 포기하지 못하는 것이 있을 것이다. 이를테면 클럽 회원비 같은 것 말이다.

포터 소령이 별안간 입을 열었다.

"죄송합니다만 전 선생을 만난 기억이 없군요, 무슈 푸아로. 클럽에서라고 하셨소? 2년에서 3년 전쯤 말이오. 물론 이름은 익히 들어 알고 있습니다만."

"이 사람은 롤런드 클로드 씨입니다."

포터 소령은 만나서 반갑다는 뜻으로 고개를 끄덕끄덕 하면서 말했다.

"안녕하시오. 유감스럽게도 셰리주를 한 잔씩 권하고 싶은데 형편이 안 되는군요. 사실 내 단골 주류 상인이 공습 때 재고품 창고가 날아가서 말입니다. 진은 좀 있습니다. 맛은 별로입니다만. 아니면 맥주를 좀 드시겠소?"

그들은 맥주를 마시기로 결정했다. 포터 소령이 담뱃갑을 내밀며 말했다.

"피우겠소?"

푸아로가 담배를 한 대 받아 들었다. 소령이 성냥을 그어 푸아로의 담배에 불을 붙여 주었다.

"당신은 담배를 안 피우지요?"

포터 소령이 롤리에게 말했다.

"파이프 담배를 좀 태우겠습니다."

소령은 담배 연기를 한껏 빨아들였다가 훅 내뿜었다.

본론에 들어가기 전에 거쳐야 하는 요식 행위가 모두 끝나자 소령이 말했다.

"그런데 어쩐 일로 저를 찾아오신 겁니까?"

그러고는 두 남자를 번갈아 보았다.

푸아로가 나섰다.

"웜슬리 베일에서 죽은 남자 이야기를 신문에서 읽었으리라 생각합니다만……."

포터 소령은 고개를 저었다.

"아든이라는 사람입니다. 이녹 아든이지요."

포터 소령은 여전히 고개를 저을 뿐이었다.

"뒤통수에 심한 가격을 당한 채 스태그 여관에서 발견되었죠."

포터 소령이 인상을 찌푸렸다.

"가만, 가만. 그런 기사를 읽은 기억이 납니다. 며칠 전이었던 것 같은데……."

"여기 사진이 있습니다. 신문에 난 사진이라 그리 선명하지는 않지만요. 우리가 알고 싶은 건 포터 소령께서 전에 이 남자를 만난 적이 있느냐는 겁니다."

푸아로는 구한 사진 가운데 죽은 남자의 얼굴이 가장 잘 나온 것을 소령에게 건넸다.

포터 소령은 인상을 쓴 채 사진을 들여다보았다.

"잠깐!"

소령이 안경을 꺼내 코에 걸치더니 사진을 좀 더 자세히 살펴보았다. 놀란 듯 그의 입에서 갑자기 탄성이 터졌다.

"세상에! 이럴 수가!"

"그 남자를 아십니까?"

"물론 알지. 이 사람은 언더헤이요. 로버트 언더헤이요."

"틀림없습니까?"

롤리의 목소리는 의기양양하게 들떠 있었다.

"물론 틀림없소. 로버트 언더헤이요! 맹세할 수 있소!"

2장

전화벨이 울리자 린이 전화를 받으러 갔다.
롤리 클로드였다.
"린?"
"롤리?"
린의 목소리는 침울했다. 롤리가 말했다.
"잘 지냈어? 요새는 통 못 봤네."
"아, 집안일 하면서 지냈어. 정신없이 시장도 보고, 생선이 오기를 기다리고, 맛없는 케이크라도 한 조각 먹어 볼까 줄을 서고. 뭐 그런 거. 집안일 말이야."
"만나고 싶은데. 할 얘기가 있어."
"무슨 얘기?"
롤리가 낄낄 웃으며 대답했다.

"좋은 소식이야. 롤런드 숲으로 와. 밭을 갈고 있을 테니까."

좋은 소식? 린은 수화기를 내려놓으며 생각했다. 롤리 클로드에게 좋은 소식이 도대체 뭘까? 돈일까? 수송아지를 생각보다 후하게 받고 팔았나?

아니, 그런 단순한 일이 아닌 게 분명했다. 린이 롤런드 숲으로 이어지는 들판에 들어서자 롤리가 트랙터에서 내려 린에게 다가왔다.

"안녕, 린?"

"롤리, 도대체 무슨 일이야? 오늘은 딴사람 같네."

롤리가 웃으며 말했다.

"아마 그럴 거야. 우리에게 다시 행운이 찾아왔으니까."

"그게 무슨 말이야?"

"혹시 제러미 큰아버지가 에르퀼 푸아로라는 사람 이야기했던 거 기억나?"

린이 양미간을 찌푸렸다.

"에르퀼 푸아로? 응. 조금 기억이 나기는 하는데……."

"아주 오래전 일이야. 전쟁 중일 때 큰아버지가 다니던 클럽 그 음침한 홀에 같이 있었대. 그때 공습이 있었고."

"그랬는데?"

린이 초조하게 롤리를 재촉했다.

"괴상한 차림새에 프랑스인이라든가 벨기에인이라든가 그랬지. 별나지만 대단한 사람이라고 했어."

린이 이맛살을 찌푸렸다.

"그 사람 탐정 아니었어?"

"맞아. 그런데 스태그 여관에서 죽은 그 남자 있잖아. 너한테 말은 안 했지만 나는 그자가 로잘린 클로드의 첫 번째 남편일 수도 있다는 생각을 하고 있었거든."

린이 웃음을 터뜨렸다.

"그 사람 이름이 이녹 아든이라는 이유만으로? 그런 바보 같은 생각이 어디 있어?"

"절대 바보 같은 생각이 아니었어. 스펜스 총경이 로잘린을 데려다 죽은 그 사람을 보라고 했지. 로잘린은 분명히 그자가 자기 남편이 아니라고 했어."

"그럼 다 끝난 일 아냐?"

"그럴 수도 있었지. 내가 없었다면."

"그게 무슨 말이야? 뭘 어떻게 했는데?"

"그 에르퀼 푸아로라는 사람을 찾아갔어. 그리고 언더헤이를 아는 사람의 확인이 필요하다고 말했지. 로버트 언더헤이를 알고 있는 사람을 대번에 찾아내는 건 쉬운 일이 아니잖아? 그런데 세상에! 그 사람은 완전히 모자 속에서 토끼를 척 꺼내는 마법사 같더라고! 몇 시간 만에 언더헤이의 절친한 친구였다는 사람을 찾아낸 거야. 포터라는 노인이었지."

롤리가 말을 멈추었다. 그러다 다시 신이 난다는 듯 낄낄 웃는 바람에 린은 깜짝 놀랐다.

"린, 이 이야기는 절대 비밀이야. 총경이 꼭 비밀로 하랬어. 하지만 너한테는 알려 주고 싶었어. 죽은 그 남자는 로버트 언더헤이야."

"뭐라고?"

린이 한 발짝 뒤로 물러났다. 그러고는 얼떨떨한 눈으로 롤리를 보았다.

"그자가 바로 로버트 언더헤이였어. 포터 그 노인이 틀림없댔어. 그러니까, 린……."

신이 난 롤리의 목소리가 커졌다.

"우리가 이겼어. 결국 우리가 이긴 거야. 그 빌어먹을 사기꾼들을 해치운 거야!"

"빌어먹을 사기꾼들이라니?"

"헌터랑 그자 동생 말이야. 이제 끝장났어. 로잘린은 고든 숙부의 유산을 받지 못해. 우리가 받게 되니까. 이제 우리 돈이야! 로잘린과 결혼하기 전에 작성했던 유서가 효력을 발휘해서 우리에게 돈이 분배되는 거지. 나도 4분의 1을 받고. 무슨 얘긴지 알겠지? 로잘린이 고든 숙부랑 결혼할 때 그 여자의 첫 번째 남편이 살아 있었다면 결혼은 무효가 되니까."

"지금 그 얘기가 확실한 거야?"

롤리가 린을 빤히 보았다. 처음으로 그의 얼굴에 희미하게 당혹감이 비쳤다.

"물론 확실하지! 다시 물어볼 것도 없어. 이제야 모든 게 제대로 돌아가고 있어. 이게 고든 숙부가 바랐던 거야. 제자리를 찾은 거라고. 이제 그 대단한 남매가 끼어든 것 자체가 아예 없던 일처럼 되는 거야."

'모든 게 제자리로 돌아왔다고……. 하지만 이미 일어난 일을 아예 없던 일로 만들 수는 없는 노릇이잖아. 그들의 존재를 부정할 수는 없어.'

린이 천천히 말했다.

"그 사람들은 이제 어떻게 되지?"

"뭐라고?"

린은 롤리가 그때까지 그런 문제는 거의 염두에 두지 않았다는 사실을 알 수 있었다.

"모르겠는데. 자기들이 살던 데로 돌아가겠지, 뭐. 음, 그러니까……"

롤리는 이제야 천천히 그들의 처지를 따져 보고 있었다.

"그래, 로잘린에게는 뭔가 해 줘야 할 것 같기도 해. 사실 로잘린이 고든 숙부랑 결혼할 때 악의가 있었던 건 아니니까. 아마도 첫 남편이 죽었다고 정말로 믿었겠지. 그러니까 로잘린 탓은 아니야. 그래, 로잘린에게는 뭔가 해 줘야 해. 생활비를 넉넉하게 준다든지. 우리 모두 화해하는 의미에서."

"로잘린을 좋아하지, 그렇지?"

롤리는 잠시 생각에 잠겼다.

"아, 그래. 그렇다고 할 수 있지. 로잘린은 좋은 여자야. 젖소도 잘 알고 말이야."

"난 잘 모르는데 말이지?"

"아, 너도 이제 알게 될 텐데 뭐."

롤리가 달래는 듯한 목소리로 말했다.

"그럼 데이비드는 어떻게 할 건데?"

롤리가 갑자기 험악한 표정을 지었다.

"그 자식이 어떻게 되든 말든! 그건 그 자식 돈도 아니었잖아. 무작정 동생한테 기생충처럼 빌붙어 지낸 거라고."

"아냐, 롤리. 그런 게 아니야. 기생충이라니, 데이비드는 그런 사람이 아니야. 그 사람은 아마 모험가……."

"모험가에다 더러운 살인자지!"

린이 숨을 죽인 채 말했다.

"그게 무슨 말이야?"

"글쎄, 언더헤이를 누가 죽였을 거라 생각해?"

"말도 안 돼! 믿을 수 없어!"

"당연히 그 자식이 죽인 거지. 아니면 누구겠어? 그날 그 자식은 여기에 왔어. 5시 30분쯤. 내가 역에 자제를 구하러 갔다가 멀리서 그자를 보았어."

린이 날카롭게 반박했다.

"데이비드는 그날 밤 런던으로 돌아갔어."

"언더헤이를 죽이고 나서겠지."

롤리가 의기양양하게 말했다.

"롤리, 어떻게 그런 말을 입에 올릴 수 있어? 언더헤이가 죽은 게 몇 시인데?"

"글쎄, 정확히는 몰라."

롤리가 생각하느라 잠깐 머뭇거리다 말했다.

"내일 심리가 있을 때까지는 정확히 알 수 없지. 아마 9시에서 10시 사이일 거야."

"데이비드는 9시 20분 기차를 타고 런던으로 돌아갔어."

"이봐, 린. 네가 그걸 어떻게 알아?"

"아, 그게, 데이비드를 만났어. 기차를 타려고 급히 달려가는 중이었어."

"그럼 데이비드가 기차를 탔는지는 어떻게 아는데?"

"나중에 데이비드가 런던에서 나한테 전화를 했으니까."

화가 머리끝까지 치민 롤리가 험악한 표정으로 린을 다그쳤다.

"도대체 그 자식이 왜 너한테 전화를 했는데? 그게 다 무슨 소리야?"

"그게 뭐가 중요해? 어쨌든 그건 데이비드가 기차를 탔다는 확실한 증거잖아."

"언더헤이를 죽이느라 시간을 많이 허비해서 뛰어간 모양이군."

"그 사람이 9시 이후에 죽은 거라면 데이비드는 범인이 아니야."

"9시 직전에 죽였을 수도 있어."

하지만 롤리의 목소리에는 확신이 없었다.

린은 눈을 감고 생각해 보았다. 정말 그래서였을까? 그때 데이비드는 욕지거리를 하고 숨을 헐떡이면서 숲에서 나타났다. 그녀를 껴안았던 그 사람이 방금 범죄를 저지르고 도망치던 살인자였을까. 무슨 일이라도 저지를 것처럼 이상하게 감정이 격해 있던 그의 모습이 떠올랐다. 살인을 저질러서 그랬을까? 그럴 수도 있다. 린은 인정해야만 했다. 과연 데이비드가 살인을 저지르지 않았다고 단정할 수 있을까? 하지만 자신에게 아무런 해도 끼치지 않은 사람을 정말 죽였을까? 과거에서 불쑥 나타난 유령이나 마찬가지인데? 로잘린이 엄청난 유산을 받지 못하게 하고, 데이비드가 그녀의 돈을 맘껏 쓰지 못하게 한 죄밖에 없는데?

린이 조용하게 말했다.

"하지만 데이비드가 언더헤이를 왜 죽여야 했겠어?"

"세상에, 린. 지금 그걸 질문이라고 하는 거야? 방금 전에도 말했잖아. 언더헤이가 살아 있다는 건 고든 숙부의 돈이 우리 것이 된다는 이야기야. 물론 언더헤이는 데이비드를 협박했지."

아, 그럼 알 것 같다. 데이비드는 누군가 자신을 협박하면 죽일 수도 있는 사람이다. 아니, 협박을 받으면 딱 그런 식으로 해결하려 들지 않을까? 그래, 이제 비로소 모든 게 맞아 들어간다. 데이비드가 그렇게 서두르고 흥분했던 것. 분노에 사로잡혀 격렬하게 포옹하고 입 맞추었던 것. 그리고 나중에는 그녀를 포기한다고 했지. '사라져 버리는 게 낫겠어…….' 그래, 그렇게 된 거야.

롤리의 목소리가 아득하게 들려왔다.

"왜 그래, 린? 괜찮은 거야?"

"아, 그럼."

"제발 그렇게 울상 좀 짓지 마."

롤리는 몸을 돌려 롱 윌로스가 있는 언덕 아래를 내려다보며 계속 말했다.

"정말 살맛 나네. 이제 농장도 구색을 좀 갖출 수 있겠어. 일손을 덜게 장비들도 좀 들여놓고 말이야. 다 너를 위해서야, 린. 사람들이 우글거리는 데서 살게 하고 싶지 않거든."

롱 윌로스는 린의 집이 될 것이다. 롤리와 함께 살 그녀의 집…….

그리고 어느 날 아침 8시, 데이비드는 사형대의 이슬로 사라질 것이다…….

3장

 데이비드가 창백한 얼굴에 단호한 표정으로 로잘린의 어깨에 양손을 올리며 말했다.
 "다 잘될 거야. 분명히 잘될 거야. 하지만 침착하게 정신 똑바로 차리고 꼭 내가 시킨 대로 해야 해."
 "경찰이 오빠를 잡아가면요? 오빠가 그랬잖아. 경찰이 오빠를 잡아갈 수도 있다고."
 "그래, 그럴 가능성도 있어. 하지만 잡혀가도 오래 있지는 않을 거야. 네가 정신만 똑바로 차리고 있으면 돼."
 "오빠가 시키는 대로 할게요."
 "그래, 그래야지. 로잘린, 넌 끝까지 말을 바꾸지만 않으면 돼. 죽은 그 사람이 네 남편 로버트 언더헤이가 아니라고 밀고 나가는 거야."
 "그 사람들이 서로 짜고 내가 생각지도 못한 이야기를 하게 하면 어떡해요?"

"아니, 그런 일은 없을 거야. 분명히 다 잘될 거야."

"아니에요. 잘못했어요. 애초부터 잘못한 거라고요. 우리 것도 아닌 돈을 가졌잖아요. 데이비드 오빠, 난 그 생각을 하면 잠도 안 와요. 우리 것이 아닌 걸 갖다니. 하느님이 못된 짓을 한 우리를 벌하시는 거예요."

데이비드가 인상을 쓴 채 로잘린을 바라보았다. 지금 로잘린은 약해지고 있다. 약해지고 있는 게 분명하다. 로잘린에게는 언제나 종교적인 데가 있었다. 양심을 그냥 무시하지 못했던 것이다. 지금은 데이비드에게 기막힌 운이 따라 주지 않는 한 로잘린도 완전히 무너질 수 있는 상황이다. 그렇다면 방법은 오직 하나뿐이다.

그가 다정한 목소리로 말했다.

"잘 들어, 로잘린. 내가 교수대에 매달리는 걸 보고 싶어?"

겁에 질려 로잘린의 눈이 휘둥그레졌다.

"아, 오빠가 그렇게 될 리 없어요. 그렇게는 안 돼요……."

"날 교수대로 보낼 수 있는 사람은 오직 한 사람뿐이야. 바로 너. 네가 표정으로든, 몸짓으로든, 말로든 그자가 언더헤이일 수도 있다고 인정하는 순간 내 목에 밧줄을 감는 거야. 내 말 알아듣지?"

이 말은 제대로 효과가 있었다. 로잘린은 겁에 질린 커다란 눈으로 데이비드를 바라보았다.

"오빠, 난 영리하지 못하다고요."

"아니, 그렇지 않아. 이제까지 영악하게 굴 필요가 없었던 것뿐이야. 죽은 그 남자가 네 남편이 아니라고 엄숙하게 맹세해야 해. 할 수 있지?"

로잘린이 고개를 끄덕였다.

"내키면 바보같이 굴어도 좋아. 사람들이 질문하면 무슨 말인지 못 알아듣는 것처럼 보이게 말이야. 그래도 해될 건 전혀 없으니까. 하지만 내가 이제까지 네게 이야기했던 것은 끝까지 일관되게 밀고 나가야 해. 게이손이 널 도와줄 거야. 그는 아주 유능한 형사법 전문 변호사야. 그래서 고용한 거고. 심리 때 질문으로 널 곤란하게 하는 사람이 있으면 그가 막아 줄 거다. 그러니까 애써 똑똑해 보이려 하거나 괜히 너 혼자 말을 지어내서 날 도와주겠단 생각은 절대 하지 말란 말이야."

"알았어요, 오빠. 오빠가 시키는 대로만 할게요."

"그래, 착하구나. 이 일이 끝나면 여기서 떠나자. 프랑스 남부나 미국으로. 그동안은 네 몸이나 잘 챙겨. 괜히 밤에 잠 못 자고 안달하면서 고민하지 말고. 전에 클로드 선생이 네게 처방해 준 브롬화 어쩌고 하는 수면제를 먹어. 매일 밤 하나씩. 기운 내. 곧 모든 게 좋아질 거야."

그가 시계를 쳐다보고 말을 이었다.

"이제……. 법원으로 갈 시간이군. 심리가 11시에 열리니까."

데이비드는 널찍하고 멋진 응접실을 한 바퀴 죽 둘러보았다. 아름다움과 안락함 그리고 풍요로움…… 이 모든 걸 만끽해 온 터였다. 퍼로뱅크는 멋진 저택이다. 어쩌면 이번이 마지막이 될지도 모르지만······.

무덤은 스스로 판 것이나 다름없었다. 그건 분명했다. 하지만 이렇게 된 마당에도 그는 후회 같은 건 없었다. 미래를 위해 기회를 잡았던 것이었으니까.

'앞길에 도움이 되든 앞길을 막든 흐름이 찾아오면 올라타는 것이 인생을 사는 법이다.'

데이비드는 로잘린을 바라보았다. 그녀는 사람을 빨아들일 듯 커다란 눈망울로 그를 바라보고 있었다. 그는 로잘린이 뭘 원하는지 직감적으로 알아챘다.

그래서 부드러운 목소리로 말해 주었다.

"로잘린, 난 그자를 죽이지 않았어. 네 달력에 나와 있는 모든 성인의 이름을 걸고 맹세할 수 있어."

4장

심리는 콘마켓에서 열렸다.

작은 체구에 안경을 쓴 검시관 펩마시 씨는 까다로운 성격에다 자신이 꽤 중요한 인물이라고 자부하고 있었다.

검시관 옆에는 몸집이 커다란 스펜스 총경이 앉아 있었다. 그리고 콧수염을 커다랗게 기르고 체구는 작달막한, 외국인처럼 보이는 한 남자가 사람들에게 방해가 되지 않는 자리에 앉아 있었다. 제러미 클로드 부부, 라이어널 클로드 부부, 롤리 클로드, 마치몬트 부인, 린까지 클로드가 사람들도 모두 와 있었다. 혼자 자리를 잡고 앉은 포터 소령은 마음이 영 불편한지 안절부절못하고 있었다. 데이비드와 로잘린은 맨 나중에 도착해 따로 자리를 잡고 앉았다.

검시관은 목청을 가다듬고 아홉 명의 지역 유지들로 구성된 배심원들을 한번 죽 둘러보고는 심리를 시작했다.

맨 처음은 피콕 경찰관······.

다음은 베인 경사······.

그다음은 라이어널 클로드 선생이었다······.

"선생은 스태그 여관에서 환자를 치료하고 있었습니다. 그런데 글래디스 에이트킨 양이 선생이 있는 방으로 왔습니다. 글래디스 양이 뭐라고 말했습니까?"

"5호실 투숙객이 죽어서 바닥에 쓰러져 있다고 했습니다."

"그래서 5호실로 올라갔나요?"

"예."

"거기서 뭘 발견했는지 말씀해 주시겠습니까?"

클로드 선생이 상황을 설명했다. 한 남자의 시체가 있었다······. 얼굴은 바닥을 향한 채······ 머리에 상처가 있었다······. 뒤통수 쪽이었다······. 그리고 부젓가락이 있었다.

"선생은 머리의 상처가 방에 있던 그 부젓가락에 맞아 생긴 거라고 생각합니까?"

"상처 중 일부는 그 때문에 생긴 것이 확실합니다."

"수차례 머리를 가격했다고 봅니까?"

"그렇습니다. 하지만 시신에 손을 대거나 위치를 바꾸기 전에 먼저 경찰에 연락해야 한다고 생각했기 때문에 자세히 살펴본 건 아닙니다."

"아주 잘하셨습니다. 그 남자는 죽어 있었습니까?"

"예. 죽은 지 몇 시간 흐른 상태였습니다."

"죽은 지 얼마나 된 걸로 보였습니까?"

"분명히 단정할 수는 없습니다만, 적어도 열한 시간은 된 것 같았습니다. 열세 시간에서 열네 시간까지 될 수도 있고요. 전날 밤 7시 30분에서 10시 30분 사이에 죽은 걸로 보면 될 것 같습니다."

"고맙습니다, 클로드 선생님."

다음은 경찰의 차례였다. 그가 상처를 빠짐없이 자세하게 설명했다. 아래턱에는 살갗이 벗겨지고 부은 흔적이 있으며 두개골 아랫부분이 대여섯 번 가격을 당했는데, 죽은 뒤에 가격하기도 했다는 진술이었다.

"정말 잔인한 폭행이었군요?"

"그렇습니다."

"그렇게 가격을 하려면 큰 힘이 들지 않습니까?"

"아니요, 꼭 큰 힘이 필요한 건 아닙니다. 집게 끝 부분을 잡으면 힘을 많이 들이지 않고도 부젓가락을 쉽게 휘두를 수 있습니다. 부젓가락은 머리 부분에 구형의 육중한 강철이 붙어 있어 무시무시한 무기가 됩니다. 분을 못 이겨 휘두른 것이겠지만, 아주 연약한 사람이 가격을 했을 수도 있습니다."

"수고했습니다, 선생님."

의사는 이어 사체의 상태를 자세하게 설명했다. 영양 섭취를 충분히 한 건강한 상태이며 나이는 대략 45세이다. 병을 앓고 있는 흔적은 전혀 없다. 심장, 폐 등 모두 양호하다.

다음에는 비어트리스 리핀콧이 사망자가 여관에 투숙했다는 증거를 제시했다. 케이프타운의 이녹 아든이라는 이름으로 작성한 숙박부였다.

"사망자가 배급 통장을 내놓던가요?"

"아니요."

"달라고 이야기는 했습니까?"

"처음에는 안 했습니다. 얼마나 오래 묵을지 잘 몰라서요."

"그럼 나중에 요청했다는 겁니까?"

"예. 그 손님은 금요일에 도착했는데 토요일에 5일 이상 머무를 예정이면 배급 통장을 달라고 이야기했습니다."

"그랬더니 뭐라고 하던가요?"

"주겠다고 했습니다."

"그런데 실제 주지는 않았군요?"

"예."

"혹시 배급 통장을 잃어버렸다는 이야기는 없었습니까? 아니면 배급 통장이 없다거나?"

"그런 말은 없었습니다. '찾아보고 가져다주겠소.'라고만 했습니다."

"리핀콧 양, 당신이 토요일 밤에 엿들은 대화가 있다고 하던데요?"

비어트리스 리핀콧은 자신이 4호실에 갔던 이유를 장황하게 설명하면서 엿들은 대화를 진술했다. 검시관이 교묘하게 그녀를 유도했다.

"고맙습니다. 혹시 엿들은 대화 내용을 다른 누군가에게 이야기했습니까?"

"예, 롤리 클로드 씨에게 말했어요."

"왜 클로드 씨에 얘기했지요?"

"클로드 씨가 그 이야기를 알아야 한다는 생각이 들어서요."

비어트리스의 얼굴이 상기되었다.

키가 크고 호리호리한 남자(게리손 씨)가 일어나더니 검시관에게 질문을 하게 해 달라고 요청했다.

"사망자와 데이비드 헌터 씨가 이야기를 나누던 중에 사망자가 한 번이라도 자신이 로버트 언더헤이라고 분명하게 언급한 사실이 있습니까?"

"아니요, 그러지는 않았어요."

"그러니까 그 남자는 자기가 로버트 언더헤이가 아니라 전혀 별개의 사람처럼 '로버트 언더헤이'를 이야기한 것이지요?"

"예, 그랬어요."

"감사합니다, 검시관님. 이것이 제가 명확히 하고 싶은 부분 입니다."

비어트리스 리핀콧이 들어가고 롤리 클로드가 호명되었다.

그는 비어트리스가 자신에게 들려준 대화 내용을 확인한 후 사망자와 만났던 일을 진술했다.

"그 남자가 당신에게 한 말이 '내가 협조하지 않으면 그 사실을 증명하지 못할걸.'이었습니까? 그 사실이란 로버트 언더헤이가 아직 살아 있다는 것인가요?"

"네, 그렇게 말했습니다. 그러고는 웃음을 터뜨렸습니다."

"웃음을 터뜨렸다고요? 당신은 그 말을 어떻게 받아들였습니까?"

"글쎄요, 당시에는 내게 어떤 제안을 유도하려는 속셈이라고 생각했지만, 나중에 든 생각은······."

"그만 됐습니다, 클로드 씨. 나중에 어떤 생각을 했는지는 별 의미가 없을 것 같군요. 당신은 그 사람을 만나고 나서 죽은 로버트 언더헤이를 알고 있는 사람을 찾아보기로 했지요? 그리고 특별한 방법으로 도움을 받아 그 사람을 찾는 데 성공했고 말입니다."

롤리가 고개를 끄덕였다.

"맞습니다."

"사망자와 헤어진 시간이 몇 시였습니까?"

"최대한 정확히 말하자면 8시 55분 전이었습니다."

"그 시각이었다고 단정하는 이유는 뭡니까?"

"길을 걷는데 열린 창문으로 9시 시보가 흘러나오는 걸 들었습니다."

"사망자가 손님이 언제쯤 올 거라고 이야기했습니까?"

"'곧 올 것'이라고 말했습니다."

"이름을 말하지는 않았나요?"

"예."

"데이비드 헌터 씨 나오십시오."

웜슬리 베일 주민들이 이리저리 목을 길게 빼고 이 훤칠하고 체격이 호리호리한 청년을 쳐다보느라 장내에는 약간 소란이 일었다. 데이비드는 씁쓸한 표정으로 검시관의 얼굴을 도전적으로 바라보며 서 있었다.

검시관은 필요한 사전 절차를 신속하게 끝낸 다음 바로 신문을 시작했다.

"당신은 토요일 밤에 사망자를 만나러 갔지요?"

"예. 그가 좀 도와 달라는 내용의 편지를 보냈습니다. 아프리카에서 제 여동생의 첫 남편을 알고 지냈다고 하면서요."

"그 편지를 가지고 있습니까?"

"아니요, 전 편지를 모아 두는 사람이 아니라서요."

"비어트리스 리핀콧 양이 당신이 사망자와 나눈 대화를 진술하는 걸 들었지요? 그 이야기가 사실입니까?"

"얼토당토않습니다. 그자는 죽은 제 매부를 안다고 이야기하더니, 자기가 운이 나빠 처지가 말이 아니라고 불평하면서 경제적으로 좀 도와 달라고 했습니다. 그런 자들이 으레 그렇듯 자신만만하게 갚을 수 있다고 하면서요."

"그자가 로버트 언더헤이가 아직 살아 있다고 당신에게 이야기했습니까?"

"그런 말은 분명히 없었습니다. '로버트가 지금 살아 있다면 분명히 날 도와줄 텐데.'라고만 했습니다."

"비어트리스 리핀콧 양과는 이야기가 전혀 다르군요."

"남의 이야기를 엿듣다 보면 일부밖에 못 듣게 마련이죠. 게다가 못 들은 부분을 자기 나름의 상상력으로 보충하기 때문에 결국은 전혀 엉뚱한 이야기가 되는 게 다반사이지 않습니까?"

리핀콧은 어이가 없다는 듯 소리쳤다.

"이봐요, 난 절대······."

검시관이 그녀를 제지했다.

"정숙하십시오."

"그럼 헌터 씨, 당신은 화요일 밤에 사망자를 다시 찾아갔습니까?"

"아니요, 그런 일 없었습니다."

"사망자가 누군가를 기다리고 있었다는 롤리 클로드 씨의 이야기를 들었지요?"

"누군가를 기다리고 있을 수는 있겠죠. 하지만 그렇다고 제가 그 사람인 건 아니지 않습니까? 전에 만났을 때 저는 그 사람에게 5파운드를 주었습니다. 그자에겐 그 정도면 충분하다고 생각했어요. 그자가 정말 로버트 언더헤이를 알고 지냈다는 증거도 전혀 없었고 말입니다. 남편에게 막대한 유산을 받은 후 제 동생은 여기저기서 돈을 구걸하는 편지를 받고, 기생충처럼 빌붙으려는 주변 사람들의 표적이 되었지요."

데이비드는 한데 모여 앉은 클로드가 사람들 쪽으로 조용히 시선을 던졌다.

"헌터 씨, 화요일 밤에 어디 있었는지 말해 주겠습니까?"

"직접 알아내시지요!"

"헌터 씨! 지금 그 말이 얼마나 어리석고 경솔한지 알고나 있는 겁니까?"

검시관이 테이블을 두드리며 말했다.

"내가 어디서 뭘 하고 있었는지 왜 이야기해야 합니까? 그 남자를 죽인 죄로 기소하면 그런 걸 캐물을 시간은 얼마든지 있을 텐데요."

"이런 식으로 버티면 당신이 생각하는 것보다 기소가 빨리 이루어질 수도 있습니다. 이 물건이 뭔지 알겠습니까, 헌터 씨?"

데이비드는 몸을 앞으로 기울이더니 금제 라이터를 손에 집어 들었다. 당혹스러운 얼굴이었다. 라이터를 다시 제자리에 놓으며 그가 천천히 말했다.

"예, 제 라이터입니다."

"마지막으로 지녔던 때가 언제였습니까?"

"그걸 잃어버린 게……."

데이비드는 잠시 말을 멈추었다.

"그래, 언제였습니까, 헌터 씨?"

검시관이 깍듯하게 물었다.

게이손 씨는 뭔가 할 말이 있는 듯 안절부절못하고 있었다. 하지만 데이비드가 재빨리 대답하는 바람에 말할 틈을 놓치고 말았다.

"금요일 아침까지 가지고 있었습니다. 그 이후로는 본 기억이 없습니다."

게이손 씨가 자리에서 일어섰다.

"검시관님, 헌터 씨에게 질문이 있습니다. 토요일 밤에 사망자를 찾아갔다고 했습니다. 그때 그 라이터를 놓고 온 것 아닐까요?"

데이비드가 천천히 대답했다.

"아마 그런 것 같습니다. 금요일 이후에는 라이터를 본 기억이 확실히 없습니다."

그러다 불쑥 물었다.

"라이터가 어디서 발견됐죠?"

검시관이 말했다.

"그건 나중에 이야기하겠습니다. 들어가도 좋습니다, 헌터 씨."

데이비드는 천천히 자리로 돌아와 앉았다. 그러고는 머리를 숙여 로잘린 클로드에게 뭔가 귀엣말을 건넸다.

"포터 소령 나오십시오."

포터 소령이 혼잣말을 웅얼거리며 증언대에 섰다. 당당한 모습이 마치 사열이라도 받는 군인 같았다. 그가 극도로 긴장하고 있다는 것은 입술에 침을 바르는 모습에서만 엿보일 뿐이었다.

"귀하가 아프리카 주둔 영국 소총대 예비역 소령 조지 더글러스 포터 씨입니까?"

"예."

"로버트 언더헤이와는 어느 정도 가까운 사이였습니까?"

포터 소령이 연병장에서나 들을 법한 우렁찬 목소리로 장소와 시기를 말했다.

"사망자의 시신을 보았습니까?"

"예."

"누군지 알아볼 수 있었습니까?"

"예. 그것은 로버트 언더헤이의 시신이었습니다."

이 말에 장내가 한바탕 술렁거렸다.

"100퍼센트 확신할 수 있습니까?"

"그렇습니다."

"착각할 가능성은 없습니까?"

"전혀 없습니다."

"고맙습니다, 포터 소령 님. 다음, 고든 클로드 부인 나오십시오."

로잘린이 자리에서 일어섰다. 포터 소령은 곁을 지나가는 로잘린을 호기심 어린 얼굴로 바라보았다. 하지만 로잘린은 그에게 눈길한 번 주지 않았다.

"클로드 부인, 당신은 경찰과 동행하여 사망자의 시신을 보았지요?"

로잘린이 벌벌 떨면서 말했다.

"예."

"당신은 전혀 모르는 사람이라고 진술했는데 확실합니까?"

"예."

"방금 포터 소령께서 한 진술을 고려하여 부인의 진술을 번복하거나 수정할 생각은 없습니까?"

"없습니다."

"부인은 아직도 그 시신이 남편 로버트 언더헤이가 아니라고 확신합니까?"

"그건 제 남편의 시신이 아니에요. 제 평생 한 번도 본 적이 없는 사람이에요."

"그런데 클로드 부인, 포터 소령은 자기 친구인 로버트 언더헤이의 시신이라고 분명히 진술했습니다."

로잘린이 무덤덤한 표정으로 말했다.

"포터 소령께서 착각하신 거예요."

"클로드 부인, 이번 심리 때는 법정 선서를 하지 않아도 되지만, 곧 있게 될 재판에서는 선서를 해야 할 겁니다. 그때도 그 시신이 로버트 언더헤이가 아니라 전혀 모르는 낯선 사람이라고 맹세할 자신이 있습니까?"

"저는 그 시신이 제 남편이 아니고 전혀 모르는 사람이라고 맹세할 자신이 있습니다."

그녀의 목소리는 분명하고 흔들림이 없었다. 그녀는 검시관의 눈을 당당하게 마주 보았다.

검시관이 나직이 말했다.

"내려가도 좋습니다."

그러고 나서 검시관은 배심원들에게 사건의 전말을 정리하고 배심원의 평결에 관해 설명했다.

지금 여러분은 한 남자가 어떻게 죽음에 이르렀는지 밝히기 위해 이 자리에 모였다. 사망 원인은 거의 의문의 여지가 없어 보인다. 우발적 사고나 자살은 전혀 생각할 수 없다. 과실치사도 아니다. 그렇다면 남은 평결은 한 가지, 계획적 살인뿐이다. 죽은 남자의 신원은 아직 명확하게 밝혀지지 않은 상태이다.

우리는 그 시신이 자신과 전에 친구였던 로버트 언더헤이라고 말하는 한 증인의 이야기를 들을 수 있었다. 증인은 충분히 신뢰할 만한 강직한 성품의 소유자인 것으로 보인다. 반면에 로버트 언더헤이가 아프리카에서 열병으로 죽었다는 사실은 그 지방 당국에서 확실한 사실로 인정되었고, 또 한편으로는 의문이 제기된 적도 없다. 포터 소령의 진술과는 반대로 현재는 고든 클로드 부인인 로버트 언더헤이의 미망인은 결코 이 시신이 로버트 언더헤이가 아니라고 주장하고 있다. 지금 두 진술은 완전히 엇갈리고 있다. 신원 확인 문제는 넘어가더라도 사망자가 누구의 손에 죽음을 당했는지 밝힐 증거를 확보해야 한다. 특정 인물을 지목하여 소송 사건이 구성되려면 먼저 충분한 증거가 뒷받침되어야 한다. 증거, 동기, 범행 기회 모두를 갖추어야 한다. 만일 누군가가 살인을 저질렀다면 범행이 일어난 장소 근처에서 해당 시간에 그자를 본 사람이 반드시 있을 것이다. 범행 증거가 확실하지 않을 경우 배심원이 할 수 있는 최선의 평결은 구체적으로 범인을 지목할 증거가 충분치 않은 계획적 살인이다. 그런 평결이 나올 경우 경찰은 자유롭게 필요한 조사를 할 수 있다.

설명이 끝난 후 검시관은 배심원들을 내보내 평결을 숙고하라고 권고했다.
배심원들이 평결을 내리는 데는 45분이 걸렸다.
그들은 데이비드 헌터가 계획적으로 살인을 저질렀다는 평결을 가지고 돌아왔다.

5장

검시관이 유감이라는 듯 말했다.

"배심원들 평결을 걱정했는데 결국 이렇게 됐군요. 편견에 사로잡혀서! 항상 논리보다는 감정이 앞서지."

심리가 끝난 후 검시관, 경찰서장, 스펜스 총경, 에르퀼 푸아로가 한데 모여 이야기를 나누고 있었다.

경찰서장이 말했다.

"검시관님은 최선을 다했습니다."

스펜스 총경이 인상을 찌푸린 채 말했다.

"뭔가 밝혀지려면 아직 멀었어요. 그게 문제입니다. 그나저나 무슈 에르퀼 푸아로는 다 알고들 계시지요? 포터 소령을 증인석에 세우는 데 지대한 역할을 하셨습니다."

검시관이 정중하게 인사했다.

"말씀은 많이 들었습니다, 무슈 푸아로."

푸아로는 겸손해 보이려고 애썼으나 헛수고였다.

스펜스 총경이 싱긋 웃으며 말했다.

"무슈 푸아로는 이번 사건에 특별한 흥미를 갖고 계십니다."

"아, 그렇습니다. 사실 저는 이 사건이 발생하기 전부터 관계가 있었다고 할 수 있지요."

사람들이 호기심 어린 눈초리를 보여 푸아로는 로버트 언더헤이라는 이름을 처음 듣게 된 클럽이며, 거기서 벌어졌던 묘한 상황을 이야기해 주었다.

경찰서장이 무언가 곰곰이 생각하며 말했다.

"그 부분은 이 사건이 재판에 들어갔을 때 포터 소령의 증언에서 또 한 가지 중요한 대목이 되겠군요. 언더헤이는 정말 죽음을 가장하려는 계획을 가지고 있었고 이녹 아든이라는 이름을 쓸 거라는 이야기도 했군요. 아, 그런데 그게 증거로 인정될 수 있을까요? 죽은 사람이 한 말인데요."

푸아로가 곰곰이 생각을 하며 말했다.

"증거로 인정되지 않을 수도 있겠지요. 하지만 어떤 생각을 하고 있었는지 무척 흥미 있는 암시를 하고 있습니다."

그러자 스펜스 총경이 말했다.

"지금 우리에게 필요한 것은 암시가 아니라 구체적인 사실입니다. 이를테면 토요일 저녁 스태그 여관이나 그 근방에서 데이비드 헌터를 본 목격자 말입니다."

경찰서장이 인상을 쓰며 말했다.

"그게 뜻대로 되지를 않으니."

푸아로가 말했다.

"벨기에서라면 쉽게 사람들 눈에 띄었을 텐데요. 저녁엔 조그만 카페 같은 데서 커피를 마시는 사람들이 있으니 말입니다. 하지만 영국의 이런 시골이다 보니."

푸아로는 답답한지 손을 번쩍 들었다.

총경이 고개를 끄덕였다.

"이곳 사람들은 술집에 들어가서 문을 닫을 때까지 거기 있지요. 그렇지 않은 이들은 자기 집에서 9시 뉴스를 듣고 있었을 겁니다. 이곳 대로는 8시 30분에서 10시 사이에 벌써 인적이 뚝 끊깁니다. 개 한 마리도 찾아볼 수 없어요."

경찰서장이 넌지시 물었다.

"범인이 그것까지 계산한 게 아닐까요?"

"그랬을 겁니다."

총경이 말했다. 유쾌하지 않은 표정이었다.

경찰서장과 검시관은 이윽고 자리를 뜨고 스펜스 총경과 푸아로 단둘이 남게 되었다.

푸아로가 다 이해한다는 투로 물었다.

"이번 사건은 영 실마리가 안 보이죠?"

"그 젊은이 때문에 골치가 아픕니다. 그런 사람은 도무지 감을 못 잡게 만들거든요. 사건과 전혀 관계가 없을 때는 자신이 마치 범죄자처럼 행세를 하지요. 그런데 정작 범죄를 저질렀을 때는 그런 천사 같은 사람이 그랬을 리 만무하다고 생각하게 만든다니까요."

"그 젊은이 짓이라고 보시는지요?"

"선생은 그렇게 보지 않습니까?"

스펜스의 반문에 푸아로는 두 손을 쫙 펼쳐 보였다.

"그 젊은이가 범인이라는 단서를 총경께서 어느 정도 확보했는지 알고 싶어서 하는 말입니다."

"법적 증거를 말하는 건 아니죠? 범행 가능성을 추정할 수 있는 증거를 말하는 거지요?"

푸아로가 고개를 끄덕였다.

"라이터요."

"그건 어디서 발견했습니까?"

"시신 밑에서요."

"지문은 없었습니까?"

"전혀 없었습니다."

"아, 이런."

푸아로가 말했다.

"그러게요. 저도 그 점이 무척 안타깝습니다. 그리고 죽은 남자의 시계가 9시 10분에서 멈춰 있었지요. 의학적인 사망 추정 시간과 딱 들어맞는 시각입니다. 언더헤이가 누군가 곧 자신을 찾아올 거라고 했다는 롤리의 증언과도 일치하고요. 아마 그 손님이 찾아온 것도 거의 그 시각이었을 겁니다."

푸아로가 고개를 끄덕였다.

"그렇군요. 모든 게 흠잡을 데 없이 정리가 됩니다."

"무슈 퓨아로, 간과할 수 없는 사실이 또 한 가지 있습니다. 조금이라도 동기를 의심해 볼 수 있는 사람은 그자뿐이라는 겁니다. (엄밀히 말하면 그자와 그자의 여동생이라고 할 수 있겠지요.) 가능성은 두 가지입니다. 하나는 데이비드 헌터가 언더헤이를 죽였다는 것. 아니면 외부의 누군가가 언더헤이를 이곳까지 따라와 우리가 알 수 없는 어떤 이유 때문에 그를 죽인 것인데, 이런 가정은 터무니없게만 보입니다."

"아, 저도 같은 생각입니다."

"사실 이 웜슬리 베일에서 언더웨이를 죽일 만한 동기를 갖고 있는 사람은 헌터와 그의 여동생 외에는 없다고 봐야 합니다. 우연히 현재 이 마을에 사는 사람 중에 (헌터 씨 남매를 제외하고 예전부터) 언더헤이와 알고 지낸 사람이 있을 수도 있겠지요. 그런 우연성도 전혀 배제하지는 않고 있지만, 이제까지 그런 기미는 전혀 찾을 수 없었어요. 언더헤이는 데이비드 남매를 빼고는 이곳 사람들 모두에게 완전히 이방인이었습니다."

푸아로가 고개를 끄덕였다.

"한편 클로드가 사람들에게 로버트 언더헤이는 수단 방법을 가리지 않고 지켜 내야 할 보물과 같은 존재였을 겁니다. 로버트 언더헤이가 멀쩡하게 살아 있다는 사실은 막대한 재산을 물려받을 수 있는 확실한 방도가 되니까."

"몬 아미(제 친구인) 총경님의 의견에 전적으로 동감입니다. 클로드가 사람들에게는 로버트 언더헤이가 멀쩡히 살아 있을 필요가 있지요."

"그래서 혐의는 다시 유일하게 동기를 가지고 있는 로잘린과 데이비드 헌터에게로 돌아오게 되는 겁니다. 그날 로잘린은 런던에 있었지만 데이비드는 웜슬리 베일에 있었어요. 5시 30분에 웜슬리 히스 역에 도착했지요."

"그러니까 지금 우리가 파악하고 있는 것은 무척 선명하게 드러나는 살인 동기와, 5시 30분부터 아직 구체적으로는 알 수 없는 특정 시간까지 그가 범행이 일어난 웜슬리 베일에 있었다는 사실이군요."

"바로 그렇습니다. 그리고 비어트리스 리핀콧의 이야기를 고려해야 합니다. 전 그녀의 이야기를 믿습니다. 그녀가 엿들었다고 말한 내용이 사실일 거라고 생각합니다. 물론 약간 과장된 면도 있겠지만 인간이란 다 그런 것 아닙니까?"

"총경님 말씀대로 어느 정도 다 그렇지요."

"제가 리핀콧을 믿는 건 그녀를 잘 알아서이기도 하지만, 그런 이야기는 지어낼 수 없기 때문이기도 합니다. 이를테면 로버트 언더헤이란 이름은 전에 한 번도 들어 본 적이 없을 거라는 이야기지요. 그래서 데이비드 헌터의 이야기보다는 비어트리스가 두 사람 사이에 오갔다고 진술하는 이야기에 신뢰가 가는 겁니다."

"저 역시 그녀가 무척 믿음직한 증인이라고 생각했습니다."

"그녀의 이야기를 사실로 확증할 근거가 있어요. 그 남매가 무엇 때문에 런던으로 떠났을 거라 생각하십니까?"

"그 부분은 제가 무엇보다 궁금하게 여기는 것 중 하나입니다만."

"현재 고든 클로드의 재산 관리 상황은 이렇습니다. 로잘린 클로드에게는 고든 클로드의 재산에 대한 종신 재산 소유권만 있지요. 원금에는 손을 댈 수 없어요. 약 1000파운드는 제외하고 말입니다. 하지만 보석류 같은 재산은 그녀 소유지요. 그녀가 런던에 가서 제일 먼저 한 일이 바로 가장 값나가는 물건들을 본드가로 가져가 판 것입니다. 급하게 큰돈이 필요했던 겁니다. 다시 말하면 협박을 받아 돈을 주어야 했던 것이지요."

"그게 총경님이 데이비드 헌터를 범인으로 단정 짓는 증거입니까?"

"그렇지 않습니까?"

푸아로가 고개를 저으며 말했다.

"협박이 있었다는 증거는 됩니다. 하지만 살인을 저지를 동기를 입증할 증거는 되지 못해요. 둘 다를 입증하지는 못합니다, 몽 셰르(경정님). 그 젊은이가 돈을 줄 작정이었거나 아니면 죽일 계획이 있었거나 둘 중 하나인 겁니다. 지금 총경님이 제시한 증거는 그가 협박에 응해 돈을 줄 의향이 있었다는 것을 입증하고 있습니다."

"그래요, 그렇습니다. 그럴 수도 있지요. 하지만 마음을 바꿨을 수도 있지 않습니까?"

푸아로는 어깨를 으쓱 추어올릴 뿐이었다.

총경이 무언가를 유심히 생각하며 말했다.

"전 그런 유형의 사람들을 잘 알고 있습니다. 이런 사람들은 전쟁 기간에는 능력을 발휘하지요. 놀라운 담력을 발휘하고 일신의 안전 따위는 생각지 않는 사람들입니다. 어떤 상황에도 정면으로 맞서는 그런 부류죠. 십자훈장을 받는 사람들도 그런 이들입니다. 물론 죽고 나서 받는 경우가 많지만. 그래요, 이런 사람들은 전쟁이 벌어지는 동안에는 영웅과 같은 존재지요. 하지만 평화시에는 감옥에 들어가는 신세가 되는 게 보통이에요. 신명 나게 살아야 직성이 풀리는 이런 사람들은 일탈을 일삼게 되지요. 결국에는 사회에도 적응하지 못하고, 인간의 생명도 하찮게 여기게 돼요."

푸아로가 고개를 끄덕였다.

총경이 다시 한번 말했다.

"전 그런 유형의 사람들을 잘 안다고 장담할 수 있습니다."

잠시 침묵이 흘렀다.

이윽고 푸아로가 입을 열었다.

"에 비엥(그래요), 살인자가 그런 유형일 거라는 데는 동감입니다. 하지만 그뿐이죠. 거기서 더 이상 진전이 없어요."

총경이 궁금하다는 표정으로 푸아로를 바라보았다.

"무슈 푸아로, 이 사건에 아주 큰 관심을 갖고 계시죠?"

"그렇습니다."

"그 이유가 뭐죠?"

푸아로가 두 손을 펼쳐 보이며 말했다.

"솔직히 말씀드리면 사실 저도 잘 모르겠습니다. 아마 2년 전에 속이 무척 안 좋은 채로 한 클럽에 앉아 있었던 일 때문인 것 같습니다. (저는 공습이라면 질색이었고, 겉으로는 태연한 척해도 사실 전 그다지 담력이 센 사람이 못 돼서 말입니다.) 바로 여기가 아주 안 좋은 채로……."

푸아로가 보란 듯 배를 움켜쥐면서 말을 이었다.

"제 친구가 다니는 클럽 흡연실에 앉아 있을 때 일이었지요. 바로 거기서 포터 소령 그 양반이 죽치고 앉아서 아무도 듣지 않는 이야기를 장황하게 늘어놓고 있었지요. 물론 저는 빼고 말입니다. 전 이야기를 열심히 들었지요. 공습을 생각하고 싶지 않아서이기도 했고, 또 소령이 하는 이야기가 제게는 흥미진진하고 의미심장하게 들렸습니다. 그리고 언젠가는 그가 말한 상황이 실제로 일어날 수도 있겠구나 생각을 했지요. 그런데 지금 그 일이 정말로 벌어진 겁니다."

"예기치 못한 일이 일어난 것이죠. 그렇지 않습니까?"

푸아로가 총경의 말을 정정했다.

"그 반대입니다. 이번에 일어난 사건은 예상된 일입니다. 물론 사건 자체만으로는 무척 특이한 경우입니다만."

스펜스 총경은 믿지 못하겠다는 투였다.

"살인을 예상했다는 겁니까?"

"아니, 천만에요. 그런 이야기가 아닙니다. 부인이 재혼을 합니다. 그런데 혹시 첫 번째 남편이 아직 살아 있는 것은 아닐까? 그는 살아 있었습니다. 혹시 다시 나타나지는 않을까? 그는 다시 나타났지요. 협박을 할지도 모르겠군. 협박을 했습니다. 그렇다면 혹시 협박꾼의 입을 막는 사태가 발생하지는 않을까? 마 푸아(세상에), 누군가가 정말 그의 입을 막아 버렸지요."

스펜스 총경이 다소 미심쩍은 눈초리로 푸아로를 쳐다보았다.

"글쎄요. 제가 보기에 이번 사건은 아주 전형적인 패턴에 따라 전개된 것입니다. 이런 범죄는 흔하죠. 협박이 살인을 부른 경우입니다."

"흥미를 끌 만한 사건이 아니라는 말이죠? 대개는 그렇지요. 하지만 이번 사건은 아주 흥미롭습니다. 왜냐하면······."

푸아로가 침착한 어조로 말을 이었다.

"모든 게 엉뚱한 방향으로 가고 있기 때문입니다."

"모든 게 엉뚱한 방향으로 가다뇨? 그게 무슨 말입니까?"

"어떻게 말해야 할까요, 핵심을 잘못 짚고 있다고 할까요?"

스펜스가 푸아로를 빤히 쳐다보며 말했다.

"푸아로 씨는 항상 뭔가 빙빙 돌려서 생각한다고 재프 주임 경감이 늘 그랬지요. 잘못 짚은 사례를 지적해 줄 수 있겠습니까?"

"음, 이를테면 죽은 그 남자 말입니다. 그 사람을 완전히 잘못 짚고 있어요."

스펜스 총경은 고개를 가로저었다.

푸아로가 계속 말했다.

"그런 생각이 안 드십니까? 음, 제가 상상력이 너무 풍부했나 봅니다. 이 점을 잘 생각해 보십시오. 언더헤이가 스태그 여관에 도착합니다. 그리고 데이비드 헌터에게 편지를 씁니다. 헌터는 다음 날 아침 그 편지를 받습니다. 아침 식사 시간이었지요?"

"예, 그렇습니다. 그 시각에 편지를 받았다고 인정했습니다."

"그때 처음으로 혹시 언더헤이가 웜슬리 베일에 왔을지도 모른다는 생각을 하지 않았겠습니까? 그런데 데이비드가 제일 먼저 한 일은 동생을 런던으로 보낸 것이었습니다."

"그건 충분히 이해가 가는 일입니다. 거치적거릴 게 없는 상태에서 자기 방식대로 일을 해결하고 싶었던 겁니다. 동생이란 그 여자가 마음이 약해질까 봐 걱정했던 것이겠죠. 여기서 상황을 주도하는 건 데이비드란 걸 기억하셔야 합니다. 클로드 부인은 그가 시키는 대로만 하고 있을 뿐이에요."

"아, 그렇지요. 그 점은 아주 분명하게 드러나고 있습니다. 그래서 데이비드는 동생을 런던으로 보내고 자신은 이녹 아든이란 자를 만나러 간 것이지요. 그런데 대화를 엿들은 비어트리스 리핀콧 양의 진술을 통해 명명백백하게 드러나는 사실이 있습니다. 바로 데이비드 헌터는 자신과 이야기를 나누는 사람이 로버트 언더헤이인지 아닌지 확신하지 못했다는 겁니다. 그렇지 않을까 의심은 했지만, 그 자가 언더헤이인지 확실히 알지는 못했지요."

"하지만 무슈 푸아로, 그것도 하등 이상할 게 없습니다. 로잘린 헌터는 언더헤이와 케이프타운에서 결혼한 후 함께 곧장 나이지리아로 갔으니까요. 헌터와 언더헤이는 한 번도 만난 적이 없습니다. 그러니까 푸아로 씨 말씀대로 아든이 언더헤이일지 모른다고 헌터가 의심할 수는 있어도 그걸 확실히 알 수 있는 방법은 없었죠. 한 번도 만난 적이 없으니까요."

푸아로는 무언가를 골똘히 생각하다 스펜스 총경을 바라보았다.

"그러니까 총경님은 이 사건에 뭔가 특이한 게 전혀 없다는 말씀인가요?"

"뭘 염두에 두고 있는지 알겠습니다. 왜 그자가 자신이 언더헤이라고 직접 밝히지 않았느냐는 것이지요? 글쎄요, 전 그것도 충분히 이해가 가는 일이라고 생각합니다. 남의 이목을 의식하는 사람들은 뭔가 꺼림칙한 일을 할 때 위장하는 걸 좋아하지요. 자신은 계속 깨끗한 척 상황을 조작하는 겁니다. 제 말이 무슨 뜻인지 아시겠지요? 제가 보기엔 그 문제는 별로 중요하지 않은 것 같습니다. 인간 본성이 그런 것 아니겠습니까?"

"그렇지요. 인간의 본성. 바로 그게 제가 이 사건에 흥미를 느끼는 진짜 이유입니다. 아까 법정에 있을 때 사람들 얼굴을 모두 살펴봤습니다. 특히 클로드가 사람들 얼굴을요. 성격도, 생각과 정서도 제각각인 사람들이 하나의 공통된 이익 앞에 똘똘 뭉쳐 있는 모습이더군요. 그들은 하나같이 오랜 세월 동안 클로드가의 든든한 버팀목이던 고든 클로드에게 의지하고 있었지요. 물론 전적으로 의존하지는 않았을 겁니다. 각자 독립적으로 살아갈 방편이 있었으니까요. 하지만 의식적으로든 무의식적으로든 고든에게 기댔을 겁니다. 틀림없습니다. 총경님께 하나 묻지요. 담쟁이덩굴이 휘감고 있던 떡갈나무가 병들어 죽으면 담쟁이덩굴은 어떻게 되겠습니까?"

"그런 질문이 지금 하고 있는 이야기와 무슨 상관이 있죠?"

"그렇게 생각하세요? 전 상관이 있다고 봅니다. 몽 셰르, 인간의 성품이란 항상 같을 수 없는 겁니다. 강해질 수도 있고 타락할 수도 있어요. 시련이 닥쳤을 때 한 인간의 적나라한 실체가 분명하게 드러나는 법입니다. 그 순간에야 스스로 일어서는지 아니면 넘어지고 마는지 알 수 있지요."

총경은 어리둥절하다는 표정이었다.

"무슈 푸아로, 무슈 푸아로가 무슨 생각을 하고 있는 건지 도무지 모르겠습니다. 여하튼 이제 클로드가 사람들은 한숨 돌리게 됐습니다. 아니 조만간 그렇게 되겠죠. 일단은 법률적 절차가 마무리되어야 하니까."

푸아로는 그러려면 시간이 좀 걸릴 것이라고 총경에게 일깨워 주었다.

"그래도 고든 클로드 부인의 증언은 철저하게 확인해 볼 필요가 있습니다. 자기 남편도 못 알아본다는 건 말도 안 되니까요."

푸아로는 머리를 한쪽으로 약간 기울이고는 미심쩍은 눈빛으로 체구가 건장한 총경을 바라보았다.

총경이 냉소적으로 말했다.

"200만 파운드의 수입이 걸려 있는데 남편이 아니라고 해야 하지 않겠습니까? 게다가 그자가 로버트 언더헤이가 아니라면 왜 죽였겠습니까?"

"그 점이 바로 풀리지 않는 의문입니다."

6장

 푸아로는 인상을 잔뜩 찌푸린 채 경찰서를 나섰다. 걷는 동안 발걸음은 점점 느려졌다. 광장에 잠시 멈추어 서서 주위를 두리번거렸다. 낡은 청동 문패가 달려 있는 라이어널 클로드 선생의 저택이 보이고 거기서 약간 떨어진 곳에 우체국이 자리 잡고 있는 게 보였다. 그 건너편에 제러미 클로드의 저택이 있었다. 그리고 푸아로 앞쪽으로 약간 구석진 곳에 성모승천 성당이 있었다. 콘마켓을 마주하고 광장 한가운데에서 개신교의 위세를 자랑하며 우뚝 서 있는 세인트메리 교회의 공격적인 모습에 비하면, 자그맣고 소박한 그 성당은 고개 숙인 한 떨기 제비꽃 같았다.
 푸아로는 충동적으로 성당 입구로 들어가 안쪽으로 걸어 갔다. 제단 앞에 이른 푸아로는 모자를 벗고 경배를 올린 뒤 무릎을 꿇었다. 그런데 흐느낌을 애써 눌러 참는 소리가 들려 기도를 할 수 없었다.

푸아로가 고개를 돌렸다. 통로 건너편에 검은색 정장을 입은 한 여인이 두 손에 얼굴을 파묻고 있었다. 얼마 지나지 않아 자리에서 일어난 여자는 계속 숨죽인 채 흐느끼면서 문으로 걸어갔다. 푸아로는 눈이 휘둥그레진 채 자리에서 일어나 그녀를 따라갔다. 그녀가 로잘린 클로드라는 건 진작에 알았다.

로잘린은 현관에 서서 마음을 추스르려 애쓰고 있었다. 푸아로가 다가가 아주 다정한 목소리로 말을 걸었다.

"부인, 제가 도울 일이라도?"

그녀는 전혀 놀라는 기색 없이 불행에 빠진 순진한 아이처럼 대꾸했다.

"없어요. 아무도 저를 도울 수 없어요."

"무척 힘들어하는 것 같은데요?"

"경찰이 데이비드를 데려갔어요. 전 이제 완전히 혼자예요. 사람들은 데이비드가 사람을 죽였다고 하지만, 데이비드 오빠는 아니에요. 데이비드는 아니라고요!"

그녀가 푸아로를 쳐다보더니 말했다.

"선생님도 오늘 거기에 계셨죠? 심리 때 말예요. 선생님을 봤어요."

"그렇습니다. 혹시 제가 도울 일이 있다면 기쁜 마음으로 부인을 도와 드리겠습니다."

"전 무서워요. 데이비드 오빠는 자기가 옆에서 지켜 주는 한 안전할 거랬어요. 그런데 사람들이 데이비드를 데려가 버렸어요. 무서워요. 그 사람들은 하나같이 제가 죽기를 바란다는데. 끔찍해서 입에도 올리기도 싫지만 정말 그런 것 같아요."

"부인, 제가 도와 드리겠습니다."

로잘린이 고개를 저었다.

"아니에요. 아무도 절 도울 수 없어요. 고해성사도 못 하겠어요. 제가 사악해서 짊어진 짐이에요. 순전히 저 혼자 지고 가야 해요. 저는 하느님의 은총을 받을 수 없어요."

"신의 은총을 받을 수 없는 사람은 없습니다. 자매께서도 잘 알고 계시지 않습니까."

로잘린은 다시 불행에 빠진 어린아이 얼굴을 하고 푸아로를 바라보았다.

"제가 저지른 죄를 고백해야만 하는데…… 고백할 수만 있다면……."

"고해할 수 없습니까? 고해하러 성당에 온 게 아닙니까?"

"위안을 얻으러 왔어요. 마음의 위안요. 하지만 제가 어떻게 위안을 얻을 수 있겠어요? 죄인인데."

"우리는 모두 죄인입니다."

로잘린은 손으로 얼굴을 감싸며 말했다.

"하지만 죄인이라면 회개해야 하잖아요. 저도 회개해야 하는데……. 그런 거짓말을 하다니…… 그런 거짓말을……."

"남편에 대해 한 말이 거짓말이었나요? 로버트 언더헤이 말입니다. 여기서 죽은 사람이 로버트 언더헤이 맞습니까?"

로잘린이 푸아로 쪽으로 몸을 홱 돌렸다. 의심과 경계심이 서린 눈초리였다. 그녀가 날카롭게 소리쳤다.

"분명히 말하지만 그 사람은 남편이 아니었어요. 털끝만큼도 닮지 않았다고요!"

"죽은 그 사람이 남편을 조금도 닮지 않았단 말입니까?"

"그래요."

로잘린이 거칠게 소리쳤다.

"남편이 어떻게 생겼는지 말해 보세요."

로잘린이 푸아로를 뚫어져라 바라보았다. 그러더니 겁에 질려 얼굴이 굳어지고 눈빛이 어두워졌다.

로잘린이 소리쳤다.

"더 이상 아무 얘기도 하지 않겠어요!"

로잘린은 푸아로를 휙 지나치더니 현관으로 난 길을 내달려 입구를 지나 광장으로 사라졌다.

푸아로는 애써 로잘린을 따라가지 않았다. 대신 아주 만족스럽다는 듯 고개를 끄덕였다.

"오호라! 그렇게 된 거군."

그는 천천히 광장으로 걸어 나왔다.

그러고는 잠시 망설이다가 하이가를 따라 스태그 여관으로 갔다. 하이가의 끝자락에 있는 여관 건물 뒤편으로 널따란 평원이 이어져 있었다.

푸아로는 스태그 여관 출입구에서 롤리 클로드와 린 마치몬트를 만났다.

푸아로는 린을 흥미롭게 바라보았다. 예쁘고 똑똑해 보이는 여자였지만, 푸아로가 끌리는 스타일은 아니었다. 그는 다정하고 여성적인 스타일을 좋아하는 편이었다. 푸아로에게 린 마치몬트는 현대적인 여성의 전형으로 보였다. 물론 엘리자베스 여왕 시대 분위기가 풍긴다고 해도 정확히 맞는 말이기는 했지만 말이다. 그런 현대적인 여성들은 스스로 사고하고 자유롭게 의사 표현을 하며, 모험심이 강하고 대담한 남자를 동경하는 법이다.

"무슈 푸아로, 너무 감사합니다. 무슨 마법이라도 부린 것 같았습니다."

롤리가 말했다.

푸아로가 돌이켜 생각해 봐도 정말 그랬다. 답만 알고 있다면, 필요한 기술을 적절히 구사해 묘기를 부리는 것쯤은 아무 일도 아니다. 단순한 롤리에게는 순식간에 포터 소령을 찾아낸 것이 마법사의 모자에서 토끼가 끝도 없이 나오는 것처럼 깜짝 놀랄 만한 일이었겠지만.

"어찌나 일을 간단하게 해결하시는지 전 두 손 들었습니다."

푸아로는 애써 설명을 늘어놓지 않았다. 그도 결국엔 인간인 것이다. 마법사가 어떤 트릭을 쓰는지 청중에게 알려 주는 법은 없지 않은가.

"여하튼 린과 저는 얼마나 감사한지 모릅니다."

하지만 린 마치몬트는 그다지 고마워하는 기색이 아니었다. 눈에는 긴장감이 역력했고, 손가락을 가만 못 두고 이리 꼬았다 저리 꼬았다 하고 있었다.

롤리 클로드가 말했다

"장차 우리 결혼 생활이 크게 달라지겠죠."

린이 날카로운 목소리로 맞받았다.

"그걸 어떻게 알아? 거쳐야 할 절차가 수도 없을 텐데."

"아, 곧 결혼할 모양이군요. 언제입니까?"

푸아로가 정중하게 물었다.

"6월입니다."

"약혼한 지는 얼마나 됐어요? 린이 해군 여성부대에서 제대한 지 얼마 안 됐어요."

"거의 6년이 다 돼 가요."

롤리가 대답했다.

"해군에서는 결혼을 금지하는 모양이죠?"

린이 짤막하게 대답했다.

"해외에서 복무하는 바람에요."

푸아로는 순간 롤리가 얼굴을 찡그리는 걸 보았다. 그가 이내 입을 열었다.

"린, 그만 가자. 지금 가야 해. 이제 무슈 푸아로도 도시로 돌아가실 텐데."

푸아로가 웃으면서 말했다.

"전 도시로 돌아가지 않습니다."

"예?"

롤리가 갑자기 우뚝 멈춰 서더니 이해할 수 없다는 표정을 지었다.

"잠시 여기 스태그 여관에서 지낼 생각입니다."

"하지만 왜요?"

"세 텅 보 페이자주(이곳 경치가 아주 훌륭해서 말입니다)."

푸아로가 침착한 목소리로 대답했다.

롤리가 우물쭈물하며 말했다.

"아, 물론 그렇죠……. 하지만 바쁘지 않으세요?"

푸아로가 빙긋이 웃으면서 말했다.

"생활할 수 있을 만큼은 벌어 놓았기 때문에 죽자 사자 일에 매달릴 필요는 없지요. 여가를 즐기기도 하고 마음에 드는 곳이 있으면 거기서 시간을 보낼 여유 정도는 있어요. 지금은 이 웜슬리 베일이 끌리는군요."

푸아로는 린 마치몬트가 고개를 들고 자신을 뚫어져라 보는 것을 알았다. 롤리는 약간 초조해하는 눈치였다.

"골프를 치시지는 않나요? 웜슬리 히스에 가시면 훨씬 더 좋은 호텔이 있어요. 여기는 너무 누추한 것 같은데."

"제가 관심 있는 곳은 이곳 웜슬리 베일뿐입니다."

"가자, 롤리."

롤리는 마지못해 린을 뒤따랐다. 문까지 간 린이 발걸음을 멈추더니 재빨리 되돌아와서 푸아로에게 나지막한 목소리로 물었다.

"심리가 끝나고 경찰이 데이비드 헌터를 체포했어요. 그게 정당하다고 생각하세요?"

"평결이 그렇게 나온 한 다른 방법은 없습니다, 마드무아젤."

"그러면 데이비드가 살인을 했다고 생각하세요?"

"마드무아젤 생각은 어떻습니까?"

롤리가 곁에 돌아와 있었다. 린은 뻣뻣하게 굳은 얼굴에 애써 미소를 지으며 말했다.

"안녕히 가세요, 무슈 푸아로. 나중에 또 봬요."

"뭔가 좀 이상하군."

푸아로가 혼잣말로 중얼거렸다.

푸아로는 비어트리스 리핀콧에게 이야기해 방을 잡은 후 이내 다시 밖으로 나왔다. 그리고 클로드 선생의 저택으로 걸어갔다.

"아! 무슈 푸아로!"

문을 열고 나온 캐시 숙모가 놀라 한두 발짝 뒤로 물러나며 인사를 했다.

"안녕하십니까, 부인. 부인에게 경의를 표하러 이렇게 찾아왔습니다."

푸아로가 허리를 굽혀 인사했다.

"아, 고맙기도 하셔라. 저, 안으로 들어오세요. 앉으세요. 블라바츠키 여사(러시아 출신 신비 사상가로서 유럽, 미국 등지에서 활약했다 — 옮긴이)는 다른 데로 치우고, 차를 한 잔 가져와야겠지요? 케이크라고 남은 게 너무 오래돼서. 원래 케이크를 좀 사러 피콕스에 갈 생각이었는데. 수요일에는 스위스롤(잼이 든 롤빵 — 옮긴이)을 가끔 팔거든요. 하지만 심리가 있어서 집안일을 할 겨를이 없었네요. 이해해 주시겠죠?"

푸아로는 십분 이해한다고 말했다.

아까 롤리를 만나 웜슬리 베일에 있을 거라고 말했을 때 그가 초조해 보인다고 생각했던 터였다. 캐시 숙모도 푸아로를 반기지 않는 것은 의심의 여지가 없었다. 그녀는 당혹감이 역력한 눈길로 푸아로를 바라보고 있었다. 그녀가 몸을 숙이더니 음모라도 꾸미듯 낮은 목소리로 속삭였다.

"남편에게 제가 선생님을 찾아갔다는 얘기는 하지 않겠죠? 선생님께 의논했던 일 말이에요."

"입을 단단히 봉하고 있지요."

"설마 로버트 언더헤이 그 불쌍한 사람이 정말 웜슬리 베일에 와 있을 줄이야. 정말 너무 끔찍한 일이에요. 이런 기막힌 우연이 있다니 전 아직도 믿어지지가 않아요."

푸아로가 동감이라는 듯 말했다.

"위자 보드가 스태그 여관을 바로 알려 줬으면 일이 훨씬 간단했을 텐데 말입니다."

위자 보드 이야기가 나오자 캐시 숙모는 조금 힘이 나는 모양이었다.

"영혼의 세계에서 벌어지는 일들은 머리로는 계산이 안 되는 것 같아요. 하지만 무슈 푸아로, 저는 그 안에 언제나 어떤 목적이 있다는 걸 확실히 느낄 수 있어요. 인생도 그렇지 않나요? 항상 목적이 있잖아요?"

"아, 물론 그렇습니다, 부인. 제가 지금 이 응접실에 앉아 있는 것도 다 목적이 있지요."

클로드 부인이 약간 움찔했다.

"아, 그런가요? 그렇군요. 당연히 그렇겠죠……. 물론 선생님은 지금 런던으로 돌아가는 길이겠지요?"

"당장은 아닙니다. 스태그 여관에 며칠 머물 생각입니다."

"스태그 여관에서요? 아, 스태그 여관에 머무신다고요? 하지만 그곳은…… 무슈 푸아로, 정말 괜찮겠어요?"

"저는 스태그 여관으로 인도를 받았습니다."

푸아로가 근엄한 표정으로 말했다.

"인도를 받았다고요? 그게 무슨 말씀이죠?"

"부인께서 절 인도하셨지요."

"아, 하지만 전 절대 그럴 뜻은 없었어요. 그럴 생각은 전혀. 너무 끔찍해요, 이번 일은. 그렇죠?"

푸아로가 안됐다는 듯 고개를 가로저었다. 그러고는 말했다.

"방금 롤리 씨와 마치몬트 양을 만나 이야기를 나누고 오는 길입니다. 곧 결혼할 거라면서요?"

캐시 숙모가 기다렸다는 듯 화제를 돌렸다.

"린, 그 애는 얼마나 사랑스러운지 몰라요. 세상 물정에도 밝고요. 저는 잇속 따지는 데는 영 젬병이라. 린이 집에 돌아와서 얼마나 다행인지 몰라요. 제가 끔찍한 실수를 저지르면 언제나 그 아이가 수습해 주거든요. 사랑스러운 린, 그 아이가 행복하길 바라요. 롤리도 물론 근사한 청년이에요. 좀 답답한 구석이 있기는 하지만요. 그러니까 제 말은 린같이 세상을 많이 돌아다닌 아가씨한테는 좀 지루할 수 있다는 거죠. 롤리는 전쟁 기간 내내 이곳에서만 지냈거든요. 물론 그건 아주 정당했어요. 다 정부의 뜻에 따른 거니까요. 그런 것도 괜찮다고 봐요. 보어 전쟁 때 사람들이 겁먹고 내빼거나 했던 것과는 다르지요. 하지만 그러다 보니 롤리는 생각하는 폭이 약간 좁아졌지요."

"약혼한 지 6년이 되었다는 건 서로 깊이 사랑한다는 증거이겠지요?"

"아, 그럼요. 그런데 그런 아가씨들은 집에 돌아오면 좀 불안해지나 봐요. 그래서 주변에 모험을 하듯 인생을 사는 사람이 있기라도 하면……."

"데이비드 헌터같이 말입니까?"

캐시 숙모가 걱정스레 말했다.

"둘은 아무 관계도 아니에요. 절대로요. 확실히 말씀드릴 수 있어요. 둘 사이에 혹시라도 무슨 일이 있다면 정말 끔찍하지 않겠어요? 데이비드가 살인자로 밝혀진 판에 말이에요. 그것도 자기 매부 되는 사람을 죽인 건데. 무슈 푸아로, 제발 린과 데이비드 사이에 뭔가 있다는 생각은 그만두세요. 사실 그 둘은 만나기만 하면 싸우는 것 같더라고요. 제 생각은 말이죠……. 어머, 남편이 오나 봐요. 무슈 푸아로, 우리가 만났던 일 함구하는 것 잊지 않으셨죠? 불쌍한 그이가 알게 되면 엄청 신경을 쓸 거예요. 혹시라도 그런 생각을 하면……. 아, 여보, 이분은 무슈 푸아로예요. 포터 소령을 데려와 시신을 확인하게 한 그 대단한 분 말이에요."

클로드 선생은 피곤하고 수척한 모습이었다. 유난히 작고 창백한 눈동자가 멍하니 방 안을 두리번거렸다.

"안녕하십니까, 무슈 푸아로. 도시로 돌아가는 길입니까?"

푸아로는 생각했다.

'몽 디외(이런), 나를 런던으로 보내려는 사람이 여기 또 있군!'

그러고는 참을성 있게 커다란 목소리로 대답했다.

"아닙니다. 하루 정도 스태그 여관에 머물 생각입니다."

라이어널 클로드 선생이 인상을 찌푸렸다.

"스태그 여관에요? 아, 여기 좀 더 있어 달라고 경찰에서 요청한 모양이지요?"

"아닙니다. 제가 내린 결정입니다."

순간 의사의 눈빛이 날카롭게 빛났다.

"그렇습니까? 뭔가 미진한 게 있는 모양이군요?"

"왜 그렇게 생각하십니까, 클로드 선생님?"

"사실이 그렇지 않습니까?"

클로드 부인은 차를 끓이겠다고 호들갑을 떨면서 방을 나갔다. 선생이 말을 이었다.

"뭔가 잘못됐다고 생각지 않습니까?"

푸아로는 깜짝 놀랐다.

"그런 말씀을 하시다니 이상하군요. 선생님이 생각하기에 그렇다는 이야기입니까?"

라이어널 클로드가 머뭇거렸다.

"아, 아니요. 꼭 그런 게 아니라…… 그냥 현실과 동떨어진 느낌이랄까요. 소설 같은 데서는 협박한 사람이 맞아 죽거나 하는 일이 있지만 실제로도 그런가요? 분명 있겠지요. 하지만 이번 사건은 자연스럽지가 않아요."

"의학적인 면에서 미심쩍은 부분이 있는 겁니까? 물론 이건 사적으로 드리는 질문입니다."

클로드 선생이 곰곰이 생각에 잠긴 채 말했다.

"아닙니다. 그런 것은 없습니다."

"음, 뭔가 있어요. 뭔가 있다고 선생님께서 말씀하셨잖습니까."

경우에 따라 푸아로의 목소리는 거의 최면술에 가까운 효과를 냈다. 클로드 선생이 인상을 찌푸리더니 머뭇거리며 입을 열었다.

"물론 전 형사 사건에는 경험이 전무합니다. 하지만 의학적 증거는 일반인이나 소설가들이 생각하는 것처럼 절대적인 것이 결코 아닙니다. 우리도 틀릴 수 있어요. 의학에도 오류가 있을 수 있다는 겁니다. 진단이란 게 뭡니까? 빈약한 지식을 근거로 추측하는 거 아닙니까. 애매한 단서는 한 가지 방향만 제시하지 않지요. 전 홍역을 진단하는 데는 꽤 자신이 있다고 자부합니다. 의사로 활동하면서 홍역에 걸린 사례를 수백 번이나 보았고 수없이 다양하게 변형된 징후와 증상도 잘 알고 있기 때문이지요. 역설적이지만 교과서에 나오는 '전형적인' 홍역에 걸릴 가능성은 희박합니다. 의사로 살면서 전 별별 일을 다 보았습니다. 한 여자는 맹장염인 줄 알고 수술대까지 갔다가 수술 직전에 파라티푸스 진단을 받았지요. 또 열성적이고 성실한 한 젊은 의사는 피부병에 걸린 아이를 보고 심각한 비타민 결핍이라고 진단했지만, 그 동네 수의사가 엄마한테 와서는 아이가 안고 있던 고양이가 곰팡이성 피부병에 걸려 아이에게 옮긴 거라고 설명해 주었지요.

선입견에 피해를 입기는 우리 의사들도 다른 사람들과 마찬가지입니다. 여기 살해당한 것이 분명한 한 남자의 시신이 있습니다. 그 옆에는 피로 얼룩진 부젓가락이 놓여 있고요. 그가 다른 물건으로 가격당했다고 하면 터무니없어 보이겠지요. 물론 두부 골절을 치료해 본 경험이 전혀 없는 상태에서 드리는 말씀이긴 합니다만, 저는 뭔가 다른 것일 거라는 생각이 듭니다. 표면이 그렇게 매끄럽지도 않고 둥글지도 않은 물건 말입니다. 아, 뭐라고 해야 하나. 모서리가 있는 물건, 벽돌 같은 것 말입니다."

"심리 때는 그런 말씀이 없지 않았습니까?"

"예. 확실한 것이 아니니까요. 경찰인 젠킨스가 확신하는 것 같았고, 그는 믿을 만한 친구거든요. 하지만 사람들은 시신 옆에 놓여 있었다는 사실만으로 미리 단정하고 있어요. 부젓가락으로 생긴 상처냐고 물으면 그렇다고 할 수 있습니다. 하지만 먼저 상처를 보여 주고 나서 무엇으로 생긴 상처냐는 질문을 받는다면…… 정말 터무니없는 말이라 어떻게 얘기해야 할지 모르겠습니다만, 혹시 두 명이 아닐까 하는 생각이 드는 겁니다. 한 명은 벽돌로 가격하고 다른 한 명은 부젓가락으로……."

의사는 말을 멈추더니 이건 아니라는 듯 고개를 가로저었다.

"말도 안 되는 소리지요?"

"혹시 뭔가 날카로운 물건 위로 넘어진 것은 아닐까요?"

클로드 선생이 고개를 저었다.

"그는 바다 한가운데에 쓰러져 있었어요. 꽤 두꺼운 옛날식 액스민스터 양탄자(액스민스터에서 짠 다채로운 색상과 패턴의 양탄자 — 옮긴이)에 말입니다."

캐시 숙모가 방에 들어오는 바람에 이야기가 끊겼다.

의사가 한마디 했다.

"캐시가 맛대가리 없는 차를 가지고 오는군요."

클로드 부인은 도자기로 만든 주전자와 찻잔, 빵 반 덩어리, 1킬로그램짜리 병 바닥에 볼품없이 깔려 있는 잼을 쟁반에 받쳐서 들고 왔다.

"물이 끓은 줄 알았는데."

그녀가 찻주전자 뚜껑을 열고 안을 들여다보면서 이상하다는 듯 말했다.

클로드 선생은 다시 한번 코웃음을 치며 투덜댔다.

"맛대가리 없는 차."

그는 그렇게 악담을 내뱉고 방을 나갔다.

"가엾은 라이어널. 전쟁이 있은 후로 저렇게 신경이 무척 날카로워요. 일을 너무 많이 한 탓이죠. 떠나 버린 의사들이 너무 많았어요. 라이어널은 쉴 틈이 전혀 없었죠. 아침부터 늦은 밤까지 종일 일했어요. 몸이 완전히 망가지지 않은 게 신기할 정도죠. 물론 평화가 찾아오면 은퇴할 계획이었어요. 고든 아주버니가 살아 있을 때는 그게 기정사실처럼 되어 있었지요. 저 사람은 중세 시대 약초와 관련된 식물을 연구하는 것이 취미예요. 그걸 주제로 책도 쓰고 있어요. 조용하게 살면서 필요한 연구를 하는 게 저 사람 꿈이었죠. 하지만 아주버니가 그렇게 돌아가시고 나서는…… 무슈 푸아로도 아시다시피 이렇게 되었답니다. 세금이니 뭐니 온통 돈 들어가는 일뿐이에요. 은퇴를 할 형편이 안 되다 보니까 무척 상심한 것 같아요. 사실 불공평한 일 같기도 해요. 유서도 안 남기고 고든 아주버니가 그렇게 돌아가신 것 말예요. 그 일 때문에 전 믿음이 많이 흔들렸어요. 그러니까 제 말은 저는 그 사건에서 도무지 목적을 찾아볼 수 없었어요. 뭔가 잘못된 일이라는 생각밖에는."

그녀는 한숨을 짓더니 기운을 추스리고 계속 말했다.

"하지만 상황을 다르게 보고 많은 위안을 얻을 수 있었어요. '용기를 가지고 인내하면 길이 보일 것이다.'라고 생각한 거죠. 그런데 오늘 그 멋진 포터 소령이 증언대에 올라 그토록 늠름하게 살해당한 그 불쌍한 남자가 로버트 언더헤이라고 했을 때는 정말…… 저는 알았어요. 비로소 길을 찾았다는 걸! 정말 신기하지 않아요, 무슈 푸아로? 세상사는 정해진 이치대로 흘러가게 마련이라는 말이 딱 맞는 것 같아요."

에르퀼 푸아로가 물었다.

"살인이 일어났는데도 말입니까?"

7장

　푸아로는 곰곰 생각에 잠긴 채 스태그 여관에 들어섰다. 매서운 동풍에 몸이 약간 떨려 왔다. 현관에는 아무도 없고 휑했다. 오른편 라운지 문을 밀어젖혔다. 퀴퀴한 연기 냄새가 풍겨 왔다. 난롯불은 거의 꺼져 가고 있었다. 푸아로는 발소리를 죽이며 복도 끝 '투숙객 전용'이라고 표시된 문으로 걸어갔다. 방 안에는 난롯불이 활활 타오르고 있었다. 하지만 커다란 팔걸이의자에 버티고 앉아 느긋하게 발을 녹이던 노파가 하도 사납게 노려보는 바람에 쭈뼛쭈뼛 물러날 수밖에 없었다.
　푸아로는 잠시 복도에 서서 유리 칸막이를 한 사무실이며 옛날식으로 '커피룸'이라는 글자가 선명하게 표시된 문 따위를 둘러보았다. 시골 여관에 묵은 적이 있는 푸아로는 이곳에서도 야박하게 아침 식사 때 딱 한 번만 커피가 나온다는 것을 이미 알고 있었다. 그

마저도 뜨겁게 데운 싱거운 우유가 잔뜩 들어가 있었다. 작은 컵에 담긴 달콤하고 진한 블랙커피는 '커피룸'이 아닌 라운지에 가야 맛볼 수 있었다. 또 7시 정각에 커피룸에 가면 윈저 수프에 감자를 곁들인 비엔나 스테이크와 찐 푸딩이 나오는 저녁 식사를 먹을 수도 있었다. 그 전까지 스태그 여관에는 깊은 정적만이 감돌 뿐이다.

푸아로는 생각에 빠진 채 계단을 올라갔다. 묵고 있는 11호실로 가려면 왼쪽으로 돌아야 했지만 오른쪽으로 돌아 5호실 문 앞에 멈춰 섰다. 주변을 둘러보았다. 정적이 감돌 뿐 아무 기척이 없었다. 그는 문을 열고 안으로 들어섰다.

경찰이 수색을 마친 상태였다. 방은 말끔히 치워져 있었다. 바닥에 깔려 있던 카펫도 없었다. 그 '케케묵은 액스민스터' 카펫은 청소부에게 가 있을 것이다. 담요는 침대 위에 깔끔하게 개켜져 있었다.

푸아로는 문을 닫고 방 안을 이리저리 둘러보기 시작했다. 방은 깨끗했고, 사람의 관심을 끌 만한 것은 이상할 정도로 없었다. 푸아로는 방 안 가구들을 살펴보았다. 책상, 고풍스러운 마호가니 서랍장, 같은 재질로 된 직립식 옷장(4호실 문을 막고 있는 그 옷장인 듯했다.), 놋쇠로 틀을 짠 2인용 침대, 그리고 사실 현대화와 인력 부족 탓에 생겨난 냉온수 겸용 세면대가 있었다. 그리고 크지만 앉기에는 다소 불편한 팔걸이의자 하나와 작은 의자 두 개가 있었고, 케케묵은 빅토리아 시대풍 벽난로에는 부젓가락과 한 세트인 구멍 뚫린 삽과 부지깽이가 놓여 있었다. 벽난로 선반 장식은 육중한 대리석으로 되어 있었고, 단단한 대리석으로 만들어진 난로 테두리는 모서리가 네모반듯하게 각이 져 있었다.

푸아로는 몸을 구부린 채 그 난로 테두리를 살펴보았다. 그는 손가락에 물을 묻혀 오른쪽 모서리를 따라 문지르고는 손가락을 들여다보았다. 손가락이 약간 까매져 있었다. 다른 손가락으로 왼쪽 모서리를 똑같이 문질러 보았다. 이번에는 손가락에 아무것도 묻지 않았다.

푸아로가 생각에 잠긴 채 혼잣말로 중얼거렸다.

"그래, 그렇게 된 거야."

그는 방 안에 설치된 세면대를 살펴보았다. 그러더니 창 쪽으로 걸어갔다. 창밖으로 함석지붕이 보였다. 차고 지붕인 모양이었다. 그리고 작은 뒷골목 하나가 눈에 들어왔다. 그 지붕과 골목을 이용하면 사람들 눈에 띄지 않고 5호실에 쉽게 드나들 수 있다. 계단을 통해 올라와도 사람들과 마주치지 않고 5호실로 들어오는 건 마찬가지로 수월하다. 방금 푸아로도 그렇게 들어온 것이니까.

푸아로는 조용히 방을 나와 소리 나지 않게 방문을 닫았다. 그리고 복도를 따라 자기 방으로 갔다. 방 안엔 한기가 가득했다. 푸아로는 다시 아래층으로 내려갔다. 결국 망설이다가 저녁의 한기를 이기지 못한 푸아로는 대담하게 '투숙객 전용' 라운지에 들어가 팔걸이의자를 난롯가에 끌어다 놓고 앉았다.

노파는 가까이에서 보니 훨씬 더 무시무시했다. 반짝이는 은발에 코밑에는 털이 무성하게 나 있었다. 이윽고 그녀가 입을 열었다. 낮고 위엄 있는 목소리였다.

"라운지는 이 여관에 투숙하는 사람만 사용하는 곳이야."

"저도 이 여관에 투숙하고 있습니다."

노파는 잠시 생각하더니 다시 비난조로 퍼부었다.

"당신은 외국인이잖아."

"그렇습니다."

"난 외국인들은 모조리 돌아가야 한다고 생각해."

"어디로 말입니까?"

"당신네가 있던 곳으로."

노파가 단호한 목소리로 말하고는 혼잣말하듯 한마디 보태며 콧방귀까지 뀌었다.

"외국인이 다 뭐야!"

푸아로가 고분고분한 목소리로 대꾸했다.

"그건 어려울 것 같은데요."

"말도 안 되는 소리 마. 우리가 전쟁을 한 이유가 뭔데? 다 사람들이 제자리로 돌아가자고 한 것 아니었어?"

푸아로는 이 논쟁에 뛰어들지 않았다. '우리가 전쟁을 한 이유가 무엇인가' 같은 주제에 관해서는 저마다 다른 견해를 갖고 있다는 것을 알고 있었기 때문이다.

적의 어린 침묵이 감돌았다.

노파가 입을 열었다.

"도대체 세상이 어떻게 돌아가고 있는 건지, 원. 뭐가 어떻게 될지 도무지 모르겠어. 난 해마다 여기에 찾아와 이 여관에 머물고 있지.

남편이 16년 전에 죽었는데 여기 묻혀 있거든. 매년 와서 한 달간 있다 가곤 하지."

"참 의미 있는 순례입니다."

푸아로가 공손하게 말했다.

"그런데 매년 올 때마다 점점 엉망이야. 서비스도 제대로 안 되고. 음식은 먹을 수가 없고. 비엔나 스테이크는 특히! 스테이크라면 소 우둔살이나 저민 고기를 써야지. 다진 말고기를 쓰는 게 말이 돼?"

푸아로가 안타깝다는 듯 고개를 가로저었다.

"그래도 한 가지 다행인 건 그놈의 비행장을 더 이상 안 쓴다는 거지. 젊은 비행사들이 막돼먹은 여자애들을 데리고 이곳으로 몰려드는 게 얼마나 망측스러웠던지! 그 계집아이들 말이야. 요새 엄마들은 도대체 무슨 생각으로 사는 거야. 나돌아 다니는 애들을 그냥 놔둔다니까. 다 정부 탓이야. 엄마들을 공장에서 일을 시키니까. 어린 아기들이나 있을 때만 면제를 해 주고 말이야. 하지만 아기들은 엄마가 없어도 된다고. 아기는 누구나 돌볼 수 있잖아. 아기들은 군인들 꽁무니를 따라다니거나 하진 않아. 돌봐 줄 사람이 필요한 건 바로 열네 살부터 열여덟 살짜리 여자애들이라고! 그 애들에게 엄마가 필요해. 애들이 어떻게 처신해야 하는지 똑바로 가르치려면 엄마가 필요한 거야. 군인! 조종사! 그 애들 머릿속은 온통 그 작자들 생각뿐이지. 미국인이든, 깜둥이든, 폴란드 쓰레기든 가리지 않고 말이야!"

여기까지 말한 노파는 분을 못 이기고 기침을 해 댔다. 그러다 기침이 멎자 푸아로를 분통을 터뜨리는 표적으로 삼아 다시금 신나게 떠들어 댔다.

"군대에서 막사 주변에 가시철조망을 왜 치는데? 군인들이 여자애들을 못 건들게 하려고? 아냐, 여자애들이 군인한테 접근하지 못하게 하려는 거지! 속을 알고 보면 그 애들은 남자들한테 미쳐 있다니까. 옷 입은 꼴을 한번 봐. 바지를 입고 다닌다니까! 반바지를 입고 다니는 얼간이들도 있고 말이야. 제 뒷모습을 보고 꼬락서니가 어떤지 알면 입을 엄두도 못 낼 텐데!"

"부인 말씀이 옳습니다. 백번 옳아요."

"머리에는 또 뭘 쓰고 다니는지 알아? 단정한 모자? 어림도 없어. 요상하게 찌그러진 모자를 쓰고 얼굴은 화장으로 떡칠을 하지. 입술에는 립스틱을 덕지덕지 바르고. 손톱에만 빨간 매니큐어를 칠하는 게 아니야. 발톱까지 빨갛게 칠한다니까!"

노파는 분통을 터뜨리며 잠시 말을 멈추었다. 푸아로를 보며 반응을 기다리는 눈치였다. 푸아로는 한숨을 지으며 고개를 저어 보였다.

"교회에서도 모자를 안 쓴다니까. 차라리 우스꽝스러운 그 스카프라도 좀 두르고 오지. 그마저도 안 하고 오는 때도 있다니까. 뽀글뽀글하게 파마한 머리를 그냥 다 드러낸 채 말이야. 홍, 요즘 것들이 머리에 대해 알기나 해? 내가 젊었을 적에는 어디에 앉기라도 하면 머리칼이 엉덩이에 깔릴 정도였다고."

푸아로는 하얗게 센 노파의 은발을 슬쩍 훔쳐보았다. 이 무서운 노인에게도 젊은 시절이 있었다는 게 상상이 가지 않았다.

노파가 말을 이었다.

"요전 날 여기에도 그런 여자가 하나 왔어. 오렌지색 스카프를 머리에 단단히 두르고 얼굴에는 화장을 떡칠했더군. 내가 그 여자를 봤지. 얼굴을 봤다고! 금세 사라져 버렸지만. 투숙객이 아니었어. 그런 여자들은 절대 이런 데 안 있거든. 내가 장담해! 그런 여자가 남자 방에서 나왔다면 뭘 했겠어? 나 원, 추잡스러워서. 리핀콧이란 여자한테 그 이야기를 했지만 그 여자도 똑같아. 바지만 걸쳤으면 사족을 못 쓰지."

푸아로는 약간 호기심이 일었다.

"남자 방에서 나왔다고요?"

노파는 신이 나서 떠들었다.

"그래, 내 말이. 이 두 눈으로 똑똑히 봤다니까. 5호실에서 나오던걸."

"그게 무슨 요일이었습니까?"

"한 남자가 죽었다며 야단법석을 떨기 전날이었지. 여기서 그런 일이 일어나다니 이런 변이 어디 있겠어? 여기도 전에는 점잖고 고풍스러운 곳이었는데. 하지만 지금은······."

"그게 오후 언제쯤 일이었습니까?"

"오후? 오후가 아니었어. 밤이었지. 그것도 늦은 밤. 그러니 망측한 일이라고 하는 거야. 10시도 넘었을 때였어. 내가 침실로 올라간 게 10시 15분이었는데, 그 여자가 뻔뻔스럽게 5호실에서 나오더니 날 뚫어지게 쳐다보더라고. 그러더니 다시 방으로 휙 들어가서는 남자랑 웃고 떠들었지."

"남자가 이야기하는 소리를 들으셨습니까?"

"그렇다고 얘길 하잖아. 그 여자가 방으로 휙 들어가니까 남자가 이렇게 말하더라고. '아, 그만 좀 나가. 이젠 지겨워.' 남자가 그렇게 말하는 건 정말 잘하는 짓이야. 그런데 여자애들은 매달리지. 계집애들이란!"

"경찰에 그 사실을 알렸습니까?"

노파는 푸아로를 죽일 듯이 노려보더니 비틀거리며 의자에서 일어섰다. 푸아로를 내려다보던 그녀가 얼굴을 들이밀고 섬뜩한 눈빛으로 말했다.

"내가 경찰이랑 왜 엮여야 하는데? 경찰은 됐어. 내가 법정에 서야겠어?"

노파는 분을 못 이겨 몸을 바르르 떨더니 마지막으로 푸아로를 무섭게 한 번 노려보고 방을 나갔다.

푸아로는 자리에 앉아 콧수염을 어루만지며 잠시 생각에 잠겨 있다가 비어트리스 리핀콧을 찾았다.

"아, 무슈 푸아로, 리드베터 부인을 말씀하시는 거군요. 캐넌 리드베터 씨의 미망인이에요. 매년 이곳에 오시는데 사실 그분 때문에 얼마나 애를 먹는지 몰라요. 사람들에게 민망할 정도로 무례하게 굴 때도 있고 말이죠. 시대가 바뀌었다는 것을 이해 못 하는 것 같아요. 나이는 거의 여든이 다 되었죠."

"하지만 정신은 온전하지요? 자기가 무슨 말을 하는지 아느냐는 말입니다."

"아, 그럼요. 정신은 아주 멀쩡하세요. 때로는 지나치다 싶을 정도지요."

"화요일 밤 살해당한 그 남자를 찾아왔던 젊은 여자가 누군지 아십니까?"

비어트리스는 놀란 표정으로 말했다.

"아든 씨에게 젊은 여자가 찾아왔던 기억은 없는데요. 어떻게 생긴 사람이죠?"

"머리에 오렌지색 스카프를 두르고 화장을 진하게 한 모양입니다. 화요일 밤 10시 15분에 5호실에서 아든과 얘기를 했다는데요."

"정말요, 무슈 푸아로? 그런 일이 있었는지는 전혀 몰랐어요."

푸아로는 생각에 잠긴 채 스펜스 총경을 찾아갔다.

스펜스 총경은 별말 없이 푸아로의 말에 귀를 기울였다. 그러더니 의자에 몸을 기대고 천천히 고개를 끄덕였다.

"정말 재미있지 않습니까? 결국에는 판에 박은 듯 똑같은 공식이 되풀이되는 걸 보면 말입니다. 셰르셰 라 팜므(여자를 찾아라)."

총경의 프랑스어 발음은 그레이브스 경사만큼 훌륭하진 못했지만, 그는 자신의 실력에 자부심을 갖고 있었다. 그는 자리에서 일어나 방구석으로 가더니 무언가를 손에 들고 돌아왔다. 금박을 입힌 판지 상자에 든 립스틱이었다.

"이 사건 초기부터 혹시 여자가 관련되어 있을지도 모른다고 추정했지요."

푸아로는 립스틱을 받아 들어 조심스럽게 손등에 살짝 발랐다.

"고급 제품이군요. 다크 체리 레드라. 머리카락이 흑갈색인 여자들이 쓸 것 같은데요."

"그렇습니다. 5호실 바닥에서 발견했죠. 서랍장 밑에 뒹굴고 있었으니 전부터 있던 물건일지도 모릅니다. 지문은 남아 있지 않았습니다. 요즘은 립스틱 종류가 워낙 다양하지요. 예전에는 기본적인 색깔 몇 가지뿐이었는데."

"당연히 조사는 다 했겠죠?"

총경이 웃으면서 대답했다.

"예. 말씀하신 대로 조사를 다 했습니다. 로잘린 클로드가 이런 립스틱을 쓰더군요. 린 마치몬트도요. 프랜시스 클로드 부인은 좀 더 연한 색을 씁니다. 라이어널 클로드 부인은 립스틱 같은 건 전혀 안 쓰더군요. 마치몬트 부인은 연한 분홍색을 쓰고 있었습니다. 비어트리스 리핀콧은 이렇게 비싼 물건은 쓰지 않는 것 같더군요. 여관 종업원 글래디스도 마찬가지고 말입니다."

총경이 잠시 말을 멈추자 푸아로가 말했다.

"철저하게 조사하셨군요."

"그렇게 철저한 것도 아닙니다. 지금으로선 그 밖의 다른 누군가가 관련된 것처럼 보이니까요. 언더헤이가 웜슬리 베일에서 알게 된 어떤 여자일 수도 있습니다."

"그 여자가 화요일 밤 10시 15분에 언더헤이와 이야기를 나누었고 말입니까?"

스펜스 총경이 한숨을 내뱉더니 말했다.
"그렇습니다. 이러면 데이비드 헌터는 용의선상에서 제외되는군요."
"그렇게 되나요?"
"그렇습니다. 데이비드가 그렇게 뻗대더니 결국 진술하겠다고 하더군요. 변호사가 따라다니면서 설득했습니다. 이게 데이비드 헌터가 자신의 행적을 설명한 내용입니다."
푸아로는 깔끔하게 타이핑한 진술서를 읽어 내려갔다.

런던에서 4시 16분에 웜슬리 히스로 가는 기차를 타고 5시 30분에 도착. 오솔길을 따라 퍼로뱅크까지 걸어갔다.

그때 총경이 끼어들었다.
"헌터의 설명에 따르면, 두고 간 물건 중에 몇 가지 챙겨 갈 게 있어서 여기에 왔다더군요. 편지와 서류, 수표장 따위 말입니다. 또 세탁소에 맡긴 셔츠 몇 장이 돌아왔는지도 확인해야 했답니다. 물론 세탁물은 없었지요. 정말이지 요새는 세탁소들이 문제예요. 세탁소에서 우리 집에 들른 게 벌써 4주 전 일입니다. 집에는 깨끗한 수건 한 장이 없고 지금은 모든 빨래를 집사람이 직접 하고 있다니까요."
총경은 이렇게 무척이나 인간적인 푸념을 늘어놓고 나서야 다시 데이비드의 행적으로 관심을 돌렸다.

7시 25분에 퍼로뱅크를 출발, 7시 20분 기차를 놓쳐서 다음 열차가 출발하는 9시 20분까지 산책을 했다.

푸아로가 물었다.
"어느 곳으로 산책을 했답니까?"
총경이 수첩을 보고 대답했다.
"다운 숲 옆을 지나 배츠 언덕을 거쳐 롱 리지로 갔다고 합니다."
"화이트 하우스를 완전히 한 바퀴 빙 돌았군요."
"세상에! 무슈 푸아로. 이곳 지리를 벌써 훤하게 꿰고 계시는군요!"
푸아로가 웃으면서 고개를 저었다.
"아니요, 말씀한 곳들은 잘 모릅니다. 추측한 것뿐이지."
"아, 추측을 하셨다고요?"
총경이 고개를 한쪽으로 삐딱하게 기울이며 말했다.
"헌터의 설명에 따르면, 그러고 나서 롱 리지에 올라갔는데 기차 시간에 쫓긴다는 사실을 깨닫고 들판을 가로질러 웜슬리 히스 역까지 숨 가쁘게 달렸다는군요. 가까스로 기차를 잡아타고 빅토리아 역에 10시 45분에 도착했답니다. 셰퍼드 코트까지 걸어갔고 집에 도착한 것은 11시였답니다. 후반부 진술은 고든 클로드 부인이 확인해 주었지요."
"나머지 진술도 확인된 게 있습니까?"
"극히 일부분입니다만 있기는 합니다. 롤리 클로드와 몇몇 사람이 헌터가 웜슬리 히스에 도착한 걸 보았습니다. 퍼로뱅크의 하녀들은 외출 중이라 그를 보진 못했지만(물론 데이비드는 저택 열쇠를 갖고 있었습니다.), 서재에 담배꽁초가 있는 걸 발견했답니다. 어떻게 된 것인지 싶었겠지요. 또 옷장이 심하게 어질러져 있었답니다. 그리고 늦게까지 일하고 있던 정원사가(온실 문을 잠그는 일 따위를 하고 있었겠지요.) 그를 봤다고 하더군요. 마치몬트 양은 마던 숲 부근에서 그를 만났다고 했습니다. 기차를 타려고 뛰어가고 있었답니다."

"데이비드가 기차를 탄 걸 본 사람은 있습니까?"

"없습니다. 하지만 런던에 돌아가자마자 11시 5분에 마치몬트 양에게 전화했다고 합니다."

"확인해 보셨습니까?"

"네. 그 번호로 한 통화를 벌써 전부 조사했지요. 11시 4분에 웜슬리 베일 34번지로 장거리 전화를 걸었더군요. 마치몬트 양 집의 전화입니다."

"아주, 대단히 흥미로운 이야기군요."

푸아로가 중얼거렸다.

하지만 스펜스 총경은 차분하고 끈질기게 설명을 계속했다.

"롤리 클로드는 8시 55분 전에 아든의 방을 나왔습니다. 그 이전이 아닌 것은 거의 확실합니다. 9시 10분쯤 린 마치몬트는 헌터가 마던 숲에서 나오는 걸 보았습니다. 데이비드가 스태그 여관에서부터 줄창 달렸다고 해도 과연 아든을 만나 싸우고 죽인 후 마던 숲까지 갈 시간이 됐겠습니까? 자세히 조사를 해 봐야겠지만 제 생각에는 불가능할 것 같습니다. 처음부터 다시 시작하게 생겼습니다. 아든은 9시에 죽기는커녕 10시 15분까지 살아 있었으니까요. 그 노파가 꿈을 꾸기라도 한 게 아니라면 말입니다. 그 남자는 립스틱을 떨어뜨린 여자, 그러니까 오렌지색 스카프를 두른 여자가 죽였거나 아니면 여자가 나간 후 방에 들어온 누군가가 죽였겠지요. 그리고 그자가 일부러 시곗바늘을 9시 10분으로 돌려놓은 거지요."

"데이비드 헌터가 생각지도 못한 곳에서 린 마치몬트를 만나지 못했다면 무척 불리한 상황이 되었겠는데요?"

"그랬겠지요. 웜슬리 히스에서 런던으로 가는 열차는 9시 20분 차가 막차였습니다. 날이 어둑해지는 시간이죠. 골프 치러 왔다가 그 기차로 돌아가는 사람들이 늘상 있기는 합니다만 아무도 헌터를 알아보지 못했을 겁니다. 역무원 가운데 데이비드의 얼굴을 아는 사람도 없고요. 또 런던에 도착해서 택시를 타지도 않았어요. 그래서 그 여동생 말에만 의지해서 데이비드가 자기가 말한 시각에 정말 셰퍼드 코트에 돌아왔는지 확인할 수밖에 없습니다."

푸아로가 아무 말이 없자 총경이 물었다.

"무슈 푸아로, 무슨 생각을 하고 계십니까?"

"화이트 하우스 주위를 빙 돌아 마던 숲에서 린 마치몬트를 만났다. 나중에 전화를 걸었다……. 지금 린 마치몬트는 롤리 클로드와 약혼한 사이지요……. 그 전화 통화 때 무슨 이야기가 오갔는지 자못 궁금하군요."

"인간적인 관심 때문입니까?"

"예, 항상 인간적인 관심이 이유가 되는 것 아니겠습니까?"

8장

늦은 시각이었지만 푸아로는 한 군데 더 들러 보고 싶은 곳이 있었다. 그는 제러미 클로드의 저택으로 향했다.

작고 영리해 보이는 하녀가 푸아로를 제러미 클로드의 서재로 안내했다.

서재에 혼자 남자 푸아로는 주위를 흥미로운 듯 둘러보았다. 집 조차도 법조계 스타일의 무미건조한 모습이란 생각이 들었다. 책상에 고든 클로드의 사진이 커다랗게 놓여 있었다. 색이 바랜 또 다른 사진은 말을 탄 에드워드 트렌턴 경이었다. 푸아로가 트렌턴 경의 사진을 유심히 살펴보고 있을 때 제러미 클로드가 들어왔다.

"아, 실례했습니다."

푸아로가 당황해하며 액자를 내려놓았다.

"제 장인어른입니다. 그 말은 체스트넛 트렌턴이라고 장인이 소유한 말 가운데 최고에 드는 녀석이었습니다. 1924년 더비 경마에서 2등을 했지요. 혹시 경마에 관심 있습니까?"

제러미 클로드는 약간 으스대는 목소리였다.

"유감이지만 아닙니다."

"돈을 많이 잡아먹지요. 에드워드 경도 경마 때문에 파산하는 바람에 해외에 나가 살아야 했던 적이 있지요. 확실히 돈이 많이 드는 오락입니다."

제러미는 냉담하게 말했지만 목소리에는 여전히 자부심이 서려 있었다.

푸아로가 보기에 제러미는 경마에 투자했다가는 순식간에 돈을 날릴 사람이었지만, 경마에 돈을 쏟아붓는 사람들을 은근히 동경하고 우러러보는 눈치였다.

클로드가 이어 말했다.

"그런데 어쩐 일이십니까, 무슈 푸아로? 클로드가의 일원으로서 선생께 큰 빚을 졌습니다. 로버트 언더헤이의 신원을 확인해 줄 포터 소령을 찾아 주셨으니 말입니다."

"가족들이 그 일을 무척 기뻐하는 것 같습니다."

제러미가 냉담하게 말했다.

"아, 아직 기뻐하기엔 좀 이르지요. 넘어야 할 산이 많아요. 아프리카에서는 언더헤이 죽음을 기정사실로 받아들였으니까요. 이런 일을 바로잡으려면 몇 년이 걸립니다. 게다가 로잘린은 증언할 때 무척 확신에 차 있었습니다. 아주 확신에 차 있었지요. 또 심리 때 좋은 인상을 남기지 않았습니까?"

제러미 클로드는 낙관적인 전망을 내놓기가 조심스러운 모양이었다.

"저는 어떤 식으로든 판정은 내리고 싶지 않습니다. 재판이 어떻게 진행될지는 아무도 모르니까요."

이윽고 지겹다는 듯 신경질적으로 몇 가지 서류를 한쪽으로 밀어놓더니 용건을 물었다.

"그런데 저를 보자고 하신 이유가?"

"물어볼 게 있습니다, 클로드 씨. 동생이 유서를 남기지 않은 것이 확실합니까? 결혼한 후에 만든 유서 말입니다."

제러미는 놀라는 모습이었다.

"그런 게 있을 거라고는 생각해 보지도 않았습니다. 뉴욕을 떠나기 전에는 확실히 유서를 만들지 않았어요."

"혹시 런던에 이틀간 머물 때 만들었을 수도 있지 않을까요."

"그쪽으로 변호사를 불러서 말입니까?"

"아니면 자신이 직접 썼을 수도 있지요."

"증인이 있었을까요? 누가 증인일까요?"

"저택에 하인이 세 명 있지 않았습니까? 고든 씨가 죽던 그날 함께 죽은 하인들입니다."

푸아로가 상기시켰다.

"흠, 그렇지요. 하지만 혹 선생께서 말씀하신 대로 고든이 유서를 작성했다 해도 그것 역시 폭격으로 사라져 버렸을 겁니다."

"바로 그겁니다. 최근 완전히 소실됐다고 믿었던 문서들이 생각지 못한 방법으로 해독되는 일이 실제로 아주 많습니다. 예를 들어, 가정용 금고에 보관된 문서들은 불에 타더라도 읽지 못할 정도로 손상을 입지는 않지요."

"무슈 푸아로, 저는 생각지도 못한 이야기군요······. 생각도 못 했어요. 하지만 제 생각에는 그럴 리가······ 그래요, 그 안에는 아무것도 없을 겁니다······. 제가 아는 한 셰필드 테라스의 그 집에 금고 같은 건 전혀 없었어요. 고든은 중요한 서류들은 모두 사무실에 보관했습니다. 그러니 집에 유서가 남아 있을 리 절대 없어요."

푸아로는 뜻을 굽히지 않았다.

"하지만 조사해 볼 수는 있지 않겠습니까? 가령 공습경보 담당 관리들이라면 알아낼 수 있는 게 있을지 모릅니다. 혹시 제게 조사할 권한을 주실 수 있을까요?"

"아, 물론, 물론입니다. 그런 일을 하겠다고 나서 주시니 고마울 따름입니다. 하지만 유감스럽게도 성과가 전혀 없을 것 같은 예감이 드는군요. 혹시 모르는 일이긴 하지만 말입니다. 그러면 선생은 바로 런던으로 돌아가겠죠?"

푸아로가 실눈을 뜨고 그를 바라보았다. 제러미 클로드의 어조에는 분명히 간절한 바람이 담겨 있었다. 그가 런던으로 돌아가기를 바라는······. 클로드가 사람들 모두 푸아로가 빠져 주기를 바라는 것일까?

푸아로가 미처 대답을 하기도 전에 프랜시스 클로드가 문을 열고 들어왔다.

푸아로의 눈에는 두 가지 사실이 인상적이었다. 첫 번째는 그녀가 무척이나 상심한 얼굴이라는 것이었고, 두 번째는 사진 속 아버지를 빼다 박았다는 점이었다.

"여보, 에르퀼 푸아로 선생께서 우릴 만나러 오셨소."

제러미 클로드가 굳이 필요 없는 설명을 했다.

프랜시스가 푸아로와 악수를 나누고 나자 제러미 클로드는 곧바로 푸아로가 유서에 대해 언급한 이야기를 대강 들려주었다.

프랜시스는 미심쩍다는 표정이었다.

"거의 가능성이 없을 것 같은데요."

"고맙게도 무슈 푸아로가 런던으로 가서 직접 조사를 해 주신다는군."

푸아로가 말했다.

"포터 소령이 그 지역 공습경보 관리인이었다고 알고 있습니다."

클로드 부인이 호기심 어린 표정을 짓더니 푸아로에게 물었다.

"도대체 포터 소령이라는 그 사람은 누구죠?"

푸아로가 어깨를 으쓱하고는 대답했다.

"퇴역한 육군 장교입니다. 연금으로 생활하고 있지요."

"아프리카에 다녀온 건 맞나요?"

푸아로가 뜨악한 표정으로 프랜시스를 바라보았다.

"당연하지요, 부인. 왜 그런 걸 물으십니까?"

그녀가 거의 넋이 나간 듯한 얼굴로 대꾸했다.

"잘 모르겠어요. 그 사람 때문에 곤혹스러워요."

"그러시겠죠, 클로드 부인. 저는 이해할 수 있습니다."

프랜시스가 푸아로를 날카로운 눈초리로 쳐다보았다. 눈동자는 거의 두려움에 가까운 감정으로 일렁거렸다.

그녀가 남편 쪽으로 몸을 돌리더니 말했다.

"제러미, 로잘린이 너무 안됐어요. 퍼로뱅크에 혼자 남아 있는 데다 데이비드가 체포돼 무척 상심해 있을 텐데. 로잘린한테 여기 와서 있으라고 하면 안 될까요?"

제러미가 의심스럽다는 투로 물었다.

"여보, 당신은 그게 현명한 일이라 생각하오?"

"현명한 일이요? 그런 건 모르겠어요. 하지만 로잘린도 우리와 똑같은 사람이잖아요. 로잘린 처지가 너무 가련해요."

"과연 로잘린이 온다고 할까?"

"어쨌든 말은 꺼내 볼 수 있잖아요."

변호사 제러미 클로드가 조용하게 말했다.

"그래야 당신 마음이 편하다면 그렇게 하구려."

"그래요, 당연히."

그녀의 말에는 왠지 모를 쓸쓸함이 배어 있었다. 그러더니 미심쩍은 눈초리로 푸아로를 흘긋 쳐다보았다.

푸아로가 예의를 갖추고 말했다.

"이제 그만 가 봐야겠군요."

프랜시스가 현관까지 그를 따라 나왔다.

"지금 런던으로 가시나요?"

"런던은 내일 갑니다. 길어 봤자 런던에서 하루 정도 시간을 보낼 겁니다. 그 후에는 다시 스태그 여관으로 돌아올 테니 필요하면 여관으로 절 찾아오시면 됩니다, 부인."

그녀가 날 선 목소리로 따져 물었다.

"제가 당신을 필요로 할 일이 뭐가 있죠?"

하지만 푸아로는 질문에는 대답하지 않고 이렇게만 말할 뿐이었다.

"스태그 여관에 있겠습니다."

그날 밤늦게 어둠 속에서 프랜시스 클로드가 남편에게 말했다.

"그 사람은 자기가 말한 이유 때문에 런던에 가는 게 아닌 것 같아요. 고든이 유서를 만들었을 거라는 이야기도 영 믿음이 가지 않고요. 제러미, 당신은 그 이야기를 믿어요?"

제러미가 피곤에 지쳐 체념한 목소리로 대꾸했다.

"아니, 프랜시스. 그 사람은 뭔가 다른 이유가 있어서 간 거야."

"무슨 이유요?"

"그건 모르겠소."

"제러미, 이제 우린 어떻게 해야 하죠?"

잠시 후 그가 입을 열었다.

"프랜시스, 내 생각에는 한 가지 방법밖에 없는 것 같아……."

9장

제러미 클로드에게서 필요한 신임장을 받아 둔 덕분에 푸아로는 의문에 대한 답을 얻을 수 있었다. 내용은 무척 명료했다. 저택은 완전히 파괴되었다는 것이다. 새로 건물을 지으려고 저택이 있던 부지를 정리한 것은 최근일이었다. 데이비드 헌터와 클로드 부인을 빼고 살아남은 사람은 없었다. 저택에서 일하던 하인은 세 명, 프레더릭 게임과 엘리자베스 게임 그리고 에일린 코리건이었다. 그들 모두 현장에서 즉사했다. 고든 클로드는 저택 밖으로 실려 나올 때는 살아 있었지만 병원으로 이송되는 도중 의식을 회복하지 못하고 사망했다. 푸아로는 하인 세 명과 가까운 친척들을 수소문하여 이름과 주소를 받아 적었다. 푸아로가 말했다.

"혹시 그들이 친구들에게 무심코 건넨 말 중에 내가 긴히 필요로 하는 정보의 실마리가 있을지도 모르거든요."

푸아로와 이야기를 나눈 담당 관리는 회의적인 표정이었다. 게임 부부는 멀리 도싯 출신이었고, 에일린 코리건은 아일랜드 카운티 코크 출신이었다.

다음으로 푸아로는 포터 소령 집으로 발걸음을 돌렸다. 공습경보 관리인이었다는 소령의 말이 생각났던 것이다. 혹시 그날 밤에도 근무를 했는지, 셰필드 테라스의 사고와 관련해 뭔가 본 것은 없는지 궁금했다.

포터 소령과 이야기를 나누고 싶어 한 데는 그것 말고도 몇 가지 이유가 더 있었다.

그런데 에지웨이가(街) 모퉁이를 돌았을 때 푸아로는 깜짝 놀랐다. 그가 찾아가려는 집 밖에 제복을 입은 경찰이 서 있었기 때문이다. 어린 남자아이들과 사람들이 옹기종기 모여서 저택을 보고 있었다. 무슨 일인지 직감한 푸아로는 가슴이 철렁 내려앉았다.

푸아로가 저택에 다가가자 경찰관이 앞을 막아섰다.

"들어갈 수 없습니다."

"무슨 일입니까?"

"여기에 사는 분입니까?"

푸아로가 고개를 저었다.

"누구를 만나러 왔습니까?"

"포터 소령을 보러 왔습니다."

"친구입니까?"

"아니요, 친구라고 할 수는 없습니다만. 대체 무슨 일입니까?"

"총으로 자살한 것 같습니다. 아, 경감님이 오시는군요."

문이 열리고 두 사람이 나오는 게 보였다. 한 사람은 이 지역 경감이었고, 다른 사람은 안면이 있었다. 웜슬리 베일의 그레이브스 경사였다. 경사가 푸아로를 알아보고는 곧바로 경감에게 소개했다.

"안으로 들어가 보시죠."

그레이브스 경사가 말했다.

세 사람은 다시 저택으로 들어갔다.

그레이브스 경사가 여기 온 자초지종을 설명했다.

"그 연락을 받고 스펜스 총경님께서 절 보내셨고요."

"전화로 웜슬리 베일에 연락이 왔습니다. 자살입니까?"

경감이 대답했다.

"예. 자살이 분명해 보입니다. 심리 때 증언한 것이 큰 부담이었는지도 모르겠습니다. 그런 사람들이 간혹 있기는 합니다만, 제 생각에는 포터 소령이 최근 우울하게 지냈던 것 같습니다. 경제적 어려움이라든지, 여러 가지 문제 때문에요. 자기가 갖고 있던 리볼버로 자살했습니다."

"올라가 봐도 되겠습니까?"

"원하신다면요. 경사, 무슈 푸아로를 모시고 올라가게."

"알겠습니다."

그레이브스가 2층으로 안내하면서 앞장섰다. 방은 오래된 연한색 러그며 책 등 대부분 푸아로가 기억하고 있는 모습 그대로였다. 포터 소령의 시신은 커다란 팔걸이의자에 그대로 있었다. 고개만 앞으로 약간 떨어뜨리고 있을 뿐 자세는 지극히 자연스러웠다. 오른팔은 옆으로 늘어져 있었고 그 아래 러그에 리볼버 권총이 떨어져 있었다. 방 안에는 매캐한 화약 냄새가 아직도 희미하게 남아 있었다.

그레이브스 경사가 말했다.

"두세 시간 전에 자살한 걸로 추정됩니다. 총소리를 들은 사람은 없었어요. 저택 여주인은 장을 보러 나간 사이였습니다."

푸아로는 오른쪽 관자놀이에 조그만 총상을 입은 채 아무 말이 없는 시신을 내려다보며 인상을 찌푸렸다.

"왜 자살했는지 짐작 가는 거라도 있습니까, 무슈 푸아로?"

스펜스 총경이 깍듯하게 대하는 걸 본 터라 그레이브스도 푸아로를 공손한 태도로 대하고 있었다. 물론 속으로는 푸아로도 보나 마나 지독한 퇴물 중 하나일 거라고 생각하고 있었지만 말이다.

푸아로가 건성으로 대답했다.

"그래요. 이유가 있습니다. 경제적 어려움 같은 게 아니에요."

그러고는 포터 소령의 왼손 근처에 있는 작은 테이블로 시선을 옮겼다. 테이블에는 커다랗고 튼튼한 유리 재떨이와 파이프, 그리고 성냥갑이 놓여 있었다. 푸아로는 방 안을 이리저리 훑어보고는 덮개가 열려 있는 책상 쪽으로 다가갔다.

책상은 매우 깔끔했다. 서류들은 서류 정리함에 가지런히 정돈되어 있었다. 작은 가죽제 압지대가 한가운데에 놓여 있었고, 펜 한 자루와 연필 두 자루가 든 펜 접시, 그리고 서류용 클립 한 통과 우표 한 묶음이 있었다. 모든 게 매우 가지런하고 질서 정연하게 자리를 잡고 있었다. 범상한 삶과 절도 있는 죽음. 그런데 역시 그게 없었다.

푸아로가 그레이브스에게 물었다.

"혹시 포터 소령이 아무것도 남기지 않았나요? 검시관에게 남긴 서신이라든가?"

그레이브스는 고개를 저었다.

"없었습니다. 퇴역 장교라면 남길 법도 한데요."

"그렇지요? 무척 이상하군요."

꼼꼼한 삶을 살았던 포터 소령이 죽을 때는 그렇지 못했다니. 푸아로는 포터 소령이 서신을 전혀 남기지 않은 것이 도무지 납득되지 않았다.

그레이브스가 말했다.

"이 일로 클로드가 사람들이 타격을 좀 받겠는데요. 모든 게 원점으로 돌아가게 생겼으니 말입니다. 언더헤이를 알고 있는 다른 사람을 찾아 나서야겠네요."

그러더니 약간 서두르는 기색을 보이며 물었다.

"더 볼 게 있습니까, 무슈 푸아로?"

푸아로는 고개를 젓고 그레이브스 경사를 따라 방을 나왔다.

그들은 계단에서 저택의 여주인과 마주쳤다. 이 흥분되는 상황을 즐기는 기색이 역력한 여주인은 그들을 보자마자 떠들어 대기 시작했다. 그레이브스가 교묘하게 빠져나가는 바람에 푸아로 혼자서 그녀의 수다를 고스란히 감당해야 했다.

"숨도 제대로 못 쉬겠어요. 세상에! 이게 다 무슨 일이래요. 우리 엄마가 협심증으로 돌아가셨을 때 생각이 나네요. 칼레도니아 시장을 가로지르다 쓰러졌는데 바로 돌아가셨죠. 소령님을 발견했을 때 기절하는 줄 알았다니까요. 아이고, 얼마나 충격을 받았던지! 이런 일이 일어날 줄은 꿈에도 몰랐어요. 소령님이 우울하게 지낸 지 오래되긴 했지만요. 돈 문제로 걱정했던 것 같아요, 저러고 살 수나 있을까 싶게 제대로 먹지도 않았고요. 그렇다고 우리 돈을 조금이라도 떼먹으려 한 적은 절대 없었어요. 그러다 어제는 오스트셔 어딘가에서(웜슬리 베일이라는 것 같던데) 열린 심리에 나가 증언을 해야 했지요. 돌아왔을 때 표정이 아주 어두웠어요. 어젯밤에는 내내 잠을 못 이루고 서성거리더라고요. 위층, 아래층을 연방 오르락내리락하면서 말예요. 사람들이 그러는데 살해당한 그 남자가 소령님 친구였다면서요. 가엾어라. 그 때문에 상심한 거예요. 그렇게 안절부절못하더라니. 장을 좀 보고 와서 (생선을 구하느라 얼마나 오래 줄을 서서 기다려야 했던지.) 혹시 차 한잔 마시겠냐고 물어보려고 올라갔는데⋯⋯ 그 불쌍한 양반이, 의자에 기댄 채 앉아 있고 리볼버가 손에서 떨어져 바닥에 놓여 있더라고요. 어찌나 놀랐던지. 빨리 경찰에 연락해야겠다는 생각밖에는 없었지요. 세상이 어떻게 되려는 건지, 원."

푸아로가 천천히 말했다.

"세상은 강한 자가 아니면 점점 더 살아남기 힘든 곳이 되고 있지요."

10장

 푸아로는 8시가 지나서 스태그 여관으로 돌아왔다. 프랜시스 클로드가 만남을 청하는 메모를 보내 두었다. 그는 즉시 방에서 나왔다.

 그녀는 응접실에서 푸아로를 기다리고 있었다. 전에는 미처 보지 못한 방이었다. 열린 창문으로 꽃이 만발한 배나무와 울타리를 친 정원이 보였다. 테이블마다 튤립이 담긴 챙이 넓은 그릇이 놓여 있었다. 밀랍을 발라 공들여 윤을 낸 오래된 가구들이 햇빛에 반사되어 반짝거렸고, 놋쇠로 만든 불꽃막이와 석탄통도 빛을 발했다.

 푸아로는 무척 아름다운 방이라고 생각했다.

 "무슈 푸아로, 제가 선생님을 찾게 될 거라고 말씀하셨죠. 그 말씀이 맞았어요. 꼭 해야 할 이야기가 있어요. 그리고 선생님이 적임자라는 생각이 들었고요."

 "이미 잘 알고 있는 사람에게 이야기하기가 언제나 더 쉬운 법이지요."

"제가 무슨 말을 할지 알고 있다는 말씀 같네요?"

푸아로가 고개를 끄덕였다.

"도대체 언제부터……."

그녀가 채 질문을 끝내기도 전에 푸아로가 재빨리 대답했다.

"부인 아버님의 사진을 본 순간부터였지요. 부인 가족들은 인상에 아주 강한 특징이 있어요. 부인과 아버님이 한가족이라는 사실을 도무지 의심할 수 없을 정도로 말입니다. 그리고 이녹 아든이라는 이름으로 이곳에 나타났던 그 남자도 똑같은 특징이 있더군요."

그녀가 한숨을 내쉬었다. 비통에 잠긴 깊은 탄식이었다.

"그래요. 선생님 말씀이 맞아요. 가엾은 찰스는 턱수염을 기르고 있긴 했지만. 무슈 푸아로, 그는 제 육촌 형제예요. 친정의 골칫덩이였지요. 잘 알고 지낸 적은 없지만 어릴 때 함께 놀기도 했죠. 그런데 제가 찰스를 죽음으로 몰아넣었어요……. 그렇게 험한 꼴로……."

그녀는 잠시 아무 말이 없었다. 푸아로가 나긋하게 말했다.

"하실 말씀이란 게……."

그녀가 감정을 추스르며 말했다.

"예, 드릴 말씀이 있어요. 우리는 돈이 아주 궁한 처지였어요. 그게 발단이었죠. 남편이 심각한 곤경에 처했거든요. 정말 최악의 상황이었어요. 아주 심하게 망신을 당하거나 급기야 감옥에까지 갈 수도 있었죠(지금도 그런 형편이에요). 이쯤에서 분명히 말씀드리지만, 무슈 푸아로, 이 계획은 애초부터 제가 세우고 실행한 거예요. 남편은 이 일과는 아무 상관이 없어요. 그이라면 이런 계획을 세우는 일 따위는 없을 거예요. 위험 부담이 너무 크니까요. 하지만 전 위험 부담 같은 건 개의치 않는 사람이죠. 오히려 양심 같은 건 늘 별로 생각지 않고 살아온 편이었어요. 처음에 전 로잘린 클로드를 찾아가서 돈을 빌리려고 했어요. 그녀 혼자였다면 혹시 빌려주었을지도 모르겠어요. 하지만 로잘린 오빠가 끼어들었어요. 심사가 뒤틀려 있었는지 제게 듣기 심한 모욕을 서슴지 않았어요. 제가 그렇게 생각한 것일 수도 있지만요. 이 계획을 생각해 내고 실행하겠다고 결심했을 때 저는 일말의 양심의 가책 같은 건 느끼지 않았어요.

설명이 제대로 되려면 작년에 남편이 다니는 클럽에서 들었던 흥미로운 정보를 거듭 얘기했다는 말씀을 드려야겠네요. 선생님도 거기 계셨던 걸로 아니까 다시 자세하게 설명할 필요는 없겠지요. 그 정보 덕분에 로잘린의 첫 번째 남편이 죽지 않고 살아 있을 수도 있다는 가능성이 생겼지요. 그럴 경우 당연히 로잘린에게는 고든 서방님의 재산을 물려받을 권리가 완전히 사라지는 것이고요. 가능성은 아주 희박했지만 그것은 우리 클로드가 사람들의 마음속에 실현될지도 모를 실낱같은 희망으로 남아 있었어요. 그러다 그 가능성을 이용해 뭔가를 해 볼 수 있겠다는 생각이 제 뇌리를 스치고 지나간 거예요. 찰스는 영국에 머물고 있었는데 하는 일마다 잘 풀리지 않았죠. 감옥에 갔다 온 적도 있고, 이런 말 하기는 뭐하지만 양심적인 사람은 아니었어요. 하지만 전쟁 중에는 꽤 능력을 발휘했죠. 찰스에게 그 계획을 제안했어요. 이러니저러니 해 봤자 협박인 건 부정할 수 없죠. 하지만 저는 일이 잘 풀릴 가능성이 높다고 생각했지요. 기껏해야 데이비드가 거래에 응하지 않는 것이 최악의 상황이라고 생각했어요. 이 일을 경찰에 알릴 거라고는 생각하지 않았지요. 데이비드 같은 사람들은 경찰이라면 질색하니까."

그녀의 목소리가 굳어졌다.

"계획은 순조롭게 진행됐어요. 데이비드는 우리 생각보다 쉽게 걸려들었죠. 물론 찰스는 자신이 '로버트 언더헤이'라는 티를 내지는 않았어요. 로잘린에게 단번에 탄로 날 수 있으니까요. 하지만 다행히도 로잘린은 런던으로 갔고, 찰스는 로버트 언더헤이 행세를 할 기회를 잡았지요. 그리고 아까 말씀드렸다시피 데이비드는 이 계획에 걸려든 것처럼 보였어요. 화요일 밤 9시에 돈을 가져오기로 되어 있었어요. 그런데 돈을 받기는커녕……."

그녀의 목소리가 흔들렸다.

"데이비드가 위험한 사람이란 걸 알았어야 했어요. 찰스가 죽고 말았죠. 살해당한 거예요. 저만 아니었다면 살아 있을 텐데. 제가 찰스를 죽음으로 몰아넣은 거예요."

잠시 후 그녀는 냉담한 어조로 말을 이었다.

"그 이후로 제 심정이 어땠는지는 짐작할 수 있으시겠죠."

"하지만 부인은 앞으로 상황이 어떻게 전개해 나갈지 금세 파악하지 않았습니까? 포터 소령에게 부인의 육촌 형제를 '로버트 언더헤이'라고 위증시킨 사람이 부인 아니었습니까?"

프랜시스는 그 말을 듣자마자 아연실색했다.

"아니에요. 맹세할 수 있어요. 절대 아니에요! 저보다 더 놀란 사람도 없을 거예요……. 놀란 정도가 아니라 완전히 말문이 막혔어요. 포터 소령이 나와서 찰스가 로버트 언더헤이라고 증언할 때 말이에요. 찰스가요! 전 이해가 가지 않았어요…… 지금도 이해가 안 가요!"

"하지만 누군가 분명 포터 소령에게 갔습니다. 누군가 죽은 그 남자를 언더헤이라고 해 달라고 설득했거나 아니면 뇌물을 건넸어요."

프랜시스가 단호한 어조로 말했다.

"저는 분명히 아니에요. 남편도 아니고요. 우리는 절대 그런 짓까지는 못해요. 선생님이 봐도 터무니없다는 생각이 안 드세요? 제가 협박을 계획했으니 사기도 비열한 방법으로 쉽게 칠 수 있을 거라고 생각한 모양이죠? 하지만 협박과 사기는 엄연히 달라요. 전 고든 서방님의 재산 중 일정 부분은 우리 클로드가 사람들이 가질 권리가 있다고 생각했어요. 지금도 그렇게 생각하고요. 선생님은 그 점을 분명히 알아 두셔야 해요. 정당한 방법으로 받지 못한다면 부정한 방법을 동원해서라도 그걸 받아 내겠다는 요량은 있었어요. 하지만 작정하고 로잘린을 속여서 모든 걸 빼앗을 생각은 전혀 없었어요. 로잘린이 고든 서방님의 아내가 될 수 없다는 내용의 증거를 조작하는 일 같은 건 안 해요. 정말, 무슈 푸아로, 전 그런 짓까지는 못 해요. 제발, 제발 절 믿어 주세요."

푸아로가 천천히 말했다.

"모든 사람이 나름대로 지은 죄가 있다는 건 인정합니다. 부인의 말씀을 믿도록 하지요."

그러고 나서 날카로운 눈초리로 프랜시스를 바라보았다.

"그런데 클로드 부인, 오늘 오후 포터 소령이 자살한 사실을 알고 계십니까?"

그녀가 움츠러들더니 겁에 질린 눈동자가 휘둥그레졌다.

"아, 말도 안 돼요, 무슈 푸아로…… 말도 안 돼요!"

"사실입니다, 부인. 포터 소령은 본래 강직한 사람이었습니다. 그런데 경제적으로 무척 궁한 상태에서 유혹을 받자 대다수 사람들처럼 그 유혹을 떨치지 못한 겁니다. 아마 포터 소령은 자신의 거짓말이 도덕적으로 정당화될 수 있을 거라고 합리화를 했겠지요. 또 내심 친구인 언더헤이와 결혼한 여자에 대해 뿌리 깊은 편견을 가지고 있던 터였습니다. 그 여자가 친구에게 못할 짓을 했다고 생각하고 있었던 것이지요. 그런데 남자들 돈이나 좇는 이 매정한 여자가 백만장자와 결혼해서는 그 두 번째 남편의 재산을 물려받게 된 겁니다. 친구의 육신이 이승에서 영영 사라진 대가로 말입니다. 포터 소령은 분명 탄탄대로를 달리는 그녀를 훼방 놓고 싶은 심정이었을 겁니다. 그 여자는 그런 대접을 받아도 마땅하다고 생각한 것이지요. 그리고 죽은 그 남자의 신원을 확인만 해 주면 소령 자신의 앞날도 보장받을 수 있었지요. 클로드가 사람들에게 재산 소유권이 돌아오면 그도 자신의 몫을 챙길 수 있을 테니 말입니다……. 그래요, 그런 유혹을 받을 수 있어요……. 하지만 그와 같은 유형의 사람들이 흔히 그렇듯 소령은 상상력이 부족했지요. 심리 때 그는 마음이 괴로운 듯 무척 불안한 모습이었어요. 누구나 눈치챌 수 있었습니다. 곧 성서에 손을 얹고 거짓 선서를 되풀이해야 하기 때문이었겠지요. 그뿐만이 아닙니다. 한 남자가 살인 혐의로 체포됐지요. 죽은 남자의 신원을 확인해 준 것이 살인 혐의를 씌우는 데 결정적인 동기가 되었습니다. 포터 소령은 집으로 돌아가 이 상황을 직시했습니다. 그리고 자신에게 최선이다 싶은 길을 선택한 겁니다."

"권총으로 자살한 것 말씀인가요?"

"그렇습니다."

프랜시스가 중얼거렸다.

"소령이 누가 범인이라고 말하지는……."

푸아로가 천천히 고개를 저으며 말했다.

"열쇠는 그가 쥐고 있었지요. 하지만 누가 위증죄를 부추겼는지 알려 주는 단서는 전혀 없습니다."

푸아로는 그녀를 유심히 지켜보았다. 잠깐이라도 안도하는 기색이나 긴장을 푸는 기미가 비쳤던가? 하지만 저런 건 어느 경우든 충분히 나타날 수 있는 자연스러운 모습이지 않은가…….

그녀는 자리에서 일어나 창 쪽으로 걸어갔다. 그러고는 말했다.

"다시 원점으로 돌아가는군요."

푸아로는 그 순간 그녀의 마음속을 스치고 가는 생각이 무엇일지 궁금했다.

11장

 다음 날 아침 스펜스 총경은 프랜시스 클로드의 말을 거의 그대로 되풀이했다.
 "다시 출발점으로 되돌아왔군요."
 그러고는 한숨을 내쉬며 말했다.
 "그 이녹 아든이란 자가 실제로 누구인지 알아내야겠군요."
 "총경님, 제가 알려 드리지요. 그자의 이름은 찰스 트렌턴입니다."
 총경이 입을 오므리고 휘파람을 불었다.
 "찰스 트렌턴요? 흠, 트렌턴가(家) 사람이었군. 아무래도 그 여자, 제러미 클로드 부인이 소령을 증언대에 세운 거라는 생각이 드는군요……. 하지만 제러미 부인이 관련됐다는 걸 증명할 길이 없으니. 찰스 트렌턴이라고 했나요? 기억이 날 것도 같은데……."
 푸아로가 고개를 끄덕였다.

"그럴 겁니다. 전과가 있으니까요."

"그래요. 제 기억이 맞는다면 호텔을 상대로 사기를 치고 다녔죠. 리츠 호텔에 가서 투숙을 한 다음, 오전에 시운전을 해 본다는 조건으로 롤스로이스를 외상으로 사서는 그걸 타고 명품 가게란 가게는 죄다 들러서 물건을 사고는 했지요. 산 물건을 리츠 호텔로 가져가겠다며 밖에 롤스로이스를 대기시켜 놓은 사람인데 누가 수표 확인이나 제대로 하겠습니까? 게다가 매너와 예절은 깍듯했거든요. 한 일주일 정도 머물다가 본색이 탄로 날 듯하면 자신이 찍어 두었던 친구들에게 산 물건들을 싸게 팔아 치우고 조용히 사라져 버렸던 겁니다. 찰스 트렌턴이라, 흠……."

총경이 푸아로를 바라보았다.

"선생이 다 알아낸 거군요?"

"데이비드 헌터와 관련된 건은 어떻게 진행되고 있습니까?"

"풀어 줘야 할 것 같습니다. 그날 밤 아든이 어떤 여자와 있었던 게 확실합니다. 그 무서운 노파의 이야기 말고도 증거가 또 있습니다. 지미 피어스라는 사람이 '로드 오브 헤이'라는 술집에서 쫓겨난 후에 이 사람은 술만 한두 잔 걸치면 으레 싸움을 벌이곤 하거든요. 집에 가던 길이었답니다. 하여튼 그때 한 여자가 스태그 여관에서 나와 우체국 밖에 있는 전화부스로 들어가는 걸 보았답니다. 11시가 된 지 얼마 안 된 시각이었고 아는 사람이 아니어서 스태그 여관에 묵고 있는 사람인가 생각했다는군요. 지미 피어스는 '런던에서 온 매춘부'라고 단정했습니다."

"그리 가까이에서 보지는 못했나 보군요."

"그렇습니다. 길 건너편에서 봤다고 하니까요. 도대체 그 여자는 누구일까요, 무슈 푸아로?"

"옷차림이 어땠는지 말했습니까?"

"지미 피어스 말로는 트위드 코트에 머리에는 오렌지색 스카프를 둘렀답니다. 바지를 입고 있었고 화장을 덕지덕지 진하게 했더랍니다. 그 노파가 말한 것과 일치해요."

"그래요. 일치하네요."

푸아로는 인상을 찌푸린 채였다.

스펜스 총경이 물었다.

"그 여자는 도대체 누구며, 어디서 왔고, 또 어디로 간 걸까요? 여기 기차 운행 시간은 잘 아시지요? 9시 20분 차가 런던으로 가는 마지막 기차입니다. 10시 3분 차가 웜슬리 베일에 도착하는 마지막 기차이고 말입니다. 그렇다면 그 여자는 밤새 웜슬리 베일을 배회하다가 아침 6시 18분 차를 타고 런던으로 간 걸까요? 혹시 차가 있었을까요? 아니면 길에서 차를 얻어 탔을까요? 경찰서에서 사람을 보내 그 주변을 두루 조사해 봤지만 전혀 소득이 없었습니다."

"6시 18분 기차도 조사해 보았습니까?"

"그 시각 열차는 항상 사람들로 붐비지요. 하지만 대개 남자 승객들입니다. 여자가 있었다면 사람들이 보았을 겁니다. 더구나 그런 여자라면 말입니다. 제 생각에는 아무래도 차로 갔을 것 같은데, 요즘 웜슬리 베일에서 차를 몰면 눈에 띈단 말입니다. 아시다시피 이곳은 주도로에서 벗어나 있지 않습니까?"

"그날 밤 차를 보았다는 사람은 없습니까?"

"클로드 선생의 차뿐이었습니다. 미들링엄 쪽으로 왕진을 나갔다고 하더군요. 차에 낯선 여자가 타고 있었다면 본 사람이 있을 거라는 말씀이지요?"

푸아로가 천천히 말했다.

"꼭 낯선 사람이 아닐 수도 있습니다. 술에 약간 취해 있었고 100미터 정도 떨어져 있었으니까 이곳 사람이라도 친분이 없다면 알아보지 못할 수도 있습니다. 평소에 입고 다니던 것과는 전혀 다르게 차려입은 사람일 수도 있어요."

총경이 이해가 가지 않는다는 얼굴로 푸아로를 바라보았다.

푸아로가 말했다.

"가령 지미 피어스라는 젊은이가 보았다는 여자가 린 마치몬트는 아닐까요? 그녀는 몇 년 동안 고향을 떠나 있지 않았습니까."

"그 시각에 린 마치몬트는 어머니와 함께 화이트 하우스에 있었습니다."

"확실합니까?"

"라이어널 클로드 부인, 왜 정신이 좀 이상한 의사의 부인 말입니다. 그 여자가 10시 10분에 집에 있는 린에게 전화를 했다고 하더군요. 로잘린 클로드는 런던에 있었고요. 제러미 부인은, 글쎄요, 전 그 여자가 그런 평상복 차림으로 다니는 걸 한 번도 본 적이 없습니다. 화장도 별로 안 하고 더구나 그 여자는 젊지도 않잖습니까?"

푸아로가 몸을 앞으로 기울였다.

"아, 몽 셰르(총경님), 어둑한 한밤중에 희미한 가로등 불빛 아래서라면 젊은 여자인지, 화장으로 나이를 숨겼는지 어떻게 알겠습니까?"

"푸아로 선생, 도대체 지금 무슨 생각을 하는 겁니까?"

푸아로는 몸을 뒤로 기댄 채 반쯤 눈을 감았다.

"평상복 차림에 트위드 코트, 머리에 두른 오렌지색 스카프, 진한 화장, 떨어뜨린 립스틱. 뭔가 냄새가 납니다."

총경이 투덜거렸다.

"선생이 무슨 델피 신전의 예언자라도 됩니까? 그렇다고 제가 델피 신전의 예언자를 잘 아는 건 아니지만 말입니다. 그런 것은 그레이브스 경사가 좀 안다고 뽐내더군요. 하지만 그런 건 경찰 업무에는 하등 도움이 안 됩니다. 무슈 푸아로, 뜻 모를 예언이 더 남아 있습니까?"

"이미 말씀드렸습니다만 이번 사건은 모양을 잘못 그려 가고 있습니다. 한 예로, 제가 말씀드렸지 않습니까, 그 죽은 남자를 완전히 잘못 짚고 있다고. 그자가 언더헤이였다고 칩시다. 언더헤이는 분명 기이한 구석이 있고, 기사도 정신이 있었으며, 구식이고, 보수적이었지요. 그런데 스태그 여관에 있던 그 남자는 협박꾼이었습니다. 기사도 정신이 있었던 것도, 구식도, 보수적이지도, 특히 기이한 구석도 전혀 없었습니다. 그러니 그 사람은 언더헤이가 아니었습니다. 언더헤이가 될 수 없지요. 사람이란 변하지 않는 법이니까요. 흥미로운 점은 포터 소령이 그자를 언더헤이라고 했다는 겁니다."

"그래서 제러미 부인을 찾아간 겁니까?"

"제러미 부인을 찾아간 것은 닮았다는 생각이 들어서였습니다. 트렌턴가 사람들의 얼굴 생김새에는 무척 뚜렷한 특징이 있어요. 옆모습이 다들 닮았지요. 내친김에 좀 더 설명을 하자면, 죽은 그 남자가 찰스 트렌턴이라면 얘기가 맞아떨어집니다. 그래도 의문은 여전히 남지요. 데이비드 헌터는 왜 그토록 쉽게 협박에 넘어간 것인가? 데이비드가 협박에 넘어갈 사람인가? 누구라도 분명히 아니라고 할 겁니다. 그가 보인 행동 역시 그의 성격과 부합하지 않아요. 또 로잘린 클로드도 생각해 봐야 합니다. 로잘린의 행동은 하나부터 열까지 이해가 안 됩니다. 그중에서도 특히 궁금한 것이 있습니다. 로잘린이 두려움에 떠는 이유가 무엇인가? 로잘린은 왜 자기 오빠가 더 이상 자신을 지켜 주지 못하는 지금 상황에서 자신에게 무슨 일이 일어날 것이라고 불안해하는가? 누군가가 혹은 무언가가 그녀를 두려움에 떨게 만든 겁니다. 로잘린은 재산을 잃게 될까 봐 두려워하는 게 아니에요. 분명히 아닙니다. 그 이상의 뭔가가 있어요. 지금 그녀는 목숨을 걱정하고 있습니다……."

"세상에! 무슈 푸아로, 설마 지금 그런 생각을 하는 건……."

"총경님이 조금 전 말씀하신 것처럼 우리는 지금 출발점으로 다시 돌아왔다는 사실을 유념하셔야 합니다. 즉 클로드가 사람들도 다시 출발점으로 돌아왔어요. 로버트 언더헤이는 아프리카에서 죽었습니다. 그리고 로잘린이 살아 있는 것은 클로드가 사람들이 고든 클로드의 재산을 차지하는 데 방해가 되지요."

"선생은 진심으로 클로드가 사람들 가운데 누군가가 그 일을 저질렀다고 생각합니까?"

"제 생각은 이렇습니다. 로잘린 클로드의 나이는 이제 스물여섯입니다. 정신적으로는 다소 불안한 면이 있지만 무척 건강한 편이지요. 아마 일흔까지는 살겠지요. 더 오래 살 수도 있고요. 44년 남았다고 칩시다. 총경님, 44년의 세월은 앞날의 계획을 세우기엔 너무 길다고 생각지 않으십니까?"

12장

 푸아로가 경찰서를 나서자 캐시 숙모가 곧장 말을 걸어왔다. 쇼핑백을 몇 개 든 채 숨을 헐떡거리며 열심히 푸아로 쪽으로 다가온 것이다.
 "포터 소령 일은 정말 끔찍해요. 그분 인생관이 무척 물질주의적이라는 느낌을 떨칠 수가 없었는데, 군인들이 그렇잖아요. 시야가 아주 좁아지지요. 인도에서 상당 기간 복무했다던데 안타깝게도 영적으로 도움을 받을 기회는 전혀 없었나 봐요. 훈련하고, 식사하고, 산돼지 사냥하는 일이 전부였겠지요. 군대 생활이란 게 판에 박힌 일상이 반복되는 거니까. 그런데 위대한 영적 스승의 발치에 소령이 제자가 되어 자리 잡고 앉아 있다고 생각해 보세요. 그런 기회를 놓치다니, 얼마나 안타까운지 몰라요, 무슈 푸아로!"
 캐시 숙모가 고개를 절레절레 젓는 바람에 그만 들고 있던 쇼핑백 하나가 손에서 흘러내리면서 좀 흉하게 생긴 대구 한 마리가 빠져 나와 도랑으로 쑥 들어가 버렸다. 푸아로가 대구를 꺼내 주었지만 캐시 숙모가 당황해 어쩔 줄 모르는 사이 쇼핑백이 또 한 번 흘러내리면서 이번에는 시럽 통이 하이가를 따라 구르며 경쾌하게 질주하기 시작했다.

"정말 감사해요, 무슈 푸아로."

캐시 숙모가 대구를 받아 들면서 말했다. 이제 푸아로는 시럽 통을 뒤쫓아 뛰어야 했다.

"아, 고마워요. 제가 하는 짓이 이래요. 그런데 정말로 너무 속이 상해서요. 그 양반 너무 안됐잖아요. 아, 정말 끈적거리네요. 하지만 선생님의 깨끗한 손수건은 안 쓰고 싶어요. 정말 얼마나 고마운지 모르겠네요. 조금 전 하던 이야기 말인데요, 사실 살아 있어도 우린 죽은 거고 죽어도 우린 살아 있어요. 혹시 죽은 내 친구가 영체(靈體)의 모습으로 나타난다 해도 전 하나도 놀라지 않을 거예요. 길에서 마주칠 수도 있어요. 왜 있잖아요? 제가 요전 날 밤에……."

푸아로가 대구를 쇼핑백 안쪽으로 깊숙이 쑤셔 넣으며 말했다.

"이렇게 해도 되겠지요? 그런데 뭐라고 하셨습니까?"

"영체 말이에요. 제가 2펜스만 빌려 달라고 했거든요. 반 페니밖에 없어서요. 그때 낯이 익다는 생각이 들었는데 누군지는 몰랐거든요. 여전히 그렇긴 한데, 지금 생각해 보니 세상을 떠난 누군가가 분명해요. 죽은 지 좀 된 사람요. 기억이 흐릿한 걸 보면 말이죠. 도움이 필요한 사람에게 그렇게 사람을 보내 주다니 너무 신기하지 않아요? 공중전화에 쓸 동전이 필요했을 뿐이지만 말이에요. 어머! 피콕스에 줄이 저렇게 길어졌네. 빵이 얼마 안 남았거나 스위스롤이 들어온 게 틀림없어요. 너무 늦지 않으면 좋겠는데."

라이어널 클로드 부인은 도로 건너편으로 돌진해 갔다. 그러고는 제과점 밖에 굳은 표정을 한 채 한 줄로 늘어서 있는 여자들 맨 뒤 꽁무니에 합류했다.

푸아로는 계속 하이가를 따라 내려가다가 스태그 여관이 아닌 화이트 하우스 쪽으로 발걸음을 돌렸다.

푸아로는 린 마치몬트와 꼭 이야기를 나누고 싶었고, 린 마치몬트도 자신과 이야기하는 것을 싫어하지 않을 거라고 생각했다.

화창한 아침이었다. 꼭 여름 같은 이런 봄날의 아침에는 정작 여름에는 맛볼 수 없는 상쾌함이 있었다.

푸아로가 큰길에서 벗어나자 롱 윌로스를 거쳐 언덕 위 퍼로뱅크 저택으로 이어지는 오솔길이 보였다. 생전에 찰스 트렌턴은 금요일에 역에서 바로 저 길을 따라 언덕을 내려왔다. 그는 언덕을 내려가다 아래쪽에서 올라오던 로잘린 클로드를 만났다. 그가 로잘린을 알아보지 못한 것은 놀랄 일이 아니었다. 그는 로버트 언더헤이가 아니었기 때문이다. 그리고 그렇기 때문에 로잘린 역시 그를 못 알아본 것이 당연하다. 그런데 로잘린은 시신을 보고 오솔길에서 지나쳤던 그 남자인데도 한 번도 본 적이 없다고 맹세하지 않았던가? 그렇다면 언덕을 올라오던 그때 로잘린은 무슨 생각에 정신을 팔고 있었던 걸까? 혹시 롤리 클로드를 생각한 것은 아닐까?

푸아로는 방향을 돌려 화이트 하우스로 이어지는 좁은 샛길을 따라 걸었다. 화이트 하우스의 정원은 무척이나 아름다웠다. 라일락과 금사슬나무를 비롯해 꽃이 만발한 떨기나무가 여러 그루 있었고, 잔디 한가운데에는 가지가 이리저리 굽은 크고 수령이 오래된 사과나무가 한 그루 서 있었다. 린 마치몬트는 그 아래서 몸을 늘어뜨린 채 접이식 의자에 앉아 있었다.

"안녕하십니까?"

푸아로가 정중하게 인사를 건네자 그녀가 벌떡 일어서면서 말했다.

"정말 놀랐어요, 무슈 푸아로. 잔디밭으로 오시는 소리는 못 들었는데. 아직 웜슬리 베일에 계셨군요?"

"그렇습니다. 아직 여기 머물고 있지요."

"왜요?"

푸아로가 어깨를 으쓱하면서 말했다.

"맘 편하게 쉬기에는 더할 나위 없이 좋은 곳 아닙니까. 편히 쉬고 있지요."

"여기 계셔서 기뻐요."

"마드무아젤은 다른 가족들과는 다르게 얘기하는군요. 다들 '무슈 푸아로, 런던에는 언제 돌아가나요?' 하고 묻고는 돌아가는 거란 대답만 애타게 기다리던데요."

"다른 가족들은 선생님이 런던으로 돌아가기를 바라고 있다고요?"

"그런 것 같습니다."

"설마요."

"아닙니다. 확실히 느꼈습니다. 그런데 마드모아젤은 내가 여기 있는 게 왜 기쁩니까?"

"선생님이 만족하지 못하신다는 뜻이니까요. 데이비드 헌터를 살인범으로 몰고 가는 것 말이에요."

"데이비드 헌터가 무죄이길 간절히 바라고 있군요?"

푸아로는 햇볕에 그을린 린의 얼굴이 희미하게 붉어지는 것을 보았다.

"당연하죠. 자신이 저지르지도 않은 죄 때문에 교수형을 당하는 걸 보고 싶지는 않으니까요."

"암, 당연해요!"

"데이비드가 고분고분하지 않았다는 이유로 경찰은 편견을 가지고 데이비드를 대하고 있어요. 그게 데이비드의 가장 나쁜 점이긴 하지만 말이예요. 사람을 적으로 돌리는 거요."

"마치몬트 양, 경찰은 마드무아젤이 생각하는 것만큼 편견을 가지고 있지는 않습니다. 편견을 품고 있는 건 배심원 쪽이지요. 배심원들은 검시관이 제시해 준 방향을 따르지 않았어요. 배심원들이 데이비드에게 불리한 평결을 내렸기 때문에 경찰은 어쩔 수 없이 그를 체포한 겁니다. 하지만 경찰도 데이비드가 이번 사건을 저질렀다고 단정하기에는 증거가 충분치 않다고 생각하고 있어요."

린이 큰 관심을 보이며 말했다.

"그러면 그를 풀어 줄 수도 있다는 이야기인가요?"

푸아로는 어깨를 으쓱해 보였다.

"무슈 푸아로, 그럼 경찰은 누가 살인을 했다고 생각하고 있어요?"
푸아로가 천천히 말했다.
"그날 밤 스태그 여관에 어떤 여자가 있었습니다."
린의 목소리가 커졌다.
"전 정말 하나도 이해가 안 돼요. 우리가 그 사람을 로버트 언더헤이라고 생각했을 때는 모든 게 아주 간단해 보였죠. 도대체 포터 소령은 왜 사실이 아닌데도 그 사람을 언더헤이라고 한 거죠? 자살은 왜 했고요? 모든 게 다시 원점으로 돌아와 버렸어요."
"똑같은 말이 나온 게 마드무아젤이 세 번째입니다."
"그래요? 그러면 무슈 푸아로는 뭘 하고 계시는데요?"
"사람들과 이야기를 나누며 다닙니다. 그게 제가 하는 일입니다. 그냥 사람들과 이야기를 나누는 거죠."
"살인에 대해 물어보시나요?"
푸아로가 고개를 저으며 말했다.
"아닙니다. 전 그저 뭐라고 할까, 이런저런 잡담을 주워듣고 있습니다."
"그게 도움이 되나요?"
"때로는 도움이 됩니다. 지난 몇 주 동안 제가 웜슬리 베일에서 일상적으로 일어나는 일들을 얼마나 많이 알고 있는지 들려주면 깜짝 놀랄 겁니다. 누가 어디로 갔고, 거기서 누굴 만났고, 또 때로는 어떤 말을 했는지 죄다 알고 있어요. 예를 들면 나는 아든이란 그 남자가 웜슬리 베일로 이어지는 오솔길을 따라 퍼로뱅크를 지나와서는 롤리 클로드 씨에게 길을 물어보았다는 사실을 알고 있지요. 그때 그는 등에 배낭 하나를 짊어지고 있었고 다른 짐은 전혀 없었습니다. 또 로잘린 클로드가 농장에서 롤리 클로드와 한 시간 넘게 같이 있었으며 평소와는 달리 매우 즐거운 시간을 보냈다는 것도 알고 있지요."

"맞아요. 롤리가 그 이야기를 했어요. 롤리 말로는 로잘린이 오후 휴가를 나온 사람 같다고 했어요."

"아하, 그런 말을 했습니까?"

푸아로는 잠시 말을 멈췄다가 계속했다.

"사람들의 행적도 많이 알게 되었고, 또 사람들이 어떤 곤경에 빠져 있는지도 많이 들었습니다. 예를 들면 마드무아젤과 마드무아젤과 어머니의 처지에 대해서요."

"우리 클로드가 사람들 얘기가 돌고 있는 거죠? 우리 모두 로잘린에게 돈을 구걸했다고요. 그런 말씀 아니에요?"

"그런 뜻으로 말한 건 아닙니다."

"뭐, 사실인걸요. 그러면 저와 롤리 그리고 데이비드 얘기도 들었겠네요."

"하지만 마드무아젤은 롤리 클로드 씨와 결혼할 것 아닙니까?"

"제가요? 저도 제 맘을 좀 알았으면 좋겠어요……. 그날도 그 문제를 확실히 해 두려고 고민하고 있었는데, 데이비드가 숲 속에서 별안간 튀어나온 거예요. 머릿속에 꼭 커다란 물음표가 들어 있는 것 같았어요. '결혼을 해야 하나? 정말 해야 하나?' 하고 묻는 물음표가요. 계곡을 달리는 기차도 똑같은 질문을 하고 있는 것처럼 보였어요. 기차에서 나온 연기가 하늘에 물음표를 제대로 그리더라고요."

푸아로가 뭔가 이상하다는 표정을 짓자, 그 뜻을 오해한 린이 소리쳤다.

"아, 무슈 푸아로, 모르시겠어요? 너무 어려워요. 데이비드가 문제가 아니에요. 제가 문제예요. 저는 변했어요. 고향을 떠나 있던 3년, 아니 4년 동안 말예요. 이렇게 돌아와 있지만 떠날 때의 제가 아니에요. 어디서나 볼 수 있는 비극이죠. 전과 달라진 채로 고향에 돌아온 사람들은 또다시 적응해야 해요. 멀리 떠나 전혀 다른 삶을 살았는데 어떻게 변하지 않을 수 있겠어요?"

"마드무아젤의 말은 옳지 않아요. 삶이 비극인 것은 사람들이 변하지 않기 때문이지요."

린이 고개를 흔들며 푸아로를 빤히 쳐다보았다. 푸아로는 주장을 굽히지 않았다.

"아니. 제 말이 맞아요. 그건 그렇다치고 마드무아젤이 고향을 떠난 이유가 뭐죠?"

"이유요? 해군 여성부대에 입대했고, 복무를 하느라고요."

"예, 그렇죠. 그런데 애초에 해군 여성부대에 들어간 이유가 뭐였습니까? 마드무아젤은 약혼을 한 상태였습니다. 롤리 클로드를 사랑하고 있었어요. 이곳 웜슬리 베일에 남아 농장 일을 하면 전쟁에 나가지 않아도 됐죠, 그렇지 않습니까?"

"그럴 수도 있었지만, 제가 바란 건 아마도……."

"마드무아젤은 이곳을 벗어나 멀리 떠나고 싶었던 겁니다. 바다 건너 삶을 보고 싶었던 거지요……. 그리고 아마도 롤리 클로드로부터 떨어져 있고 싶었던 겁니다. 지금 마드무아젤이 마음을 잡지 못하는 것은 여전히 떠나고 싶어서입니다. 그렇지 않습니까, 마드무아젤? 사람은 변하지 않아요!"

"하지만 동부 전선에 나가 있을 때는 집에 돌아오고 싶어 죽을 뻔했어요."

린이 지지 않고 소리쳤다.

"그래요, 그랬겠지요. 떠나면 다시 돌아가고 싶은 게 인지상정입니다. 아마 그건 언제나 마찬가지일 겁니다. 마드무아젤은 자신의 모습을 그렸어요. 고향으로 돌아가는 린 마치몬트의 모습을 말입니다. 하지만 그 그림은 현실이 되지 않지요. 마드무아젤이 그린 린 마치몬트는 진짜 린 마치몬트가 아니기 때문입니다. 그것은 마드무아젤이 되고 싶어 하는 린 마치몬트일 뿐이에요."

린이 씁쓸한 목소리로 물었다.

"선생님 말씀이 맞는다면 저는 어디에 있어도 만족하지 못하겠군요."

"그런 말이 아니에요. 하지만 이 점만은 분명히 말할 수 있어요. 고향을 떠날 때 마드무아젤은 약혼에 불만이 있었죠. 그리고 고향에 돌아온 지금도 여전히 약혼에 불만이 있는 겁니다."

린은 나뭇잎을 따서 잘근잘근 씹으며 생각에 잠겼다.

"사실을 파악하는 솜씨가 비상하시네요, 무슈 푸아로."

푸아로가 겸손하게 말했다.

"그게 제 메티에(일)니까요. 그런데 마드무아젤이 미처 깨닫지 못하고 있는 사실이 또 한 가지 있습니다."

린이 날 선 목소리로 말했다.

"데이비드 말씀인가요? 제가 데이비드를 사랑한다고 생각하세요?"

"그건 마드무아젤이 알지 않겠습니까?"

푸아로가 조심스럽게 혼잣말하듯 말했다.

"사실은 저도 잘 모르겠어요. 데이비드에게는 저를 두렵게 만드는 뭔가가 있어요. 하지만 동시에 끌리는 부분도 있고요."

린은 잠시 아무 말 없이 있다가 말을 이었다.

"어제 데이비드가 있던 부대의 준장과 얘기를 나누었어요. 데이비드가 체포됐다는 소식을 듣고 뭔가 할 수 있는 일이 없을까 싶어 왔다고 하더군요. 데이비드를 담력이 대단한 사람이라고 했어요. 지금까지 자기 부하들 가운데 제일 용감했던 사람이래요. 그런데 무슈 푸아로, 그 사람이 그렇게 데이비드를 치켜세우는 와중에도 그 사람 역시 데이비드가 절대 그런 일을 저지르지 않을 사람이라고 확신하는 것 같지 않았어요!"

"마드무아젤도 그렇습니까?"

린의 미소가 일그러지며 안타까운 표정이 되었다.

"예…… 아시겠지만 저는 데이비드에게 좀처럼 믿음이 가질 않아요. 선생님은 믿음이 가지 않는 사람을 사랑할 수 있나요?"

"안타깝지만 그렇습니다."

"그를 믿지 못해서 항상 모질게 대했어요. 동네를 떠도는 추잡한 소문을 대부분 믿었던 거죠. 데이비드가 사실은 데이비드 헌터가 아니라 로잘린의 애인일 뿐이라는 이야기를요. 그런데 그 준장을 만났을 때 창피한 생각이 드는 거예요. 어린 시절 아일랜드에 있을 때부터 데이비드를 알고 지냈다고 말하더군요."

푸아로가 중얼거렸다.

"세 테파탕(맙소사). 오해는 얼마나 쉽게 일어나는지!"

"무슨 말씀이시죠?"

"말한 그대로입니다. 그런데, 의사 부인인 클로드 부인 말입니다. 그 부인이 살인이 일어난 날 밤에 전화를 했습니까?"

"캐시 숙모요? 예, 했어요."

"뭐라고 하던가요?"

"회계 정리를 하면서 몇 가지 터무니없는 실수를 저질렀다고 했어요."

"집에서 전화했습니까?"

"아니요. 집 전화가 고장 나서 밖에 나와 공중전화에서 했대요."

"그때가 10시 10분이었습니까?"

"아마 그쯤이었을 거예요. 우리 집 시계들은 죄다 시간이 제각각이라서요."

"그날 밤 전화 통화가 그것만은 아니었지요?"

"예, 데이비드 헌터가 런던에서 전화했지요?"

린이 짤막하게 대답했다.

"예."

린이 갑자기 감정이 격해져서 말했다.

"그 사람이 뭐라고 했는지 알고 싶으신 거죠?"

"아, 그건 주제넘은······."

"선생님은 아시는 게 좋을 거예요! 그가 떠날 거라고 했어요. 제 인생에서 빠져 주겠다고요. 제게 아무것도 해 주지 못할 거고, 결코 올바로 살아가지도 못할 거라고 했어요. 그게 저를 위하는 일이라 해도 말이에요."

"마드무아젤은 그 말이 맞을 수도 있다는 생각에 오히려 마음이 언짢았겠군요."

"데이비드가 멀리 가 버렸으면 좋겠어요. 무사히 석방된다면 말예요. 로잘린이랑 같이 미국이나 어딘가로 가 버렸으면 좋겠어요. 그러면 우리도 더 이상 그들에게 신경 쓰지 않을 거예요. 우리 스스로의 힘으로 살아가는 법을 배우게 되겠죠. 더 이상 적의를 품지도 않을 거고요."

"적의요?"

"예. 전에 캐시 숙모네에서 처음 느꼈어요. 숙모가 파티 비슷한 걸 열었을 때요. 아마 해외에서 막 돌아왔을 때라 조금 예민해서 그랬는지도 몰라요. 하지만 우리 주위에 온통 그 기운이 휘몰아치는 느낌이었어요. 로잘린에 대한 적의요. 모르시겠어요? 우리 모두 로잘린이 죽기를 바라고 있어요. 그녀가 죽기를······ 정말 끔찍한 일이에요. 자신에게 아무런 해도 끼치지 않은 사람이 죽기를 바라고 있다니······."

"당연하지요. 그게 당신들에게 실제적인 이득을 가져다줄 수 있는 유일한 길이니까요."

푸아로가 냉정하고 무미건조한 어투로 말했다.

"우리에게 경제적 이득이 생길 거라는 이야기죠? 하지만 그녀는 지금 여기 있는 것만으로 우리에게 갖은 피해를 입히고 있어요. 사람을 질투하게 하고, 원망하게 만들고, 구걸하게 하잖아요. 사람이 해선 안 될 짓들을 하게 한다고요. 지금 로잘린은 퍼로뱅크에 혼자 있어요. 유령 같은 모습을 하고서요. 죽을까 봐 너무 두려워하는 것 같아요. 저러고 있다간 미쳐 버릴 거예요. 그런데도 우리한테 도움을 받으려 하질 않아요. 우리 가족 누구한테서도요. 모두 도와주려고 해 봤어요. 엄마도 로잘린에게 이리 와서 함께 지내자고 권했고, 프랜시스 숙모도 함께 있자고 했대요. 캐시 숙모까지 찾아가서 퍼로뱅크에 같이 있어 주겠다고 했대요. 하지만 로잘린은 이제 우리를 상대하지 않으려 해요. 그녀를 탓할 수는 없지만요. 콘로이 준장도 만나려 하지 않는대요. 아무래도 근심이나 공포, 고통을 못 이겨서 아픈 것 같아요. 하지만 우리를 상대하려 하지 않으니까 아무것도 해 줄 수가 없어요."

"마드무아젤은 노력했나요? 마드무아젤이 직접 말입니다."

"예. 어제 올라가 보았어요. 제가 '뭔가 도울 수 있는 일이 없을까요?'라고 물었더니 로잘린은 저를 보고……."

린 마치몬트는 갑자기 말을 멈추고 몸을 부르르 떨었다.

"아무래도 로잘린은 저를 미워하는 것 같아요. 이렇게 말하더군요. '당신이 할 수 있는 일은 더더욱 없어요.'라고. 데이비드가 로잘린에게 꼼짝 말고 퍼로뱅크에 있으라고 시킨 것 같아요. 그리고 로잘린은 언제나 데이비드가 시키는 대로 했으니까. 롤리는 롱 윌로스에서 난 달걀이랑 버터를 가져다주었어요. 제 생각에 로잘린이 우리 가족 가운데 호의를 가지고 있는 사람은 롤리뿐인 것 같아요. 롤리한테 늘 친절하게 대해 줘서 고맙다고 말했대요. 물론 롤리가 친절하기는 하죠."

"감당하기에 너무 버거운 짐을 져서 동정심과 연민을 불러일으키는 사람들이 있는 법이지요. 로잘린 클로드가 무척 측은하고 안됐군요. 힘이 된다면 그녀를 돕고 싶은데. 지금이라도 혹시 내 말을 듣는다면……."

갑자기 결심이 선 듯 푸아로가 자리에서 일어섰다.

"갑시다, 마드무아젤. 퍼로뱅크에 올라가 봅시다."

"저와 함께 가고 싶은 거예요?"

"마드무아젤이 넓은 마음을 가지고 이해할 용의만 있다면요."

"있어요, 있고말고요."

13장

 퍼로뱅크까지는 5분밖에 걸리지 않았다. 저택을 향해 구불구불 뻗어 있는 경사진 길 양옆에는 철쭉이 한가득 정성스레 심어져 있었다. 고든 클로드가 퍼로뱅크를 명소로 만들려고 수고와 돈을 아끼지 않은 흔적이 역력했다.
 현관문을 열어 준 하녀는 그들을 보고 약간 놀라는 표정이었다. 과연 클로드 부인이 방문객을 만나겠다고 할지 약간 미심쩍어하는 기색이었다. 하녀는 마님이 아직 잠자리에서 일어나지 않았다고 말하면서도 응접실로 안내한 후 푸아로의 전갈을 가지고 위층으로 올라갔다.
 푸아로는 주위를 둘러보면서 그 방을 프랜시스 클로드의 응접실과 비교해 보았다. 프랜시스 클로드의 응접실은 안주인의 성격이 강하게 풍기는 지극히 개인적인 공간이었다. 그러나 퍼로뱅크의 응접실에는 개인의 냄새가 전혀 섞여 있지 않았다. 고상한 취향으로 다듬기는 했지만 가진 재산을 대변할 뿐이었다. 고든 클로드가 신경 써서 골랐는지 응접실에 있는 모든 것은 예술적 가치가 있는 고급품이었지만 저택 안주인의 안목이나 취향은 드러나지 않았다. 로잘린은 이곳에 자신의 자취를 하나도 남기지 못한 것처럼 보였다.

로잘린은 리츠 호텔이나 사보이 호텔에 외국인 관광객이 머무는 것처럼 퍼로뱅크 저택에 살고 있었던 것이다.

푸아로는 생각했다.

'혹시 다른 사람이……'

린이 무슨 생각을 하느냐고, 왜 그렇게 심각한 표정을 짓고 있느냐고 묻는 바람에 푸아로는 꼬리에 꼬리를 물고 이어지는 생각을 멈추어야 했다.

"마드무아젤, 흔히 죄를 지으면 죽음으로 그 대가를 치른다고들 하지요. 하지만 호화로운 생활을 하면서 죗값을 치르는 경우도 있는 것 같군요. 과연 그편이 더 견디기 쉬울지는 잘 모르겠지만. 원래 자신이 살아오던 인생을 떠나와, 다시는 돌아갈 수 없는 시절을 그저 멀찌감치에서 바라보는 것이 과연 쉬운 일일까요……"

푸아로가 말을 멈추었다. 그들을 맞았던 하녀가 서둘러 들어왔다. 도도했던 모습은 온데간데없이 사라지고 그저 겁에 질린 아줌마일 뿐이었다. 하녀는 밭은 숨을 몰아쉬느라 제대로 말을 잇지 못했다.

"세, 세상에, 마치몬트 양! 오! 선생님, 마님이, 위층에 마님이…… 아주 안 좋아요. 말도 안 하고요. 깨워도 일어나질 않아요. 손은 얼음장 같고요."

푸아로는 홱 몸을 돌리더니 방을 뛰쳐나갔다. 린과 하녀도 뒤를 따랐다. 그는 2층으로 헐레벌떡 뛰어 올라갔다. 하녀가 계단 맞은편에 열려 있는 문을 가리켰다.

널찍하고 아름다운 침실은 창문이 열려 있고 화사한 연한색 러그에 햇빛이 쏟아지고 있었다.

로잘린은 조각으로 장식된 커다란 침대에 누워 있었다. 겉보기에는 자고 있는 듯했다. 기다란 어두운색 머리채가 뺨에 드리워져 있었고, 고개는 자연스럽게 베개 쪽으로 떨어져 있었다. 한 손에는 쭈글쭈글해진 손수건을 쥐고 있었다. 슬픔에 겨워 울다 지쳐 잠이 든 어린아이 같은 모습이었다.

푸아로가 그녀의 손목을 들고 맥박을 짚었다. 얼음장처럼 차가운 손이 푸아로가 이미 예상했던 사태를 말해 주고 있었다.

푸아로가 린에게 나직하게 말했다.

"죽은 지 좀 됐군요. 잠든 사이 죽었습니다."

"오! 세상에, 선생님…… 이제 어떻게 해야 하죠?"

하녀가 울음을 터뜨렸다.

"주치의가 누구지요?"

"라이어널 외삼촌이에요."

푸아로가 하녀에게 지시했다.

"가서 클로드 선생에게 전화하세요."

그녀는 계속 흐느끼면서 방을 나갔다. 푸아로는 방 안을 이리저리 서성거렸다. 침대 옆에 '잘 때 한 봉지씩 복용'이라고 표시된 하얀색 작은 종이 상자가 보였다. 푸아로는 손수건으로 상자를 감싸 쥐고 뚜껑을 열었다. 약은 세 봉지가 남아 있었다. 벽난로 선반 쪽으로 갔다가 다시 책상 쪽으로 다가갔다. 책상 앞에 있는 의자는 옆으로 밀려나 있었고, 압지대가 펼쳐져 있었다. 그 위에 놓인 종이에는 어린아이처럼 삐뚤빼뚤한 글씨로 뭔가를 휘갈겨 쓴 흔적이 남아 있었다.

뭘 어떻게 해야 할지 모르겠다…… 이 일을 계속 할 수는 없어…… 내가 너무 나빴다. 누군가에게 말을 하고 평화를 얻어야 했는데…… 처음부터 그렇게 나쁜 짓을 할 생각은 아니었다. 그것 때문에 이 모든 일이 벌어질 줄은 정말 몰랐어. 이렇게 글로라도 적어야 해…….

급하게 휘갈겨 쓴 글이었다. 펜은 내팽개쳐진 채로 있었다. 푸아로는 선 채로 종이에 쓰인 말들을 바라보았다. 린은 아직도 침대 옆에 서서 죽은 로잘린을 내려다보고 있었다.
그때 문을 거칠게 열고 데이비드 헌터가 숨을 헐떡거리며 방 안으로 들어왔다.
린이 앞으로 다가서며 말했다.
"데이비드! 경찰에서 풀어 준 거예요? 너무 다행이에요."
그는 린을 거들떠보지도 않은 채 거의 밀치다시피 하면서 곧장 침대 쪽으로 가더니 아무 말이 없는 로잘린의 해쓱한 얼굴 위로 몸을 숙였다.

"로잘린! 로잘린……."

그는 로잘린의 손을 만져 보더니 갑자기 린 쪽으로 몸을 홱 돌렸다. 얼굴이 분노로 이글이글 타오르는 듯했다. 마음속에 담아 두었던 말이 입에서 거칠게 튀어나왔다.

"죽여 버렸군, 그렇지? 결국 없애 버렸어! 혐의를 조작해서 날 감방에 쳐 넣더니, 이제 혼자 남은 로잘린을 보내 버린 건가? 모두 함께 꾸민 짓이야, 아니면 당신 혼자 저지른 거야? 어느 쪽이든 상관없어. 네가 죽인 거지? 빌어먹을 놈의 돈이 탐나서 말이야. 이제 당신들 차지로군! 로잘린이 죽었으니 당신들에게 돌아갈 것 아냐! 이제 모두 알거지 신세를 면하시겠군그래. 모두 아주 부자가 되겠어. 당신네 클로드가는 사람을 죽여서 돈을 채 가는 더러운 도둑들로 득실거리지! 그게 당신들이야. 내가 옆에 있을 때는 건드릴 엄두도 못 냈지. 동생을 어떻게 보호하면 되는지 내가 잘 알고 있었으니까. 로잘린은 자기를 지키는 법을 몰랐지. 그런데 로잘린이 혼자 남게 되자 기회를 노렸다가 죽인 거야."

데이비드는 잠시 말을 멈추더니 고개를 절레절레 흔들면서 나직이 떨리는 목소리로 말했다.

"살인자들."

"아녜요, 데이비드. 그런 게 아니에요. 아무도 그녀를 죽일 생각은 없었어요. 우리는 그런 짓은 못 해요."

"린 마치몬트, 당신네 식구 중 하나가 로잘린을 죽인 거야. 당신도 아주 잘 알 텐데?"

"데이비드, 맹세하지만 우린 아니에요. 그런 일은 절대 하지 않았다고 맹세해요."

데이비드의 험악한 눈초리가 약간 누그러졌다.

"린, 당신은 아닐 수도 있겠지······."

"데이비드, 아니에요. 절대로 아니라고요."

에르퀼 푸아로가 헛기침을 하면서 한 발짝 앞으로 나섰다. 데이비드가 푸아로 쪽으로 몸을 돌렸다.

"제가 보기에 당신은 이 사태를 너무 극적으로 생각하고 있습니다. 왜 당신 동생이 살해당했다고 그렇게 서둘러 단정 짓지요?"

"그럼 로잘린이 살해당하지 않았단 말입니까? 이걸 보고도······."

데이비드가 침대에 있는 로잘린을 가리키며 말을 이었다.

"이게 그냥 죽은 거라고요? 로잘린이 신경 쇠약증을 앓고 있던 건 사실입니다. 하지만 몸은 건강했어요. 심장에는 아무 이상도 없었고요."

"어젯밤 잠자리에 들기 전에 클로드 부인이 여기에 앉아서 이런 글을 남겼습니다."

데이비드가 성큼성큼 다가와 압지대에 놓인 종이를 향해 몸을 숙였다.

"손은 대면 안 됩니다."

푸아로가 경고했다.

데이비드는 손을 거두고 그 자리에 꼼짝 않고 서서 글을 읽어 내려갔다.

그러더니 고개를 홱 돌리고 무서운 눈초리로 푸아로를 바라보았다.

"지금 자살일지도 모른다는 이야기를 하는 겁니까? 도대체 로잘린이 왜 자살을 해야 하는데요?"

이 질문에 대답한 사람은 푸아로가 아니었다. 열린 문을 통해 오스트셔 지방 특유의 억양이 배어 있는 스펜스 총경의 조용한 목소리가 들려왔다.

"지난 화요일 밤에 클로드 부인이 런던에 있지 않고 웜슬리 베일에 있었다면 어떤가요? 협박하던 그 남자를 찾아갔다면? 그리고 제정신을 잃고 격분해서 그 남자를 죽였다면?"

데이비드가 총경에게로 몸을 돌렸다. 사나운 두 눈이 노기로 가득 찼다.

"화요일 밤 내 동생은 런던에 있었어요. 내가 11시에 들어갔을 때 집에 있었다고요."

스펜스 총경이 말했다.

"그래, 헌터 씨, 당신은 그렇게 이야기하겠지. 그 이야기를 계속 밀고 나갈 생각일 테고 말이야. 하지만 내가 그 이야기를 꼭 믿어야 할 필요는 없겠지. 뭐, 이미 늦어 버렸지만."

그는 침대 쪽을 가리키며 불쑥 말했다.

"이제 이 사건은 법정에 가지 못하게 됐으니."

14장

스펜스 총경이 경찰서 집무실에 앉아 테이블 맞은편에 앉은 푸아로를 바라보며 말했다.

"그자는 인정하지 않겠지요. 하지만 제가 보기엔 그자도 로잘린이 저지른 일이라는 걸 알고 있습니다. 정말 웃기지 않습니까? 데이비드 헌터의 알리바이는 그렇게 철저히 조사하고서도 로잘린의 알리바이는 한 번도 제대로 따져 보지 않았다니. 그날 밤 로잘린이 런던의 아파트에 있었다는 확실한 증거가 전혀 없는데도 말입니다. 로잘린이 거기 있었다는 데이비드의 증언을 액면 그대로 믿었지요. 처음부터 우리는 아든을 없앨 동기를 가진 사람은 두 사람뿐이라고 알고 있었습니다. 데이비드와 로잘린 클로드죠. 데이비드라 단정하고 덤벼드느라 로잘린은 놓친 겁니다. 그렇게 유순해 보이더니 실상은 얼빠진 여자였던 거예요. 하지만 그렇게 생각하면 풀리는 의문이 또 있습니다. 데이비드 헌터가 로잘린을 서둘러 런던으로 보낸 것도 다 그 때문일 가능성이 높아요. 동생이 제정신을 잃을지도 모른다고 생각한 것이죠. 그리고 공포에 질리면 동생이 위험한 짓을 벌일 수도 있다는 걸 알고 있었을 겁니다. 재미있는 게 한 가지 더 있습니다. 로잘린이 오렌지색 리넨 원피스를 입고 있는 게 자주 목격됐다는 겁니다. 오렌지색은 로잘린이 제일 좋아하는 색깔이었어요. 오렌지색 줄무늬 원피스를 입고, 오렌지색 스카프, 오렌지색 베레모 같은 것을 착용하고 다녔습니다. 그런데 리드베터 부인이 머리에 오렌지색 스카프를 쓴 젊은 여자 이야기를 할 때에도 그게 고든 부인이 틀림없다는 생각을 미처 떠올리지 못했어요. 하지만 제정신을 잃은 거라면 모든 것을 그녀 책임으로 돌릴 수는 없다는 생각이 들어요. 전에 말씀하신 성당을 배회하던 로잘린 이야기를 감안해도 그녀는 후회와 죄책감으로 제정신이 아니었던 것 같습니다."

푸아로가 맞장구를 쳤다.

"맞습니다. 로잘린은 죄책감을 느끼고 있었어요."

총경이 생각에 잠긴 채 말했다.

"그녀는 제정신이 아닌 상태에서 아든을 공격했던 게 틀림없습니다. 아든은 그런 일이 벌어지리라고는 꿈에도 생각 못 했겠지요. 그런 여자를 경계해야 한다는 생각은 털끝만큼도 하지 못했을 겁니다."

여러모로 따져 보던 총경이 다시 입을 열었다.

"그런데 확실하게 납득되지 않는 게 있습니다. 누가 포터 소령에게 갔을까요? 제러미 부인은 아니라고 하셨지요? 뭐 누구든 상관없는 일입니다만!"

"제러미 부인은 아닙니다. 부인이 제게 분명히 다짐했고 저도 부인의 말을 믿습니다. 그 일은 제가 어리석었어요. 누군지 알 수 있었을 텐데, 포터 소령이 제게 알려 주었는데 말입니다."

"포터 소령이 알려 주었다고요?"

"물론 간접적으로 말입니다. 간접적으로 알려 준 것을 소령 자신은 모르고 있었지만."

"그럼, 그 사람이 누굽니까?"

푸아로가 고개를 한쪽으로 조금 기울였다.

"그 전에 두 가지만 질문해도 되겠습니까?"

총경은 놀란 얼굴이었다.

"원한다면 뭐든 물어보십시오."

"로잘린 클로드의 침대 옆에 있던 상자 속 수면제 말입니다. 무슨 성분이었습니까?"

총경은 한층 놀란 기색이었다.

"수면제요? 아, 전혀 무해한 물질이었어요. 브롬화칼리였지요. 신경안정제로 쓰입니다. 매일 한 봉지씩 먹었어요. 물론 성분 분석을 해 보았습니다. 아무 이상 없었어요."

"처방을 내린 사람은요?"

"클로드 선생입니다."

"언제 처방을 내렸지요?"

"아, 얼마 전입니다."

"그럼 로잘린은 무슨 성분 때문에 죽은 겁니까?"

"사실 아직 보고가 올라온 건 아닙니다만 의심의 여지가 별로 없는 것 같습니다. 모르핀 과다 복용입니다."

"로잘린의 소지품에서 모르핀이 조금이라도 발견됐나요?"

스펜스 총경이 영문을 모르겠다는 얼굴로 푸아로를 바라보았다.

"아니요. 그런데 도대체 무슨 생각을 하고 있는 겁니까? 무슈 푸아로."

푸아로가 대답을 피하며 말했다.

"그럼 이제 두 번째 질문으로 넘어가지요. 그 화요일 밤 11시 5분에 데이비드 헌터가 런던에서 린 마치몬트에게 전화를 걸었지요. 총경님은 발신 및 수신 내역을 확인했다고 했습니다. 셰퍼드 코트에서 발신한 전화는 그것뿐이었나요? 수신 전화는 하나도 없었습니까?"

"한 건 있었지요. 10시 15분에요. 그 전화 역시 웜슬리 베일에서 온 거였습니다. 공중전화로 걸었더군요."

"알겠습니다."

푸아로는 잠시 아무 말이 없었다.

"무슈 푸아로, 도대체 무슨 생각인 거예요?"

"그 전화를 받았나요? 그러니까 교환원이 런던 쪽 전화의 응답을 받았냐는 겁니다."

총경이 천천히 입을 열었다.

"무슨 뜻인지 알겠습니다. 그 아파트에 분명 누군가 있었다는 뜻이군요. 데이비드 헌터일 리는 없지요. 기차를 타고 돌아오는 중이었으니까. 그렇다면 그건 분명 로잘린 클로드였을 텐데. 그럼 그 몇 분 전에 로잘린 클로드가 스태그 여관에 있었다는 것은 말이 안 되는군요. 무슈 푸아로, 오렌지색 스카프를 두른 그 여자가 로잘린 클로드가 아니라고 생각하는 거지요? 그렇다면 아든을 죽인 것도 로잘린 클로드가 아니고. 그렇다면 로잘린은 왜 자살한 겁니까?"

"대답은 아주 간단합니다. 로잘린은 자살한 것이 아닙니다. 살해당한 겁니다!"

"뭐라고요?"

"로잘린은 교묘한 방법으로 냉혹하게 살해된 겁니다."

"그럼 아든은 누가 죽였습니까? 데이비드는 용의 선상에서 제외됐는데……."

"데이비드는 아닙니다."

"지금 로잘린도 아니라면서요? 젠장! 부정한 동기를 가진 사람은 그 둘뿐이었는데."

"그렇습니다, 바로 동기. 그게 우리를 헤매게 만들었지요. A라는 사람이 C를 죽일 동기를 가지고 있고, B가 D를 죽일 동기를 가지고 있다고 칩시다. 이때 A가 D를 죽인 게 분명하고, B가 C를 죽인 게 분명하다면 말이 안 되는 것 같지요?"

총경이 볼멘소리를 하였다.

"쉽게 이야기합시다, 무슈 푸아로, 쉽게 하자고요. A니, B니, C니 하는 말들이 저는 하나도 이해가 가지 않습니다."

"복잡합니다. 이 사건의 그림은 아주 복잡해요. 왜냐하면 이번 사건의 범죄는 두 가지이기 때문입니다. 따라서 살인범도 전혀 다른 두 사람이어야 합니다. 먼저 살인자1이 등장하고 나중에 살인자2가 등장합니다."

스펜스 총경이 궁시렁거렸다.

"셰익스피어 흉내라도 내는 겁니까? 이게 무슨 엘리자베스 여왕 시대 희곡이라도 된다고……."

"맞습니다, 이번 사건은 영락없이 셰익스피어 작품 같습니다. 인간의 모든 감정이 적나라하게 드러나지요. 셰익스피어라면 그 모든 질투며 증오, 열정에서 나온 도발적인 행동들을 엮어서 멋들어지게 이야기를 풀어놓았을 겁니다. 또 이 사건에는 기회에 성공적으로 편승한 이야기도 들어 있습니다. '인간사에도 파도처럼 흐름이 있어 밀물을 타게 되면 행운을 거머쥐리니…….' 총경님, 바로 이걸 따라 한 사람이 있습니다. 기회를 잡아서 자기 나름의 목적에 맞게 변용한 사람 말입니다. 보란 듯이 성공을 거뒀지요. 바로 총경님 코앞에서!"

스펜스 총경이 신경질적으로 코를 문지르더니 간청하듯 말했다.

"무슈 푸아로, 그게 도대체 무슨 말입니까? 가능하면 머릿속 생각을 그냥 말씀해 주세요."

"제가 명확하게 정리를 해 드리지요. 한 점의 의혹도 없이 분명하게요. 이 사건에서 죽은 사람이 셋이지요? 맞지요, 총경님? 세 사람이 죽었어요."

총경이 영문을 모르겠다는 얼굴로 푸아로를 쳐다보았다.

"분명히 그렇지요……. 설마 그 셋 중 하나가 아직 살아 있다고 말하려는 건 아니지요?"

"아닙니다. 아니에요. 그 사람들은 죽었습니다. 그런데 어떻게 죽었지요? 그러니까 그들의 죽음을 분류하면 말입니다?"

"글쎄요, 그 점이라면 이미 잘 알고 계실 텐데요, 무슈 푸아로. 살인이 한 건, 자살이 두 건이지요. 하지만 선생 설명에 따르자면 마지막 자살 건은 자살이 아니라 살인이 되겠지요."

"제 의견으로는 자살이 한 건, 그리고 사고가 한 건, 살인이 한 건입니다."

"사고라고요? 선생은 클로드 부인이 실수로 독을 먹고 죽었다고 생각합니까? 아니면 포터 소령이 총으로 죽은 게 사고였다는 뜻입니까?"

"아닙니다. 찰스 트렌턴, 즉 이녹 아든의 죽음이 사고였습니다."

"사고라고요?"

순간 총경의 언성이 높아졌다.

"사고요? 선생은 지금 머리가 움푹 파일 정도로 몇 번이나 가격한 지독히도 잔인한 살인 사건을 사고라고 하는 겁니까?"

푸아로는 총경이 몹시 흥분한 것을 보면서도 전혀 동요하지 않고 차분하게 대답했다.

"제가 사고라고 하는 건, 죽일 의도가 전혀 없었다는 뜻입니다."

"죽일 의도가 없었다고요? 머리를 그렇게 두들겨 맞았는데도요? 미치광이한테 공격을 당했다는 뜻입니까?"

"그게 오히려 진실에 가깝다고 할 수 있겠지요. 총경님은 그런 뜻으로 한 말이 아니겠지만."

"이 사건에서 머리가 이상했던 사람은 고든 부인뿐이었습니다. 전에도 그녀는 정신이 나간 것처럼 보인 적이 여러 번 있었어요. 물론 라이어널 클로드 부인도 머리가 약간 이상하기는 합니다. 하지만 그 여자는 결코 폭력적인 사람이 아니에요. 그리고 다른 사람이라면 몰라도 제러미 부인은 분명 정신이 똑바로 박혀 있지요. 그런데 포터를 매수한 건 제러미 부인이 아니라고 하지 않았습니까?"

"그렇습니다. 그 사람이 누군지 전 알고 있습니다. 말씀드렸다시피 포터 소령이 알려 주었지요. 아주 간단한 말 한마디로 말입니다. 당시에 미처 알아채지 못하는 바람에 사방팔방 뛰어다니며 생고생을 할 뻔했지요."

"그러면 로잘린 클로드를 죽인 것도 아까 말씀한 그 미치광이 A모 씨입니까?"

스펜스 총경은 점점 더 냉소적이 돼 가고 있었다.

푸아로가 고개를 세차게 흔들며 말했다.

"절대 아닙니다. 그 부분에서는 살인자1이 퇴장하고 살인자2가 등장합니다. 유형이 전혀 다른 범죄입니다. 흥분도 열정도 없는, 치밀하게 작정하고 저지른 냉혹한 살인입니다. 총경님, 나는 그녀를 죽인 범인이 살인의 대가로 교수형당하는 걸 지켜볼 작정입니다."

푸아로는 자리에서 일어나 문 쪽으로 걸어갔다.

총경이 소리쳤다.

"이보세요! 이름이라도 좀 알려 주세요. 이렇게 떠나면 안 됩니다."

"곧 다 말씀드리겠습니다. 정확하게 하려고 기다리는 것이 있어요. 해외에서 편지 한 통이 오기로 되어 있습니다."

"점쟁이 같은 말은 이제 그만두세요! 이보세요, 푸아로……."

하지만 푸아로는 못 들은 척하고 방을 빠져나왔다.

그는 곧장 광장을 가로질러 클로드 선생 저택의 벨을 눌렀다. 클로드 부인이 문을 열려고 나와 푸아로를 보고는 여느 때처럼 화들짝 놀랐다. 푸아로는 시간을 허비하지 않았다.

"부인, 꼭 해야 할 이야기가 있습니다."

"아, 그러세요, 어서 들어오세요. 청소를 제대로 못 한 게 마음에 걸리긴 하지만……."

"좀 물어보고 싶은 게 있는데요. 남편께서 모르핀에 중독된 지 얼마나 됐습니까?"

캐시 숙모는 곧바로 울음을 터뜨렸다.

"세상에, 이런…… 아무도 모르기를 그렇게 간절히 바랐는데…… 전쟁 중에 중독됐어요. 과로에 너무 시달렸고 신경통이 너무 지독했거든요. 그 이후로 양을 줄이려고 했지만…… 정말 지금까지 계속 노력했어요. 그 사람이 그렇게 예민하게 구는 것도 다 그것 때문이에요."

"의사 선생이 돈이 필요한 것도 다 그것 때문이었지요. 그렇지 않습니까?"

"그렇다고 해야죠. 어쩌면 좋아요, 무슈 푸아로. 하지만 그 이는 치료를 받을 거라고 약속했어요."

"진정하십시오, 부인. 그리고 사소한 질문이 하나 더 있습니다. 부인이 린 마치몬트에게 전화한 그날 밤 부인은 우체국 밖에 있는 전화 부스로 가지 않았습니까? 그날 밤 광장에서 누구 만난 사람 있습니까?"

"아니요, 없어요 무슈 푸아로, 아무도 없었어요."

"하지만 제가 알기로는 부인은 2펜스를 빌려야 했던 걸로 아는데요. 반 페니밖에 없었으니까."

"아, 맞아요. 전화 부스에서 나오던 여자한테 부탁했어요. 반 페니짜리를 받고 나한테 2페니를 주었어요."

"그 여자는 어떻게 생겼던가요?"

"글쎄요, 분장을 한 듯한 모습이었어요. 무슨 뜻인지 아시죠? 머리에는 오렌지색 스카프를 두르고 있었고요. 재미있는 건 어딘가에서 그 여자를 확실히 보았다는 거예요. 아주 낯익은 얼굴이었어요. 제 생각에는 이미 죽은 사람 같아요. 하지만 어디서 어떻게 그 여자를 보았는지는 기억할 수 없었어요."

"고맙습니다, 클로드 부인."

15장

린은 집을 나와 하늘을 올려다보았다.

해가 지고 있었다. 노을은 보이지 않고 다소 괴이쩍은 햇빛이 비치고 있었다. 뭔가 불안한 예감이 드는 조용한 저녁이었다. 폭풍이 다가오고 있다는 생각이 들었다.

그래, 이젠 때가 됐다. 더 이상 미룰 수 없다. 롱 윌로스로 가서 롤리에게 말해야 한다. 적어도 롤리를 찾아가 직접 말하는 것이 옳다. 편지를 쓰는 쉬운 방법을 택하지 않은 것도 그 때문이었다.

직접 말하겠다고 결심이 섰지만, 그것도 확고하게 섰지만, 이상하게도 아직 썩 내키지는 않았다. 그녀는 주위를 둘러보며 생각했다.

"이 모든 것과 이제 안녕이다. 내가 살아온 세계, 내가 살아온 삶 모두와."

왜냐하면 이제 환상 같은 건 모두 사라졌기 때문이다. 데이비드와 함께 하는 삶은 도박이다. 잘될 수도 있지만 또 그만큼 잘못될 가능성도 높은 모험이다. 데이비드가 직접 경고했던 것처럼…….

살인이 일어난 그날 밤 전화로.

하지만 그 몇 시간 전 데이비드는 이렇게 말했다.

"당신 인생에서 사라질 생각이었어. 내가 바보지. 당신을 두고 떠날 수 있다고 생각하다니. 우리 같이 런던으로 가서 특별 절차를 밟아 결혼식을 올립시다. 아! 그렇지. 당신에게 망설일 기회 같은 건 주지 않을 생각이야. 당신은 이곳에 뿌리를 내리고 있고, 그게 당신을 옭아매고 있지. 난 그 뿌리를 뽑아낼 거요."

그가 덧붙였다.

"롤리에게는 당신이 데이비드 헌터 부인이 되고 나서 말합시다. 정말 안된 일이지만 그렇게 하는 것이 최선의 방법이야."

하지만 린은 그렇게 생각지 않았다. 물론 그때는 그런 생각을 입 밖에 내지 않았지만. 그래, 롤리에게는 직접 이야기하는 것이 옳았다.

그래서 지금 롤리에게 가는 것이다!

린이 롱 윌로스의 문을 두드리려는데 폭풍우가 몰아치기 시작했다. 문을 열고 나온 롤리는 린을 보더니 놀라는 눈치였다.

"린, 안녕? 온다고 전화하지 그랬어? 밖에 나가고 없을지도 모르는데."

"롤리, 할 얘기가 있어서 왔어."

그는 옆으로 비켜서 린을 들어오게 한 후 그녀를 따라 널찍한 부엌으로 들어갔다. 테이블에는 먹다 남은 저녁 식사가 놓여 있었다.

"여기에 아가나 에세(둘 다 영국 시골집에서 주로 사용한 취사용 스토브의 상표명이다 ― 옮긴이) 설치하려고 해. 그럼 네가 더 수월해질 거야. 그리고 강철 싱크대를 새로……."

린이 롤리의 말을 막았다.

"롤리, 계획 같은 거 세우지 마."

"그 불쌍한 여자가 아직 땅에도 묻히지 못해서 그러는 거야? 물론 내가 좀 매정해 보이겠지. 하지만 이제까지 그 여자는 행복해 보인 적이 없었어. 늘 아팠어. 그 빌어먹을 공습이 남긴 무서운 기억을 항상 안고 산 거야. 어쨌든 이젠 이렇게 되어 버린걸. 로잘린은 죽어 무덤에서 잠들게 됐으니, 이제 내게 아니 우리 둘에게 변화가 생기겠지……."

린이 움찔했다.

"아냐, 롤리. 이제 '우리' 같은 건 없어. 그 이야기를 하러 온 거야."

롤리가 린을 빤히 쳐다보았다. 린은 나직한 목소리로 단호하게 말했다. 이런 자신이 싫었지만 어쩔 수 없었다.

"롤리, 난 데이비드 헌터와 결혼할 거야."

린은 롤리가 어떤 반응을 보일지 알 수 없었다. 항변을 하거나 분노를 터뜨릴지도 모른다는 생각은 했지만, 실제로 롤리가 보인 반응은 전혀 뜻밖이었다.

그는 잠시 린을 빤히 바라보더니 부엌을 가로질러 가 난롯불을 들쑤셨다. 그러고는 마침내 거의 넋이 나간 모습으로 린 쪽으로 몸을 돌렸다.

"그래, 분명히 해 두자. 데이비드 헌터랑 결혼하겠다? 왜?"

"그를 사랑하니까."

"네가 사랑하는 사람은 나야."

"너를 사랑했지. 이곳을 떠날 때만 해도 그랬어. 하지만 4년이 흘렀어. 난, 나는 변했어. 우리 둘 다 변했어."

"그렇지 않아……. 난 변하지 않았어."

롤리가 나직하게 말했다.

"그래, 넌 그리 많이 변하지 않았는지도 몰라."

"난 하나도 안 변했어. 변할 틈이 별로 없었어. 그저 여기 남아 땅만 팠으니까. 낙하산을 타고 떨어져 본 적도, 한밤중에 절벽을 기어오른 적도, 어둠 속에서 사람을 낚아채 칼로 찔러 본 적도 없어……."

"롤리……."

"전쟁에 안 나갔으니까. 난 전투를 치러 본 적이 없어. 전쟁이 뭔지 모른다고. 이 농장에 남아 속 편하게 지냈지. 행운아 롤리! 그래, 남편이 되면 넌 나를 부끄럽게 여길 거야!"

"아니야, 롤리. 절대 아니야! 그런 말이 아니야."

"아니, 분명히 그런 말이야."

롤리가 린에게 점점 가까이 다가왔다. 그의 목이 시뻘게지고, 이마에는 핏대가 섰다. 저 눈동자, 언젠가 경기장에서 투우 옆을 지나갈 때 보았다. 발을 구르며 머리를 세차게 흔들다가 무시무시한 뿔이 달린 머리를 서서히 떨구고, 분노에 짓눌린 채 아무 이유 없이 미쳐 날뛰는…….

"입 다물어, 린. 내가 어떻게 변했는지 들려주지. 나는 내게 주어진 의무를 다하지 못했어. 조국을 위해 싸울 기회를 놓쳤지. 가장 친했던 친구가 전쟁에 나가 죽는 걸 봐야 했고. 그리고 내 여자가, 내가 사랑하는 여자가 군복을 입고 해외로 나가는 걸 지켜봐야 했어. 난 '애인이 남겨 놓고 떠난 남자'로 지내야 했지. 사는 게 지옥이었어. 무슨 말인지 알아? 지옥이었다고. 그리고 네가 돌아왔지. 그런데 그 이후로 상황은 더 나빠지기 시작했어. 캐시 숙모네서 모임이 있었던 날이었지. 네가 테이블 건너편에 있는 데이비드 헌터를 바라보고 있더군. 하지만 그자는 널 가질 수 없어. 내 말 알아들어? 네가 내 여자가 될 수 없다면, 그 누구도 널 갖지 못해. 넌 도대체 날 뭘로 보는 거야?"

"롤리……."

린은 자리에서 일어나 뒤로 주춤주춤 물러났다. 그녀는 겁에 질려 있었다. 이 남자는 지금 사람이 아니라 제정신이 아닌 한 마리 짐승이었다.

롤리 클로드가 말했다.

"난 두 명을 죽였어. 세 명도 죽일 수 있나 한번 볼까?"

"롤리……."

그는 린을 덮치더니 목을 거머쥐었다…….

"더 이상은 못 참아, 린."

롤리가 목을 조이자 방 안이 빙빙 돌며 까매지더니, 그 어둠마저도 소용돌이치며 숨이 막혀 왔다. 모든 것이 암흑 속에 잠겨 갔다.

그때 별안간 기침 소리가 났다. 점잖으면서도 약간은 억지로 내는 기침 소리였다.

롤리는 멈칫하고는 손을 풀었다. 롤리에게서 풀려난 린은 바닥에 쓰러졌다.

문 바로 안쪽에서 에르퀼 푸아로가 실례한다는 듯 기침을 하였다.

"내가 방해했나 봅니다. 문을 두드렸습니다. 정말로 두드렸어요. 하지만 아무 대답이 없어서……. 바쁜가 보다 생각하고 이렇게 들어왔습니다."

일순 엄청난 긴장감이 감돌았다. 롤리는 푸아로를 빤히 처다보고 있었다. 순간 그는 에르퀼 푸아로에게 덤벼들 기세였지만 결국 몸을 돌렸다. 그리고 얼빠진 사람처럼 말했다.

"타이밍 한번 기가 막히십니다."

16장

 절체절명의 순간에 끼어든 에르퀼 푸아로는 특유의 방법을 동원하여 상황을 가라앉혔다. 이렇게 질문을 던진 것이다.
 "주전자 물이 끓고 있는 것 아닙니까?"
 롤리가 무겁고 둔한 목소리로 대답했다.
 "예, 끓고 있어요."
 "그럼 커피 좀 주겠습니까? 차를 내는 게 더 수월하면 그것도 괜찮습니다."
 롤리가 로봇처럼 그 말에 움직였다.
 에르퀼 푸아로는 주머니에서 커다랗고 깨끗한 손수건 한 장을 꺼냈다. 그것을 찬물에 적셔 쥐어짠 다음 린에게 다가갔다.
 "이것 받아요, 마드무아젤. 이걸 목에 감고 고정시켜요. 예, 그렇게. 여기 옷핀 있어요. 그러고 있으면 금방 통증이 가라앉을 겁니다."

린은 겨우 나오는 쉰 목소리로 푸아로에게 감사하다고 말했다. 롱 윌로스의 부엌을 푸아로가 이리저리 돌아다니고 있었다. 이 모든 것이 그녀에게는 악몽이나 다름없었다. 정신을 차릴 수 없을 정도로 몸이 무거웠고, 목은 심하게 아팠다. 린이 비틀거리며 일어나자 푸아로가 그녀를 조심스럽게 부축해 의자에 앉혔다.

"여기 앉아요."

푸아로가 어깨 너머로 롤리를 재촉했다.

"커피는 어떻게 됐습니까?"

"다 됐습니다."

롤리가 커피를 가져왔다. 푸아로가 한 잔을 따라 린에게 건넸다.

"이것 보세요, 선생님. 이 상황이 이해가 안 가실 텐데요. 저는 린을 목 졸라 죽이려 했어요."

"쯧, 쯧."

푸아로가 한심하다는 듯 혀를 찼다. 롤리가 저지른 어이없는 실수를 꾸짖는 듯한 태도였다.

"사실대로 털어놓자면 저는 두 사람을 죽였어요. 린이 세 번째가 됐을 겁니다. 선생님이 오지 않았다면."

푸아로가 말했다.

"우리 커피나 마십시다. 살인 얘기 따위는 집어치우고. 마드무아젤 린에게 좋지 않아요."

"젠장!"

롤리는 혼잣말을 하면서 푸아로를 빤히 쳐다보았다.

린이 어렵사리 커피를 목으로 넘겼다. 뜨겁고 진한 커피였다. 이윽고 목의 통증이 좀 가라앉는 게 느껴지고 커피가 효과를 내기 시작했다.

푸아로가 물었다.

"어때요, 좀 낫지요?"

린이 고개를 끄덕였다.

"그럼 이제 이야기를 나눠 볼까요? 그러니까, 제가 할 이야기가 좀 있어서요."

롤리가 무거운 목소리로 물었다.

"선생님은 얼마나 알고 계신 겁니까? 제가 찰스 트렌턴을 죽인 것을 알고 있습니까?"

"그렇습니다, 안 지 좀 됐지요."

갑자기 문이 홱 열렸다. 데이비드 헌터였다. 헌터가 소리쳤다.

"린, 나한테는 일절 말도 없이……."

그는 당황한 듯 말을 멈추고 사람들을 번갈아 보았다.

"당신 목은 어떻게 된 거지?"

"잔이 하나 더 있어야겠군요."

푸아로가 말했다. 롤리가 찬장에서 잔을 꺼내 와서 푸아로가 잔을 받아 커피를 따라 데이비드에게 건네주었다. 다시 한번 푸아로가 상황을 이끌었다.

푸아로가 데이비드에게 말했다.

"앉아요, 우린 여기 앉아서 커피를 마시는 겁니다. 그리고 세 사람 모두 이 에르퀼 푸아로의 범죄학 강의를 잘 들어 봐요."

그는 좌중을 둘러보고 고개를 끄덕였다.

린은 속으로 생각했다.

'이건 말도 안 되는 악몽이야. 현실이 아니라고!'

세 사람 모두 커다랗게 콧수염을 기른 작달막한 체구의 이 신사 앞에서 고분고분한 모습이었다. 살인자 롤리, 희생자 린, 린을 사랑하는 남자 데이비드. 이들 모두 순순히 자리에 앉아 커피 잔을 든 채 기묘한 방식으로 모두를 복종시켜 버린 작달막한 남자의 이야기에 귀를 기울였다.

푸아로가 수사학적인 물음을 던졌다.

"범죄를 일으키는 것은 무엇일까요? 그게 문제지요. 어떤 자극이 필요한가? 범죄를 저지르는 데 선천적인 어떤 경향이 있어야 하는가? 아니면 어떤 범죄는 누구라도 저지를 수 있는 것인가? 그리고 이 사건을 처음 접할 때부터 갖고 있던 의문도 있습니다. 현실에서 겪게 되는 무참한 공격과 파괴로부터 보호받던 사람들이 갑자기 그 방어막을 잃어버리면 과연 어떻게 되는가?

여러분도 알겠지만 전 지금 클로드가 사람들 이야기를 하고 있습니다. 클로드라는 성을 쓰는 사람이 여기에는 하나뿐이라 마음 편하게 이야기할 수 있겠군요. 처음부터 그 문제는 저를 사로잡았지요. 클로드가 사람들은 전부 자립할 필요가 없었습니다. 물론 가족 모두 각자의 삶이 있고 일이 있었지만 어느 누구도 절대 자비로운 보호의 그늘을 벗어나려 하지 않았죠. 그들은 언제나 걱정 없이 안정감 속에서 살아왔습니다. 물론 그것은 부자연스럽고 인위적인 안정감이었습니다. 고든 클로드가 그들 뒤에 든든히 버티고 있었기 때문에 가능한 것이었지요.

내가 말하고 싶은 건 이것입니다. 시련이 닥치기 전까지는 사람의 본성을 절대 알 수 없는 법입니다. 우리들 대부분은 인생의 초창기에 시련을 겪게 됩니다. 혼자 힘으로 일어서야 할 상황이 금방 찾아온다는 이야기지요. 위험과 곤경에 맞서 시련을 극복할 나름의 방책을 강구해야 하는 상황 말입니다. 정직한 방법을 쓸 수도 있고 부정한 방법을 쓸 수도 있겠지요. 어떻든 간에 사람은 자신이 어떤 인간인지를 일찍 알게 되는 법입니다.

그런데 클로드가 사람들에게는 자신의 나약함을 알 기회가 전혀 없었습니다. 별안간 방어막이 사라지고 준비가 전혀 없는 상태에서 어쩔 수 없이 곤경에 처하기 전까지는 말입니다. 그들이 다시 안정을 찾을 길을 가로막고 있는 것은 오직 하나뿐이었지요. 바로 로잘린 클로드였습니다. 클로드가 사람들 모두 각자 한 번쯤은 '로잘린이 죽는다면······.' 하는 생각을 했을 게 분명합니다."

린이 몸서리를 쳤다. 푸아로는 자신의 말을 이해할 틈을 주느라 잠시 멈추었다가 말을 이었다.

"분명 모두 로잘린이 죽으면 어떻게 되는 걸까 하는 생각을 했을 겁니다. 그렇지 않겠습니까? 그때 살인도 생각하지 않았을까요? 그리고 특별한 상황에 처하자 그 생각은 생각을 넘어서 행동으로 옮겨진 겁니다."

푸아로는 목소리 하나 변하지 않고 롤리에게 물었다.

"로잘린을 죽일 생각을 한 적이 있지요?"

"예, 로잘린이 농장에 온 날요. 다른 사람은 아무도 없었지요. 그때 생각했어요. 손쉽게 죽일 수 있겠다고. 로잘린이 애처로워 보이긴 했습니다. 그리고 아주 예뻤죠. 제가 시장에 보낸 송아지들처럼. 정말 얼마나 애처로운지 몰라요. 하지만 결국 가차 없이 보내 버리죠. 전 로잘린이 겁을 먹고 있지는 않은지 궁금했어요. 제가 어떤 생각을 하고 있는지 알았다면 아마 겁을 먹었을 겁니다. 그녀의 담배에 불을 붙여 주려고 라이터를 받아 들 때 그런 생각을 했습니다."

"그걸 로잘린이 농장에 두고 갔군요. 그래서 라이터가 당신 손에 들어오게 된 거고요."

롤리가 고개를 끄덕이며 도무지 이해가 안 간다는 투로 말했다.

"제가 왜 로잘린을 죽이지 않았는지 아직도 모르겠습니다. 죽일 생각을 했으면서, 사고로 충분히 위장할 수 있었는데도요."

"당신은 그런 유형의 범죄를 저지를 수 없어요. 그게 답입니다. 당신이 죽인 남자, 화를 못 이기고 죽인 그 남자 말입니다. 사실은 죽일 마음은 없었던 것 같은데요?"

"그럼요, 아닙니다. 저는 그자의 턱을 한 대 쳤습니다. 그런데 그만 뒤로 넘어가 벽난로 대리석 모서리에 머리를 부딪히고 말았어요. 저는 그자가 죽은 걸 믿을 수 없었어요."

그때 갑자기 롤리가 놀랍다는 눈초리로 푸아로를 흘긋 보았다.

"그런데 그건 어떻게 아셨지요?"

"제가 당신의 행동을 꽤나 정확하게 재구성해 낸 것 같습니다. 혹시 제 말에 잘못된 데가 있으면 알려 줘요. 당신은 스태그 여관에 갔고, 비어트리스 리핀콧은 자신이 엿들은 대화를 당신에게 말해 주었습니다, 그렇죠? 그 이야기를 듣고 당신은 전에도 말한 대로 제러미 클로드 백부의 집으로 갔습니다. 그 상황에 대해 변호사인 백부의 의견을 구하려고 말입니다. 그런데 그곳에서 일이 생깁니다. 그 때문에 당신은 백부와 상의해야겠다는 마음을 고쳐먹게 되지요. 그게 뭔지 저는 알고 있습니다. 바로 사진을 본 겁니다……."

롤리가 고개를 끄덕였다.

"맞습니다. 책상에 있던 사진이요. 순간 생김새가 닮았다는 걸 깨달았죠. 그 남자 얼굴이 왜 그렇게 낯이 익었는지도 알게 됐고요. 순간 제러미 백부와 프랜시스 백모가 백모의 친척을 끌어들여 뭔가 일을 꾸미고 있다는 생각이 들더군요. 화가 머리끝까지 치밀었습니다. 저는 곧장 스태그 여관으로 돌아가 5호실로 올라갔지요. 그러고는 그자를 사기꾼이라고 비난했습니다. 그자는 웃으면서 인정을 하더군요. 그날 밤 데이비드 헌터가 요구한 돈을 구해 가지고 올 것이라고 말하면서요. 다른 사람도 아닌 우리 가족이 저 몰래 뒤에서 일을 꾸미고 있었다는 사실을 알고 나니 분노를 참을 수 없었습니다. 저는 욕설을 내뱉으면서 그자를 한 대 쳤죠. 그자는 아까 말씀드린 대로 뒤로 넘어갔습니다."

롤리가 잠시 말을 멈추고 있자 푸아로가 재촉했다.

"그다음에는?"

롤리가 천천히 입을 열었다.

"라이터요. 그게 제 주머니에서 떨어졌습니다. 로잘린을 만나면 돌려주려고 가지고 다녔거든요. 그게 시체 위로 떨어졌는데 'D.H.'라는 머리글자가 보였습니다. 그 라이터는 로잘린이 아니라 데이비드의 물건이었던 겁니다.

캐시 숙모 댁에서 있었던 파티 이후 저는 알게 됐습니다. 아니, 이 얘기는 그만두기로 하지요. 가끔 저는 제가 미쳐 가고 있다는 생각이 들었습니다. 아니, 이미 조금 미쳐 버린 것인지도 모른다는 생각이 들었죠. 처음에는 조니가 떠나더니 전쟁이 일어나고 말입니다. 말로는 표현이 안 되지만 때로 화가 치밀어 앞이 보이지 않았어요. 그런데 이젠 린과 이 작자가……. 저는 죽은 그 남자를 방 한가운데로 끌고 와 얼굴이 방바닥을 향하도록 뒤집었습니다. 그런 후에 그 육중한 부젓가락을 집어 들고……. 자세하게는 이야기하지 않겠습니다. 전 지문을 지우고 벽난로 대리석을 닦아 냈습니다. 그러고 나서 시곗바늘을 9시 10분으로 돌려놓고 깨뜨렸습니다. 신원이 밝혀질 수도 있겠다는 생각이 들어 그자가 가지고 있던 배급 통장과 신분증을 챙겼습니다. 그러고는 방을 나왔습니다. 비어트리스가 엿들은 게 있다며 들려줬는데, 들어 보니 사람들은 데이비드가 저지른 일이라고 생각할 것 같았습니다."

"그런 후에 저에게 온 거군요. 당신은 저를 찾아와서 유치한 연극을 했지요, 그렇지 않습니까? 언더헤이를 알고 있는 증인을 찾아 달라며 말입니다. 제러미 클로드 변호사가 포터 소령이 한 이야기를 가족들에게 고스란히 말했을 게 뻔한데 말입니다. 거의 2년 동안 가족들은 모두 혹시 언더헤이가 나타날지 모른다는 희망을 내심 품고 지냈겠지요. 그런 바람은 라이어널 클로드 부인이 위자 보드를 이용해 점을 칠 때도 영향을 미쳤습니다. 그건 무의식중에 그렇게 된 것이지만 그 일로 아주 확실하게 알 수 있었습니다.

에 비엥(그런데), 상황이 그런데도 저는 마법사라도 되는 양 기고만장했지요. 당신이 제 실력에 탄복하는 것을 보고 우쭐했지만 진짜 얼간이는 저였습니다. 그래요. 포터 소령 집에 갔을 때 그는 제게 담배 한 대를 권한 후 당신에게 이렇게 말했지요. '당신은 담배를 안 피우지요?'라고요.

당신이 담배를 피우지 않는 걸 그가 어떻게 알았겠습니까? 그때 소령이 당신을 만난 적이 있다는 것을 알 수 있었는데. 어떻게 그토록 아둔했을까, 그때 그 사실을 알아챘어야 했어요. 당신이 이미 포터 소령을 만나 함께 사전 모의를 했다는 걸 말입니다. 분명 그날 오전 포터 소령은 불안한 모습이었어요. 맞아요. 제가 바보였어요. 제가 포터 소령을 심리에 데려가 시체의 신원을 확인하게 했으니. 하지만 끝까지 바보가 될 수는 없지. 지금은 그런 한심한 바보가 아니지요. 그렇지 않습니까?"

푸아로는 화가 난다는 듯 주위를 둘러보더니 말을 이었다.

"그런데 나중에 포터 소령이 약속을 깼지요. 살인 사건 재판에서 선서를 하고 증언을 할 엄두가 나지 않았던 겁니다. 거기다 이 사건에서는 죽은 자의 신원이 데이비드 헌터의 유죄 여부를 크게 좌우

하지요. 그래서 이 일에서 손을 떼기로 한 겁니다."

롤리가 음울한 목소리로 말했다.

"소령이 더는 못 하겠다고 제게 편지를 보내왔어요. 바보 같으니라고. 멈출 수 없을 정도로 이미 너무 멀리 와 버렸단 사실을 몰랐나? 어떻게든 납득을 시켜서 맘을 돌려 보려고 그를 찾아갔습니다. 하지만 너무 늦었어요. 편지에 그는 이렇게 썼어요. 살인 문제에 연루되어 거짓 증언을 하느니 차라리 총으로 자살하겠다고. 현관문은 잠겨 있지 않았어요. 전 위층으로 올라가 그를 발견했지요.

그때 제 심정은 말로 표현할 수가 없습니다. 또 한 번 살인을 저지른 느낌이었어요. 제가 갈 때까지 기다리기만 했어도…… 제 이야기를 듣기만 했어도……."

"편지가 하나 있지 않았습니까? 당신이 가져갔나요?"

"예. 저는 이제 여기서 발을 뺄 수 없는 상황이었어요. 그럴 바엔 끝까지 철저하게 일을 처리하는 게 낫다고 생각했어요. 그 편지는 검시관한테 쓴 것이었습니다. 심리 때 자신이 위증을 했다는 간단한 내용이었죠. 죽은 사람은 로버트 언더헤이가 아니라고 말입니다. 저는 그 편지를 가져다 없애 버렸어요."

롤리가 테이블을 주먹으로 내리치고는 계속 말했다.

"악몽 같아요. 끔찍한 악몽! 제가 시작한 일이니 끝까지 가야 했지요. 돈을 차지해 린을 얻고 싶었고, 헌터는 교수대로 보내고 싶었어요. 그런데 그때 도무지 이해할 수 없는 일이 일어났어요. 저자의 혐의가 벗겨진 겁니다. 한 여자 이야기가 나오면서요. 나중에 아든과 함께 있었다는 여자 말입니다. 저는 도무지 이해할 수가 없었고, 지금도 이해가 되지 않았습니다. 도대체 어떤 여자죠? 어떻게 죽은 아든이 그 방에서 그 여자와 이야기를 나눌 수 있었던 거지요?"

"여자는 없었습니다."

린이 겨우 목소리를 내어 말했다.

"하지만 무슈 푸아로, 그 노파는요. 그 노파가 여자를 보았다면서요? 목소리도 듣고요."

"아, 그렇지요. 하지만 그 노파가 뭘 보고, 뭘 들었지요? 노파가 본 사람은 바지를 입고 밝은색 트위드 코트를 입고 있었습니다. 머리에는 오렌지색 스카프를 터번처럼 두르고 있었고 얼굴에는 화장을 하고 입술에는 립스틱을 바른 모습이었지요. 노파는 희미한 불빛 속에서 그 모습을 보았습니다. 또 무슨 말을 들었지요? 노파는 그 '계집'이 5호실로 들어가는 걸 보았고 방 안에서 남자가 '여기서 나가, 이 아가씨야.'라고 말하는 걸 들었지요. 에 비엥(그런데), 그 노파가 본 것은 남자였고, 그때 들었던 목소리도 그 남자의 목소리였죠. 하지만 정말 기막힌 아이디어였습니다, 헌터 씨."

푸아로가 데이비드 쪽으로 차분히 몸을 돌렸다.

"무슨 말씀이십니까?"

데이비드가 매서운 어조로 물었다.

"이제는 당신에게 이야기할 차례군요. 당신이 스태그 여관에 도착한 것은 한 9시쯤이었지요. 사람을 죽이려고 간 것이 아니라 돈을 주려고 간 것이었습니다. 그런데 방 안 광경이 어떻던가요? 당신을 협박했던 그 남자는 아주 잔혹하게 살해당한 채 바닥에 엎어져 있었습니다. 헌터 씨, 당신은 재빨리 머리를 굴려 자신이 위험에 빠졌다는 사실을 바로 깨달았지요. 당신이 아는 한 당신이 스태그 여관으로 들어오는 걸 본 사람은 아무도 없었기 때문에, 처음에는 가능한 한 빨리 여관을 벗어나 9시 20분 기차를 타고 런던으로 돌아가자고 생각했습니다. 그리고 웜슬리 베일에는 근처에도 안 갔다고 잡아뗄 작정이었지요. 기차를 잡으려면 평원을 가로지르는 수밖에 없었습니다. 그런데 도중에 당신은 예기치 않게 마치몬트 양을 만나게 됐습니다. 그리고 기차를 타기에는 늦었다는 것도 알았지요. 계곡에서 기차 연기가 나는 걸 보았던 겁니다. 당신은 모르고 있었겠지만 마치몬트 양 역시 그 연기를 보고 있었지요. 하지만 마치몬트 양은 그것이 당신이 기차를 탈 수 없다는 사실을 의미한다는 걸 미처 깨닫지 못했습니다. 그리고 그때가 9시 15분이라는 당신의 말을 조금도 의심하지 않았지요.

이제 당신은 그녀 마음속에 기차를 탔다는 인상을 심으려고 아주 기발한 계획을 짜냅니다. 이제 의심을 받지 않으려면 전혀 새로운 계획이 필요했던 겁니다.

당신은 퍼로뱅크로 돌아갔습니다. 가지고 있던 열쇠로 아무도 모르게 들어가 동생의 스카프를 두르고 그녀의 립스틱을 바르고 연극 배우라도 되는 것처럼 얼굴에 덕지덕지 화장을 했지요.

당신은 적당한 때를 골라 스태그 여관으로 돌아갔습니다. 스태그 여관에서 유별나기로 소문이 난, '투숙객 전용실'에 앉아 있는 그 노파에게 당신의 존재를 각인시키기 위해서였지요. 당신은 5호실로 올라갔습니다. 그 노파가 자러 올라오는 소리가 들리자 당신은 통로로 나왔다가 황급히 다시 안으로 들어가서 큰 소리로 이렇게 말했습니다. '그만 나가시지, 이 아가씨야.'라고."

푸아로는 잠시 말을 멈추었다 입을 열었다.

"정말 기막힌 연기였습니다."

린의 목소리가 커졌다.

"데이비드, 정말이에요? 정말이냐고?"

데이비드가 만면에 미소를 띠고 말했다.

"내가 여장이 꽤 잘 어울리나 보네. 당신도 그 괴물 노파의 얼굴을 한번 봤어야 했는데."

"하지만 10시에 이곳에 있던 당신이 어떻게 11시에 런던에서 내게 전화를 할 수 있었죠?"

린이 혼란스럽다는 듯 따져 물었다.

데이비드가 푸아로를 향해 몸을 굽히며 말했다.

"에르퀼 푸아로 씨가 다 설명해 줄 거예요. 모든 걸 알고 계신 분이니까. 제가 어떻게 했지요?"

"아주 간단합니다. 당신은 공중전화로 아파트에 있는 동생에게 전화를 걸어서 해야 할 일을 자세히 일러 주었지요. 정확히 11시 4분, 그녀는 웜슬리 베일 34번지로 장거리 전화를 걸었습니다. 마치몬트 양이 전화를 받자 교환원이 번호를 확인한 뒤에 분명히 '런던에서 전화가 왔습니다.'라거나 '런던, 통화하십시오.'라는 말을 했을 겁니다, 그렇지요?"

린이 고개를 끄덕였다.

"그때 로잘린은 전화기를 내려놓았습니다. 그리고 당신은……."

푸아로는 데이비드 쪽으로 몸을 돌리고 말했다.

"시간을 유념하고 있다가 34번을 누르고 통화가 되자 A버튼을 누르고 목소리를 약간 변조해서 '런던에서 통화를 원하십니다.'라고 말하고는 이야기를 계속했어요. 요즘에는 통화가 되기까지 1분에서 2분쯤 걸리는 게 전혀 이상한 일이 아니니 마치몬트 양은 그저 다시 연결이 된 거라고 생각했겠지요."

린이 나직하게 말했다.

"그래서 나한테 전화한 거였나요, 데이비드?"

조용한 그녀의 목소리에서 뭔가를 감지했는지 데이비드가 그녀를 매서운 눈초리로 쳐다보았다.

그러더니 푸아로 쪽으로 몸을 돌리고는 항복한다는 듯한 몸짓으로 말했다.

"정확합니다. 정말 모든 걸 알고 있군요! 솔직히 말하면 난 잔뜩 겁에 질려 있었습니다. 생각을 짜내야 했지요. 린에게 전화를 건 뒤에는 8킬로미터를 걸어 대슬비까지 가서 새벽 완행열차를 타고 런던까지 갔습니다. 시간에 맞춰 런던의 아파트로 아무도 모르게 들어가서 침대를 헝클어 놓고 로잘린과 함께 아침을 먹었습니다. 경찰에서는 설마 여자가 저지른 짓이라고는 생각 안 할 거라 여겼지요.

물론 그자를 누가 죽였는지 도무지 알 수 없었지요. 도대체 그자를 죽이고 싶어 할 사람이 누구인지 상상도 가지 않았습니다. 내가 아는 한 나나 로잘린 말고는 동기를 가진 사람이 분명 하나도 없었 거든요."

"그 점 때문에 무척 애를 먹었지요. 동기 말이에요. 당신이나 당신 동생은 아든을 죽일 동기가 있었습니다. 반면에 클로드가 사람들은 하나같이 로잘린을 죽일 동기가 있었지요."

데이비드가 날카롭게 물었다.

"그렇다면 로잘린은 살해당한 겁니까? 자살이 아니라요?"

"그래요, 사전에 철저히 계획된 범죄였습니다. 로잘린이 상자 밑 바닥에 들어 있던 수면제 중 하나가 브롬화칼리가 아닌 모르핀으로 바뀌어 있었어요."

"수면제가 문제였다고요. 설마 라이어널 클로드 선생이 범인이라 는 말씀은 아니겠죠?"

데이비드가 인상을 찌푸렸다.

"아, 아닙니다. 사실 클로드가 사람이라면 누구라도 모르핀으로 바꿔 놓을 수 있었습니다. 캐시 숙모라면 병원에서 수면제를 조작 할 수도 있지요. 롤리도 버터와 달걀을 가지고 로잘린을 만나러 퍼 로뱅크에 올라갔고요. 또 마치몬트 부인과 제러미 클로드 부인도 저택에 갔습니다. 린 마치몬트 양까지 갔지요. 그리고 모두 하나같 이 동기가 있었어요."

"린에게는 동기가 없었습니다."

데이비드가 소리쳤다.

린이 끼어들었다.

"동기가 우리 모두에게 있었다는 말씀이시죠?"

"그렇습니다. 그 점이 바로 사건을 어렵게 만들었습니다. 데이비드와 로잘린 클로드의 경우 아든을 죽일 동기가 있었지만, 그를 죽인 건 이들이 아니었습니다. 클로드가 사람들 모두 로잘린 클로드를 죽일 동기가 있었지만 로잘린을 죽인 건 클로드가 사람들이 결코 아닙니다. 이번 사건은 처음부터 끝까지 엉뚱한 방향으로 흘렀어요. 로잘린 클로드를 죽인 사람은 바로 로잘린 클로드가 죽을 경우 가장 많은 것을 잃게 되는 사람이지요."

푸아로가 고개를 약간 돌렸다.

"로잘린을 죽인 건 바로 당신입니다, 헌터 씨……."

데이비드가 소리쳤다.

"나요? 도대체 내가 무엇 때문에 내 친동생을 죽입니까?"

"당신이 그녀를 죽인 건 그녀가 당신 동생이 아니기 때문이지요. 로잘린 클로드는 거의 2년 전 런던이 적의 공습을 당했을 때 죽었습니다. 당신이 죽인 여자는 아일랜드 출신 젊은 하녀 에일린 코리건입니다. 오늘 아일랜드에서 그녀의 사진이 왔습니다."

푸아로는 말하면서 주머니에서 사진을 꺼냈다. 데이비드는 순식간에 사진을 낚아채 쏜살같이 문 쪽으로 달려가더니 문을 쾅 닫고 사라졌다. 격분한 롤리가 쏜살같이 그의 뒤를 쫓았다.

푸아로와 린 둘만이 남았다.

린이 소리쳤다.

"사실이 아니죠? 사실일 리 없어요."

"아닙니다. 사실이에요. 데이비드 헌터가 그녀의 오빠가 아니라는 생각이 들었을 때 마드무아젤은 반은 진실을 보고 있었던 겁니다. 다른 쪽에서 또 생각해 보면 앞뒤가 맞아 들어갑니다. 우리가 로잘린이라고 믿었던 여자는 가톨릭 신자였습니다. (언더헤이의 아내는 가톨릭 신자가 아니었어요.) 그래서 양심의 가책을 많이 느꼈고, 데이비드에게는 헌신적이었지요. 공습이 있었던 그날 밤 데이비드가 어떤 생각을 했을지 한번 상상해 보세요. 동생이 죽고, 고든 클로드도 죽었습니다. 안락하고 유복했던 그 모든 새로운 생활이 일순간에 사라지는 것이었어요. 그때 데이비드는 자신을 빼고 유일하게 살아남은, 폭격을 당해 정신을 잃은 그 여자를 보았지요. 동생과 나이가 비슷한 그 여자를 말입니다. 분명 데이비드는 그 여자와 애정 관계를 맺고 있었을 테고, 그래서 자신의 뜻대로 움직일 수 있었지요. 여자 다루는 데는 도가 튼 사람입니다."

푸아로가 얼굴이 붉어진 린을 쳐다보지 않은 채 냉정하게 말을 이었다.

"데이비드는 기회주의자입니다. 운을 좇는 사람이지요. 데이비드는 신원 확인을 할 때 그 여자가 자기 동생이라고 합니다. 그녀가 의식을 회복했을 때 침대 옆에 데이비드가 있었지요. 그는 자기 동생 역할을 해 달라고 그녀를 설득하고 부추겼습니다.

그러던 그들이 협박 편지가 왔을 때 얼마나 놀랐을지 한번 상상해 보세요. 이 사건을 다루면서 내내 이런 의문이 들었습니다. '헌터가 그렇게 쉽게 협박을 당하고 있을 사람인가?' 하는 의문 말입니다. 또 데이비드는 자신을 협박하는 그 남자가 언더헤이인지 아닌지 확신하지 못하는 것 같았지요. 로잘린 클로드였다면 그자가 자기 남편인지 아닌지 금세 알려 주었을 겁니다. 그런데 왜 그녀에게 그 남자를 얼핏이라도 볼 수 있는 기회조차 주지 않고 서둘러 런던으로 보냈을까요? 그 이유는 하나일 수밖에 없습니다. 바로 그 남자가 그녀를 얼핏이라도 보면 안 되었기 때문이지요. 그 남자가 정말 언더헤이라면, 로잘린 클로드가 결코 로잘린 클로드가 아니라는 사실이 밝혀질 수 있었고, 어떻게든 그 일만은 막아야 했지요. 방법은 하나뿐이었습니다. 돈을 충분히 주어 그자의 입을 막고 나서 미국으로 아무도 몰래 떠나 버리는 것이었습니다.

그런데 생각지도 않게 협박을 하던 그 이방인이 살해를 당했지요. 그리고 포터 소령은 그자가 언더헤이라고 말하고요. 데이비드 헌터가 이렇게 완전히 코너에 몰린 건 난생처음이었지요. 거기다 엎친 데 덮친다고 그 여자가 흔들리기 시작했어요. 양심의 가책이 점점 심해졌던 겁니다. 정신 이상 증세도 보이고 있었지요. 조만간 그녀가 모든 일을 털어놓을 거란 생각에 그는 범죄에 손을 뻗게 된 것이지요. 게다가 데이비드는 그녀를 상대하는 게 점점 내키지 않았습니다. 마드무아젤을 사랑하게 됐기 때문이지요. 데이비드는 이제 이 일에서 손을 떼기로 결심합니다. 에일린이 죽어야만 했던 것이지요. 그는 클로드 선생이 그녀에게 처방해 준 수면제 한 봉지를 모르핀으로 바꾸어 놓습니다. 그러고는 매일 밤 하나씩 먹으라고 권하는 한편, 클로드가 사람들을 들먹이며 공포심을 조장하지요. 동생이 죽으면 그녀의 재산이 다시 클로드가 사람들에게 돌아가게 되므로 데이비드 헌터는 하등 의심받을 까닭이 없었어요.

데이비드가 쥐고 있던 기막힌 카드가 바로 그거였지요. 동기 부족. 아까도 말했지만 이번 사건은 내내 엉뚱한 방향으로 흘러갔습니다."

스펜스 총경이 문을 열고 들어왔다.

푸아로가 재빨리 물었다.

"에 비엥(어떻게 됐습니까)?"

"잘 해결됐습니다. 그자를 잡았어요."

린이 낮은 목소리로 물었다.

"무슨 말을 하던가요?"

"돈 한번 실컷 써 봤다고 하더군요."

총경이 덧붙였다.

"재미있다니까요. 사람들이 당치도 않은 순간에 그런 말을 하는 걸 보면……. 물론 우리가 주의를 주었지요. 그랬더니 이러더군요. '입 다무쇼. 이 몸은 도박사야. 하지만 운이 다한 순간만은 확실히 알지.'"

푸아로가 중얼거렸다.

"인간사에도 파도처럼 흐름이 있어 밀물을 타게 되면 행운을 거머쥐리니……. 그래요, 하지만 밀려든 파도는 빠져나가게 마련이지요, 당신을 망망대해로 데려갈 수도 있는 것을."

17장

일요일 아침. 농장 문을 두드리는 소리에 롤리 클로드가 나가 보니 밖에 린이 기다리고 서 있었다.

롤리는 한 발짝 뒤로 물러났다.

"린!"

"롤리, 들어가도 돼?"

롤리가 약간 뒤로 물러섰다. 린은 그를 지나쳐 부엌으로 들어갔다. 교회에 다녀오느라 그녀는 모자를 쓰고 있었다. 린은 무슨 의식을 치르듯 천천히 손을 올려 모자를 벗고 창턱에 내려놓았다.

"롤리, 나 집에 돌아왔어."

"도대체 그게 무슨 얘기야?"

"말 그대로야. 집에 돌아왔다고. 여기가 집이야. 너와 함께 하는 집. 그걸 미처 모르다니 난 바보였어. 여행이 끝났는데도 그걸 알지 못한 거야. 롤리, 모르겠어? 나 집에 왔다고!"

"지금 무슨 말을 하고 있는지 알기나 하는 거야, 린? 난, 나는 널 죽이려고 했어."

"알아. 사실 날 죽일 것 같던 그 순간에 내가 얼마나 바보 같은 짓을 하고 있었는지 깨달았어."

린은 인상을 쓰며 손을 조심스럽게 목에 가져갔다.

"난 무슨 말인지 모르겠다."

"바보같이 굴지 마. 난 항상 너와 결혼하고 싶어 했어, 그렇지? 그러다가 연락을 끊었지. 네가 너무 익숙하고 또 너무 유순해 보여서였지. 너와 살면 삶이 무료할 것 같았어. 내가 데이비드에게 빠졌던 건 그가 무모하고 매력적이었기 때문이야. 솔직히 그 사람은 여자를 너무 많이 알고 있었지. 하지만 그 어떤 것에도 진심은 없었어. 네가 내 목을 조르면서, '나 아니면 그 누구도 널 가질 수 없다'고 말했을 때 난 깨달았어. 내가 네 여자라는 걸. 안타깝게 이제야 겨우 그 사실을 알았는데 너무 늦었다는 생각이 들었지. 그때 다행히 무슈 푸아로가 들어와서 상황을 수습해 주었지. 롤리! 난 네 여자야."

롤리가 고개를 저으며 말했다.

"그건 안 돼, 린. 난 두 사람을 죽였어. 사람을 살해했다고……."

린이 소리쳤다.

"쓸데없는 소리 하지 마. 감상에 젖어 괜히 엉뚱한 생각 하지 마. 네가 그 덩치 큰 사내랑 말다툼을 벌이다 한 대 쳤는데 그가 뒤로 넘어가다 벽난로 대리석에 머리를 부딪혔다면 그건 살인이 아니야.

법적으로도 살인이 아니라고."

"과실치사야. 과실치사도 감옥에 가야 해."

"그럴 수도 있지. 그러면 네가 나올 때까지 기다리지 뭐."

"포터 소령도 그래. 난 소령의 죽음에 도의적인 책임이 있어."

"아니, 없어. 소령은 자신의 행동을 책임질 수 있는 완전한 성인이었어. 제안을 충분히 거절할 수도 있었다고. 자기가 제정신을 갖고 결정해서 한 일을 가지고 다른 사람을 탓할 수 없는 거야. 네가 부정한 일을 제안했을 때 소령이 그 제안을 받아들인 거고, 자책감을 견디다 못해 상황을 쉽게 모면할 방법을 찾은 거야. 그저 마음이 약한 사람이었을 뿐이야."

롤리가 완강하게 고개를 저으며 말했다.

"다 소용없어. 널 어떻게 옥바라지시켜."

"넌 감옥에 안 가. 그랬다면 벌써부터 경찰이 주위를 어슬렁거렸을 거야."

롤리가 린을 빤히 쳐다보았다.

"하지만 젠장, 나는 과실치사에 포터 소령을 매수했다고……."

"도대체 뭣 때문에 경찰이 모든 사실을 알고 있다고 생각하는데? 과연 알게나 될까?"

"푸아로라는 사람이 알고 있잖아."

"그분은 경찰이 아니야. 경찰이 어떻게 생각하는지 말해 줄까? 지금 경찰은 데이비드가 로잘린은 물론 아든까지 죽였다고 생각하고 있어. 이제 그날 밤 데이비드가 웜슬리 베일에 있었다는 사실을 알게 됐거든. 하지만 데이비드에게 그 죄를 씌우진 않을 거야. 그럴 필요가 없으니까. 또 같은 죄목으로 두 번 체포하는 건 불가능하고. 하지만 그자가 죽였다고 생각하는 한 다른 사람을 찾는 일은 없을 거야."

"하지만 그 푸아로라는 사람이……."

"그분은 스펜스 총경에게 아든이 죽은 건 사고라고 말했어. 내가 보기에 총경은 그 말을 웃어넘긴 것 같아. 부탁하면 무슈 푸아로는 아무 말도 않을 거야. 그분은 꽤 멋진……."

"아니야, 린. 네게 그런 위험한 일을 시킬 수는 없어. 아니 무엇보다도, 그러니까 내 말은, 내가 나 자신을 믿을 수 있을까? 그러니까 내 말은, 나와 함께 있는 게 너한테는 안전하지 않을 수도 있어."

"그럴 수도 있겠지. 하지만 롤리, 난 진심으로 널 사랑해. 그리고 넌 지금까지 너무 끔찍한 시간을 보냈어. 그리고 안전하게 지내는 것 따위 난 별로 바라지 않아……."

〈끝〉

옮긴이 | 왕수민

서강대학교에서 철학과 역사학을 전공했고 현재 인트랜스 번역원의 전문번역가로 활동 중이다. 옮긴 책으로 『교황 베네딕토 16세 평전』, 『브라보! 마이 라이프』, 『논리는 힘이 세다』, 『Abs 다이어트』, 『2007 세계대전망』(공역) 등이 있다.

애거서 크리스티 전집

밀물을 타고

3판 1쇄 찍음 2023년 8월 21일
3판 1쇄 펴냄 2023년 8월 28일

지은이 | 애거서 크리스티
옮긴이 | 왕수민
발행인 | 박근섭
편집인 | 김준혁
펴낸곳 | 황금가지

출판등록 | 2009. 10. 8 (제2009-000273호)
주소 | 06027 서울 강남구 도산대로 1길 62 강남출판문화센터 5층
전화 | **영업부** 515-2000 **편집부** 3446-8774 **팩시밀리** 515-2007
홈페이지 | www.goldenbough.co.kr

도서 파본 등의 이유로 반송이 필요할 경우에는 구매처에서 교환하시고
출판사 교환이 필요할 경우에는 아래 주소로 반송 사유를 적어 도서와 함께 보내주세요.
06027 서울 강남구 도산대로 1길 62 강남출판문화센터 6층 민음인 마케팅부

ⓒ ㈜민음인, 2023. Printed in Seoul, Korea
ISBN 978-89-8273-748-0 04840
ISBN 978-89-8273-700-8 04840 (set)

㈜민음인은 민음사 출판 그룹의 자회사입니다.
황금가지는 ㈜민음인의 픽션 전문 출간 브랜드입니다.